LE MASQUE ET LA LAME

ISBN : 978-2-37448-894-3

Mireille Calmel

LE MASQUE ET LA LAME

roman

XO EDITIONS

VENETIA
CANAL DELLA GIUDECA
LA GIUDECA

MVRAN
S. Bernardo
S.M.a d. li Angeli
S. Cipriano
S. Michaele
S. Christophero
S. Iacobo Mon.
S. Clara

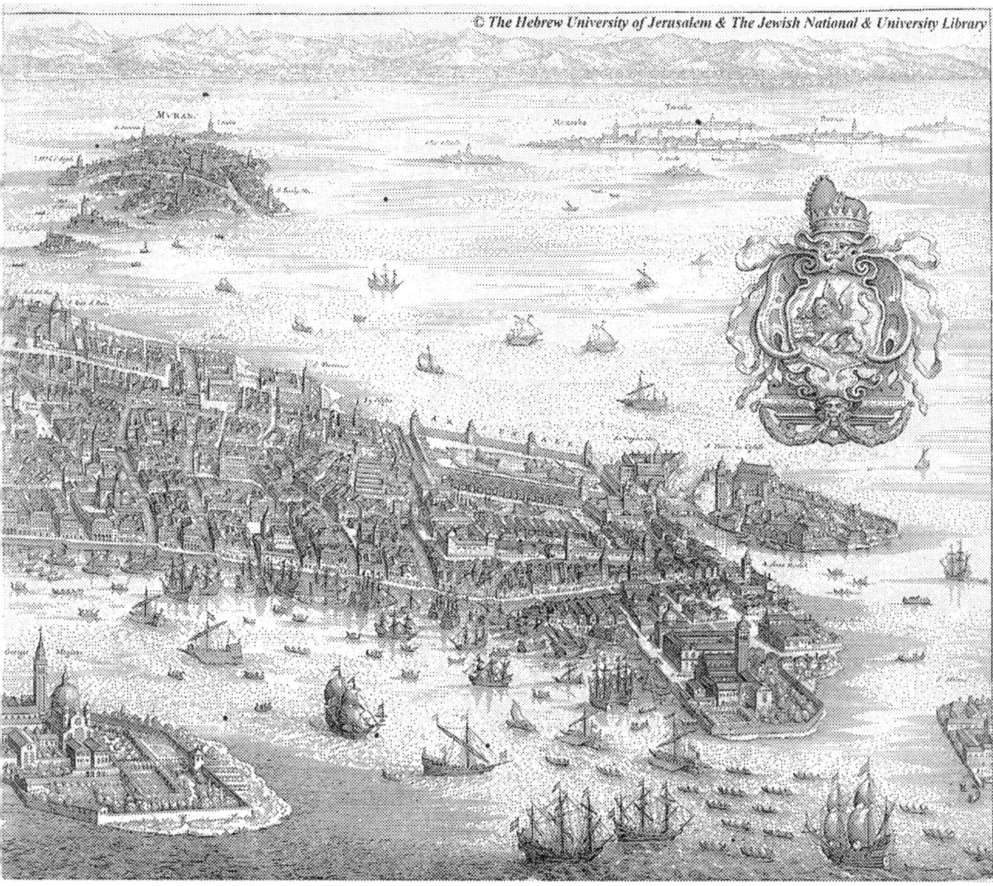

1.

« Chère inconnue,

« Ne craignant plus ni Dieu ni diable en ces jours de carnaval où les masques s'offrent et se dérobent à l'envi, il me faut reconnaître qu'un seul, le vôtre, d'une sobriété sans égale, a su me détourner des splendeurs de la fête, ce soir.

« Les regards n'auraient convergé vers vous que je vous aurais reconnue tout de même. Pas pour ce nom que vous dissimulez adroitement, même aux plus hardis des patriciens. Mais pour la sensualité que vous dégagez et dont vos lèvres relaient le mystère. Vos courbes, votre maintien, la blondeur exquise de vos cheveux, tout est d'exception chez vous. L'on dit que le vent vous porte au gré des canaux, d'un palais au suivant, d'un rire offert à un autre, partagé.

« L'on dit que vous disparaissez de la même manière que vous vous annoncez, laissant un sillage de musc et de jasmin à nul autre semblable ; et que qui tente, pauvre fou, de suivre votre gondolier aux allures fantomatiques ne reparaît jamais.

« Je ne crois pas avoir connu de ville plus énigmatique, plus attachée à ses légendes que Venezia. Hier

encore, madame, j'en riais, moqueur, de ce rire qu'ont, ici, les enfants de tout âge. Ce soir, j'en mesure l'évidence. À vous seule, vous les incarnez tous, ces pantins de la commedia dell'arte, ces puissants qui se travestissent en gueux, ce peuple en bourgeois et ces bourgeois en abbés. Vous êtes l'esprit de cette lagune. Mouvante et insaisissable, soleil et brume à la fois.

« Ah, madame, quel feu d'artifice que votre simple présence ! L'éclat de votre regard de jade, seule vérité du masque, illuminait à lui seul le firmament. Le mien s'y est perdu. Mon souffle s'est suspendu, et je me sens bien fat, désormais, à griffer ce vélin en toute hâte, craignant que, le temps d'en cacheter l'enveloppe, vous ayez fui déjà la fête du sieur Bragadin.

« Je ne vous ferai pas l'injure de vous suivre, de vous chercher, de vous espérer. Vous avouer mon trouble me semble déjà si commun !

« Ne venez jamais à moi qu'il me resterait ceci : le bonheur de voir cette ville à bout de souffle, par le vôtre, regagner son prestige et sa suprématie.

« Grazie. »

2.

Pas de signature.

Autant par sa forme que par son propos, cet anonymat est inhabituel. Tous ne songent qu'à se faire connaître ou reconnaître alors qu'auprès des autres ils avancent grimés, se fondant aux ombres des *campi* pour mieux accrocher la lumière des palais. Aucun cachet dans la cire, juste un magma rouge écrasé d'un doigt sans empreinte. Il devait porter gant de soie. Est-ce lui qui, en personne, a remis ce billet à mon gondolier alors que je me glissais sous le *felze*[1] ? Ou un valet de Bragadin ? Impossible de le savoir. Arrogant serait celui qui prétendrait distinguer l'un de l'autre durant cette période ! Quel qu'il soit, il est habile. Au lieu de m'ébaubir de serments et de langueur, il pique ma curiosité, retourne à sa faveur mes propres manières.

Le sourire qu'il m'arrache me paie cette nuit, davantage que la solde de la Quarantia Criminale.

— Sommes-nous suivis ?

— Pas plus que d'ordinaire, me répond Luigi en plongeant sa batte dans les eaux noires, trouées régulièrement par les lueurs des lanternes qui s'y reflètent.

1. Abri pour protéger les occupants des regards et de la pluie.

Elles sont nombreuses, comme chaque soir, accrochées aux ponts sous lesquels nous glissons silencieusement, ou aux façades des maisons aux racines de vase, que nous longeons.

Luigi est un Vénitien pure souche, aussi discret qu'une tombe quand il s'agit de moi, aussi volubile qu'une abeille lorsque le jour révèle, dans sa face brunie par le soleil, l'azur de ses yeux. Nul, à le voir, ne peut le reconnaître, imaginer qu'il est ce fantôme que mes soupirants traquent dans l'espoir de m'identifier enfin. J'ai, en lui, une confiance absolue.

— Est-il parmi eux ?

— Oui, Contessa. Je l'ai vu sauter dans sa gondole au moment où je détachais la mienne.

« Il », c'est Antonio Calapelli, un parvenu. Son jeu préféré est de suspendre un enfançon par les pieds au-dessus des braises, et de le rôtir comme un vulgaire oiselet tandis qu'il jouit d'un autre. Il m'a fallu six mois de traque avant de l'identifier et de vérifier les preuves de sa culpabilité. Il ne finira pas aux Plombs. Il s'en trouverait toujours un pour l'en faire sortir. Ces ignobles ont des relations, parfois même au sein du Grand Conseil. Je ne permettrai pas qu'il tue encore, qu'il continue de promener le diable dans ses bourses.

— Laisse-les nous poursuivre un peu, lui en particulier. Puis fais-nous disparaître.

Je me fonds au velours du siège, semblable à celui de la nuit.

Calapelli se rapproche, je le devine. Il rame vite. Trop vite. L'ombre de sa gondole se dessine sur l'eau, vorace, avide. Encore quelques mètres, et il me tiendra dans sa ligne de mire. Mais moi, je l'attends déjà.

Des brumes évanescentes frôlent mes narines. Combien sont-ils à m'avoir courtisée ? Combien sont-ils à avoir goûté le plaisir sur ma peau ? À combien l'ai-je arraché, dans cette ville où jouir est un dogme ? J'aime jouir. J'aime ce frémissement de tout mon être tendu vers l'essence du plaisir. J'aime mettre ces chiens à genoux, respirer leur sueur, leur frénésie sexuelle. J'aime leur refuser clémence autant que la leur accorder. Je prends, je donne. Mais jamais je ne me livre, je ne dévoile mon visage ou mes cicatrices. Car c'est ma raison d'être, celle de la Quarantia Criminale qui m'a recrutée : celui qui contemple ma vérité ne verra pas le jour se lever. Je suis sa dernière confession. Son dernier murmure. Sa dernière prière. Son âme m'appartient. Du poinçon de ma dague, je la remets à Dieu pour la laver du péché.

Au bout de mes doigts, la lettre sans signature caresse l'onde troublée par le va-et-vient des gondoliers. Je les desserre. La lagune emportera le secret de cet homme comme elle préservera celui de ma véritable identité cette fois encore.

J'ai trop à faire pour le percer.

3.

Partout, sur les quais comme sur les ponts, la Feria[1] entraîne chacun dans sa danse. Les rires s'envolent au milieu des étoiles filantes des feux d'artifice, des corps s'assouplissent aux balustres, ployés par d'autres en un voluptueux ballet. Des Isabella bottent le train d'abbés à la tonsure de circonstance, quand les véritables, perruqués et grimés, s'appliquent à l'indécence. Tout n'est que musique, jeux, frivolité, en haut, en bas, autour de nous. La couleur explose dans le miroitement des soies, des tentures, des habillages de gondole. La nôtre, trop neutre, attire les regards. Je veux que mes prétendants puissent nous suivre. Ils sont d'autant plus frustrés lorsque je leur échappe.

Cela ne tardera plus. Luigi n'a pas son pareil pour évaluer la combinaison d'un contre-jour et d'une nappe de brouillard. Cette fois encore, forçant l'allure pour grappiller une avance salutaire, je le vois moucher sa lanterne de proue, bifurquer sur un canal transversal et s'enfoncer sous le porche d'une bâtisse. Il m'importe

---

1. Période des masques. En cette année 1756, elle dura du 30 mai au 12 juin.

peu de savoir comment il s'est procuré les clefs de ces accès privés, même si je le devine. J'ai mes secrets. Il a les siens.

L'obscurité nous enveloppe, puante de la moisissure de ces pierres qui baignent dans l'eau sans jamais connaître la lumière. La grille est en triple maille. De l'extérieur, un regard ne parvient à la percer. Il nous suffit d'attendre. Tous les gondoliers savent disparaître, mais aucun ne possède le trousseau de Luigi. Ils sont bientôt plusieurs, immobilisés au mitan du canal, à scruter les embarcations garées ou navigantes, avant de secouer la tête et de jurer. *Stupido*. Ils gesticulent, harcelés par les remontrances de leur passager. Cela fait huit jours qu'en vain ils me suivent. Huit jours que je m'évapore. L'un d'eux hurle que le diable connaît des passages qu'aucun mortel ne peut emprunter. Je me retiens de rire. L'inconnu du billet a raison. J'appartiens désormais à la légende de cette cité. Et il ne s'en trouve aucun qui ne rêve de ses anges autant que de ses démons. Aucun qui n'espère, aujourd'hui plus qu'hier, y être confronté.

J'ai vite pris l'habitude de m'en remettre à Luigi pour décider quand repartir. Lui seul sait, en analysant le frémissement de l'onde, si un gondolier plus futé que les autres ne s'est pas tapi en amont, dans l'espoir de nous voir reparaître. Je ne suis donc pas surprise, lorsqu'ils ont disparu, qu'il glisse vers le fond du porche. Il y fait trop sombre pour que j'y devine une seconde grille, mais le déclic de la serrure me confirme qu'il a tout anticipé. Nous ressortons dans un *rio* perpendiculaire au premier. Il est étroit, sans berges, uniquement fréquenté par les propriétaires. Luigi y enfonce son bâton. J'enlève la moire jetée sur le *felze*. Le carmin de ce modeste toit va à présent nous fondre dans la masse colorée de la Feria. Lui a déjà dénoué sa ceinture bicolore pour la retourner, et troqué son *volto*[1] noir pour un blanc.

Commedia. Tout n'est que *commedia.* Il y a si longtemps qu'elle a commencé pour moi !

Ces bruits qui s'étaient estompés, barrés par l'étroitesse du *rio* et la hauteur des bâtisses, m'explosent de nouveau aux oreilles à peine rejoignons-nous un canal plus large.

— Il est devant nous, m'indique Luigi dans un sourire éclatant.

Les autres se sont éparpillés, lassés de mon indifférence. Lui, je ne peux en douter, se dirige vers son antre, cette « rôtissoire » humaine que je n'ai pas réussi à localiser. C'est là-bas que je veux en finir avec lui. Je l'ai suffisamment respiré ces dernières nuits à la faveur des fêtes somptueuses des patriciens, assez *riscaldato*[2] ce soir, pour deviner sa frustration. De n'avoir pu me rejoindre, de ne pouvoir me posséder, il va chercher soulagement dans son vice.

Un rire de gorge éclate au-dessus de ma tête, celui d'une femme lutinée à même le pont sous lequel nous passons. Bienheureuse ! La nuit est douce, si voluptueuse ! Que je préférerais caresse à exécution ! Mais c'est impossible. Il use des flammes. Il se complaît à voir les petits visages griller. J'ai beau refuser les images, elles me rongent, elles me renvoient à celles de mon

1. Masque.
2. Chauffer.

enfance mutilée. Depuis que je connais son identité, je ne songe qu'à cet instant où l'écarlate du sang va les submerger.

Je renverse la tête en arrière, contre le rembourrage du dossier. Il ne se doute de rien. Nous le suivons de loin. Lorsque, débarqué enfin, il pénétrera dans son repaire, je m'y glisserai à mon tour. Un frisson, délicieux, me parcourt. Calapelli est prudent. À moi de le surprendre, de m'offrir à lui telle une gourmandise jusque-là refusée. Il est trop sot, trop orgueilleux pour se méfier.

Mon poignard est là, contre la chair de ma cuisse, maintenu solidement par son lacet. Indétectable. Insoupçonnable. Il le découvrira trop tard, lorsque, avec jubilation, je percerai son cœur.

Il me suffit de patienter encore un peu, de me laisser porter par cette embarcation, par l'excitation de la vengeance, celle que je dois à ses victimes, à leurs parents.

Nul ne devrait souffrir ce que, sous d'autres fers, j'ai enduré.

4.

— Il bifurque, Contessa ! me coupe Luigi dans ma rêverie amère.

Je le vérifie d'un regard aiguisé. Calapelli vire vers le canal sur lequel se trouve sa demeure. Impossible. Il est impossible qu'il violente des enfants sous le nez de sa propre famille. Je connais ce type d'assassins, il leur faut un lieu personnel, un lieu souillé des frasques précédentes, un *casin*[1] dédié au plaisir diabolique, à l'abri des espions des Grands Inquisiteurs. Pourtant Luigi a raison. Il se dirige indubitablement vers son appontement. Aurais-je surestimé mes effets ? A-t-il découvert qu'on le suivait ?

Mon cœur s'emballe. Non. Je ne remettrai pas à demain. C'est maintenant. Maintenant que je veux le démasquer.

— Rejoins-le, décidé-je en me redressant.

À peine Calapelli a-t-il atteint le haut des marches du quai, que ma vue lui arrache cette expression de surprise lubrique que je m'attendais à cueillir sur ses traits

1. Maison de plaisirs, il s'agissait pour la plupart de chambres louées au mois dans lesquelles on recevait des dames et jouait.

boursouflés par les excès. Sa gondole est déjà loin. Tout se joue maintenant, dans ce privilège que je lui accorde, celui d'un tête-à-tête.

Bien qu'il n'ait pas osé le moindre commentaire, je sais que Luigi n'approuve pas. Beaucoup de bateliers passent et m'éclairent de leurs falots. Demain, ils se souviendront de moi. Ils parleront. Diront qu'ils ont vu une femme cueillir Calapelli devant sa maison, se douteront que cette femme l'a assassiné. L'on pourrait remonter à la Contessa. Tant pis. Je n'ai pas peur des conséquences. Il faut arrêter ce chien avant qu'il ne torture les *bambini* qu'on vient de lui livrer. Ensuite je m'occuperai de découvrir quel navire le ravitaille et le nom du capitaine, celui de l'armateur. Tous devront payer.

Je me tiens droite dans la gondole, éclatante de défi. Il le relève dans une courbette avant de redescendre les degrés.

Il est à moi.

Luigi l'aide à embarquer.

Dans sa fébrilité orgueilleuse, ce balourd malmène l'assiette de la barque. Je me rassois pour la maintenir à flot. J'attends qu'il m'ait rejointe pour me décaler sur le banc. Il empeste cette noblesse dépravée, désabusée depuis le berceau. Il est ce que j'exècre, ce que je combats, ce que je châtie.

Et pourtant je souris.

— Où allons-nous ? demande-t-il, suave, en baisant mes doigts.

— À vous de me le dire. L'on raconte que vous n'êtes que brasier…

Malgré le peu de clarté, je devine un voile d'égarement dans son regard. Il s'éclaircit la gorge, mais ne répond pas.

J'insiste, une moue dépitée aux lèvres.

— Me serais-je trompée sur votre compte ? N'auriez-vous rien de mieux à m'offrir qu'un coït sans imagination, sans chair tendre à agacer ?

Son souffle s'accélère.

— Est-ce cela que vous voulez ? Voir ?

Je me penche à son oreille, en mordille le lobe avant de gémir :

— Je veux en jouir.

Sa main écrase ma gorge, sa bouche la mienne. Je mêle ma langue à la sienne, agressive. Son baiser ne me dégoûte pas. Il m'offre ma victoire. Lorsqu'il s'écarte, c'est pour mieux crier à Luigi de prendre la direction de Muran[1].

À peine Luigi a-t-il planté son bâton dans la vase que Calapelli se cale contre le dossier, immobile, le souffle si court que j'en déduis une excitation maximale. Il me suffirait, je crois, de porter paume à ses bourses pour qu'il inonde son *braghe*[2]. Il cherche à se calmer dans le silence de la course. Il ne veut pas me déplaire, risquer de se priver du meilleur. Beaucoup d'hommes réagissent ainsi à mon approche. Je les fais mijoter trop longtemps, à la manière de ces cuisiniers français dont les sauces s'épaississent à petit feu. Il suffit de le monter en flammes pour qu'elles soient perdues. J'ai appris, depuis, à doser mes

1. Murano en vénitien de cette époque.
2. Pantalon au genou.

effets. Je reste en retrait, d'autant mieux que sa réserve me sied. Elle me permet de réécrire sa fin, d'anticiper ses aléas, de m'en protéger.

Parvenu au bord de la lagune, Luigi nous aide à descendre, puis à embarquer dans son *puparin*, un petit bateau à rames et à voile escamotable, facile à manœuvrer.

Venezia s'éloigne, m'emplissant plus encore les yeux de l'éclat de ses feux d'artifice. Le spectacle est d'une incroyable poésie. Calapelli n'arrive pas à le gâter de sa présence. Il dirige Luigi d'une voix qui peu à peu retrouve sa fermeté. Entre deux indications, nous échangeons quelques mots, insignifiants, mondains, badins, respirant l'essence de cette cité millénaire qui consacre le plaisir : une manière élégante, à la vénitienne, de refréner l'inspiration sexuelle, pour mieux la consommer ensuite. Comme il va m'être facile et jubilatoire de tuer ce chien !

Nous appontons enfin à Muran, dans la partie nord-est de l'île, au pied d'une bâtisse isolée dans laquelle je reconnais aussitôt la fonderie abandonnée d'un maître verrier. Sotte ai-je été ! Pour rôtir ses jeunes victimes, il fallait à Calapelli un foyer à conduit ouvert, un lieu venté pour que la pestilence se disperse rapidement. Rien de compatible avec Venezia. J'ai cherché ce lieu partout, sauf là où il se trouvait : aux yeux de tous. Ou presque.

Un coup d'œil à Luigi à l'instant de descendre de la barque. Il sait ce qu'il doit faire : ne pas tenir compte de mon ordre de renvoi, me suivre discrètement, intervenir à mon signal si cela devait tourner mal. Mais je sais déjà que je ne le lancerai pas. Ce soir, j'ai trop altéré mes habitudes pour ne pas achever cette exécution en apothéose.

Parvenu le premier sur le sol ferme, Calapelli me tend sa main. Elle ne tremble plus. Je le sens à ses manières, à sa voix qui m'invite à le suivre, en hôte apprêté. L'orgueil de sa perversité transpire par tous ses pores, mais ce n'est qu'une odeur de pourriture supplémentaire dans l'air de cette nuit du 30 mai 1756.

5.

— On vous demande au parloir, sœur Maria Marina, s'époumone Catterina d'un ton enjoué en pénétrant le matin suivant dans ma cellule.

Je lui souris, achève d'enfiler ma bure.

Tel est mon quotidien : celui d'une belle de jour, offerte, dans son habit régulier, à l'envie des visiteurs masqués du couvent Santa Maria degli Angeli.

L'édifice rayonne à l'extrême pointe nord-ouest de l'île de Muran, comme une alcôve de pierre, une parmi tant d'autres prises entre les fabriques de glaces[1], les maisons de plaisance, les palais et ces jardins qui exhalent autant le parfum des roses et des fruits que celui du limon dans lequel ils sont ancrés. Ce paradoxe olfactif se retrouve partout ici au point que quiconque quitte la Sérénissime après un long séjour est incapable de dissimuler sa provenance. L'on sait. Partout en Europe comme en Orient, l'on sait. On ne visite pas Venezia. On la respire. On s'en imprègne. Mais son empreinte ne vous quitte jamais.

Catterina est une perle dans cet écrin monastique. Elle ressemble à la « Salomé » de Titien. Parfois, pour la

1. On appelait ainsi les ateliers de confection de miroirs.

taquiner, je la nomme ainsi, amenant dans son regard timide cet embrasement que seul son principal amant révèle. Je l'ai croisé plusieurs fois au cours de mes escapades nocturnes ou encore ici. Il s'est présenté à moi dans un rire, affirmant qu'il était l'un de ces libertins notoires, un aventurier devenu notaire pour mieux donner de l'assurance à son babil. Il est surtout bel homme, épris de mon amie, je n'en doute pas, mais trop volage pour ne pas en séduire d'autres. Il s'amuse à prétendre connaître les secrets de la cabale, et soulever le manteau de la mort pour mieux rapporter les messages des défunts. Un don qu'il aurait acquis d'une sorcière de l'île où on l'aurait emmené enfant. Bien évidemment, j'ai laissé ce discours aux crédules. Ils sont légion à Venezia où fleurit chaque jour ou presque une nouvelle société secrète.

Catterina, elle, ne connaît d'Alvise Valier que son rire léger lorsqu'il glisse nuque sous sa robe puis lui dessine culotte du poinçon de sa langue. Elle me raconte leurs ébats enflammés, se répand en soupirs langoureux avant de courber le front en prière. L'on pourrait croire, à la voir ainsi, les yeux clos, murmure aux lèvres et chapelet en main, qu'elle se repent ou quête absolution. Fi ! elle n'appelle qu'un seul souhait : plus de plaisir. Et si son Alvise se lasse, qu'un autre le remplace pour mieux la satisfaire ! En cela, le coquin est prévoyant. Il vient parfois avec l'un de ses amis, jamais le même, et la lui abandonne pour goûter ma compagnie. D'une autre, Catterina aurait pris ombrage. De moi, point. Je crois qu'elle m'aime autant qu'elle l'aime, lui.

Ses pas semblent danser sur les dalles du cloître tandis qu'elle me précède en direction des parloirs. Je sais tout d'elle. Elle ne sait rien de moi, sinon ce que je veux en dire. Mais nous nous entendons sur ce point : les couvents sont toujours des façades derrière lesquelles les moniales partagent l'amour de Dieu avec celui des hommes, selon ce précepte immuable : aimez-vous les uns les autres.

Dans moins d'une heure, toutes les alcôves seront pleines. À l'intérieur des plus grandes, l'on badinera, rira, donnera des aubades, dansera et aimera. Ainsi est la Feria. Une transgression des interdits, y compris religieux. Dieu n'a jamais exigé la tristesse. Triste, Venezia ne l'est pas.

Catterina me précède, avec aux lèvres ce sourire léger des âmes complices, vers mon visiteur, l'homme discret qu'elle croit être mon principal amant, comme Alvise est le sien.

J'attends d'être seule dans l'étroite pièce aux cloisons de bois pour écarter la porte grillagée se trouvant à l'autre bout et permettre à Giorgio Baffo d'entrer. Il est couvert d'un tricorne, d'un *tabaro*[1], et, comme d'ordinaire, d'un masque. Un *volto* noir, renforçant le trait incisif de ses lèvres. Son œil ressemble à un ciel d'orage que traverse toujours, en me voyant, l'éclat d'un soleil intérieur.

— Vous êtes en beauté, dit-il à peine me suis-je assise, assez fort pour que quelque oreille, vouée à l'indiscrétion dans le parloir voisin, soit, malgré mes précautions, persuadée de notre attachement.

— Ma dévotion en est certainement la cause.

1. Cape vénitienne, le plus souvent noire et avec capuche.

Il sait qu'elle sert moins Dieu que la Quarantia Criminale qu'il dirige. Mais, au rictus qu'il m'offre en guise de sourire, je devine aisément que mon imprudence de la nuit dernière lui est embarras.

Je baisse la voix.

— J'ai fait ce que je devais. Vous l'aurez déjà constaté par vous-même. Pour ce qui est de mon échappée avec lui, on la pensera libertine. Quand bien même l'on aurait deviné mon identité, nul n'imaginera que derrière une Morosini puisse se cacher une meurtrière.

— Il ne s'agit pas de cela.

Je tique.

— Alors quoi ?

— Votre billet parlait de huit *bambini* captifs. Vivants.

Ma gorge se serre. Je les ai laissés au cachot afin qu'ils constituent une preuve solide, indéniable, de la culpabilité de Calapelli lorsque les murs de la fonderie abandonnée grouilleraient d'agents. Je voulais que leur témoignage donne un sens à mon exécution.

Je le confirme d'un mouvement de tête.

— Ils étaient morts à mon arrivée. Gorge tranchée, m'assène Baffo.

Un vertige me prend. Non. Ce n'est pas possible. Pas eux. Pas après tout ce que j'ai fait pour les sauver. Je manque de souffle, ne le reprends que pour m'indigner.

— Me croyez-vous… ?

D'un geste las, il m'interdit d'en supposer davantage.

— Non, évidemment non. De plus Luigi l'a confirmé. Ce qu'il ne peut dire, c'est si vous avez mutilé don Calapelli.

Devant mon incompréhension, il murmure :

— Châtré.

L'ai-je fait ? Le doute me paralyse soudain.

Je revois la pièce sombre, le foyer central prêt, déjà, à être rallumé. Les chaînes suspendues à une poulie au-dessus des bûches. L'odeur résiduelle de chair brûlée me donne la nausée. Je me reprends. Il est là, visqueux comme une anguille, cherchant à fourrager ma bouche, à pétrir mes seins. Je le repousse, recule. Feignant une excitation malsaine, j'affirme vouloir prendre mon temps. Je ne veux pas assister aux sévices, pas encore, je veux les anticiper. Je lui demande de tomber son *braghe* pour mieux jauger de la dureté de sa bandaison pendant qu'il me racontera tout. Pour mieux l'en convaincre, je dénude sensuellement ma poitrine, puis mon ventre. Je lui montre ces racines épaisses formées par la cicatrice de mes brûlures. Il exulte, veut les toucher. Ses yeux semblent crever ses orbites, son vit le tissu. Il veut savoir comment elles m'ont été faites. Je mens : le feu m'excite, la douleur aussi. Il gémit, se débraille, empoigne son bâton, me le promet par tous les orifices, mais avant, avant il veut allumer le feu, rougir le fer, me marquer, louer le plaisir que j'y prendrai comme une communion improbable, un appétit d'âmes sœurs. Il court. Ses fesses charnues, blanches et flasques qui tressautent ravivent ma nausée. Je le regarde actionner le soufflet. J'écoute sa confession, autorise la haine à remonter jusqu'à ma gorge, étouffer ma répulsion. Je me plaque contre ce cul qui s'agite devant les flammes grandissantes. Il râle, rugit quand mes doigts se referment sur son vit, quand ils le font lentement coulisser sur sa base. Je retrouve dans ma paume moite la sensation du poignard que j'arrache de dessous mes jupons, l'envie, oui, de l'émasculer. L'ai-je fait ?

Je soupire.

— J'ai relevé la main à hauteur de ses yeux. Il n'a pas compris tout de suite ce que je tenais dedans. Il n'a rien senti tant ma lame était affûtée et son excitation mordante. J'étais toujours derrière lui, contre lui, le poignard sous ses côtes. Il a couiné, abruti par l'évidence, par ce flot de sang qui lui giclait jusqu'au menton. « Je t'accorde le choix, lui ai-je dit en reculant : vivre en cautérisant toi-même la plaie par ce fer que tu me destinais, ou mourir de ne pas en avoir le courage. » Il a hurlé de douleur sous la morsure ardente. Lorsque je l'ai achevé il était inconscient.

Giorgio Baffo esquisse un sourire, mais son regard est empreint de tristesse. Il ne me reconnaît pas dans ce geste. Moi non plus. Ma seule excuse reste les flammes. Elles dansent toujours devant mes yeux.

— Un mystère au moins de résolu, dit-il.

— À votre ton, j'en devine d'autres.

— Ce petit bout d'orgueil que vous teniez en main s'est retrouvé ce matin sur la table de l'infortunée épouse.

Je sursaute.

— Comment ?

— Ce n'est pas le comment qui importe, mais par l'intermédiaire de qui.

Je ne peux réprimer un frisson. Il chuchote.

— Luigi est catégorique. Vous n'avez pas été suivis.

— Tout cela n'a aucun sens.

— Je crains le contraire ma chère. Car le mollusque tronqué de son époux ne fut pas le seul mets que l'on servit à la *signora* Calapelli. Il y avait ceci pour l'épicer.

Il fouille dans sa poche et me tend un pendentif d'or, d'émeraude et de verre entrelacés. Mes yeux me brûlent.

— Il était à votre marraine, je crois. Une pièce de cette valeur et de cette rareté ne s'oublie pas. Et je me souviens de l'avoir vue fréquemment la porter.

Je veux lui répondre, mais aucun son ne parvient à franchir mes lèvres. J'avais neuf ans et me trouvais chez elle. Je revois le pendentif à son cou, quelques minutes avant que les jardins de son palais de Breda di Piave ne grouillent de patriciens masqués, avinés par la fête somptueuse qui se tenait chez le voisin. Indifférents aux injonctions des domestiques, ils ont ravagé les parterres de leur farandole, envahi la demeure de campagne, taquiné les servantes. L'époux de ma marraine était absent. Après avoir donné des ordres pour qu'on les chasse, ma marraine a actionné un mécanisme dans l'une des moulures de la bibliothèque, révélant une petite pièce secrète. Elle m'y a fait entrer en me demandant instamment de ne pas bouger ni crier, quoi qu'il advienne. Je crois qu'elle avait deviné que cette intrusion festive n'était qu'une diversion orchestrée par ces quatre-là qui, soudain, ont forcé sa porte. Je me suis hissée sur la pointe des pieds pour regarder par le judas. Je n'ai vu que des masques. J'ai entendu leurs voix, ses hurlements. Ils réclamaient un cartulaire[1] dont elle jurait ne rien savoir. Je ne crois pas qu'ils l'aient violée. Ils tournaient autour d'elle dans un

1. Inventaire des titres de propriétés et des biens d'une personne.

ballet qui me la dissimulait. Et puis soudain, les flammes ont été là, j'ignore comment. L'ont-ils aspergée d'huile puis embrasée ? J'étais terrorisée. Je n'oublierai jamais cette odeur de chair brûlée, le claquement des pistolets fauchant les serviteurs arrivés en hâte, et cette musique assourdissante qui continuait, en bas, d'entraîner les danseurs. J'ai dû perdre connaissance, étouffée par la fumée et par l'effroi.

Des comédiens jouaient une pièce de Goldoni dans le palais voisin. Quand l'incendie a commencé à se propager, ils ont regagné leur roulotte et m'y ont trouvée, inconsciente, grièvement brûlée. Ils n'ont pas vu qui m'y avait déposée, mais l'aïeule était une barreuse de feu. Elle m'a sauvée. Trois ans plus tard, la mémoire me revenait et mon frère me confiait à Teresa Campanino, la mère supérieure du couvent Santa Maria degli Angeli, qui était une amie d'enfance de notre mère.

J'ai été déférée devant Giorgio Baffo à dix-sept ans, après que j'ai eu exécuté le premier des assassins de ma marraine. Celui-ci était surveillé. Les agents de la Quarantia m'ont prise devant sa dépouille, poignard ensanglanté en main. En découvrant mon identité, Baffo s'est rassis derrière son bureau, atterré, puis m'a sommée de m'expliquer. Je l'ai fait, en insistant pour que mon frère, qui restait ma seule famille depuis le trépas de ma mère puis de mon père, ne soit pas informé de mon crime. Ce dernier était le produit de la chance. Le meurtrier était devenu un habitué des parloirs du couvent. J'avais reconnu sa voix.

Baffo m'offrit l'immunité en échange de menus services. Selon la règle vénitienne, j'avais droit à une année à l'extérieur du couvent avant de prononcer mes vœux. Je l'ai employée à apprendre l'art de la séduction et de l'amour, la maîtrise des poignards et des mousquets, et celui de la lutte à main nue. De retour au couvent, j'étais devenue une justicière. Quelques mois plus tard, les Grands Inquisiteurs entraient dans la danse à leur tour en me demandant d'espionner pour le compte de la République, et la Quarantia Criminale me recrutait pour ses basses besognes. Maria Marina Morosini s'affichait sans masque pour jouir, et le portait pour sévir.

Depuis, deux autres des assassins de ma marraine comptent au rang de ceux que j'ai exécutés. Je n'avais, jusque-là, pas identifié le dernier, me résignant à l'idée qu'il avait quitté Venezia.

Il semble qu'il soit de retour.

Mes poings se serrent sur cette colère intérieure qui m'a toujours sauvée. Indifférente à la morsure du pendentif dans ma paume, je relève la tête :

— Il veut que je le cherche. Croyez-moi, Giorgio, je vais le débusquer !

6.

Quatre jours plus tard

L'exécution de Calapelli n'a fait l'objet d'aucune ligne dans les gazettes pourtant nombreuses circulant à Venezia. Il n'y a que dans l'une d'elles, *L'osservatore*, où la famille annonce l'heure de ses obsèques. Avec une discrétion que d'aucuns, vu le nom du défunt, auraient pu trouver anormale ailleurs qu'ici, dans cette cité de poudre d'or et d'artifices où l'on se rit de tout, y compris de la mort. Troubler la Feria ? Fi donc ! que l'on trépasse puisqu'il le faut. Mais en silence au milieu des ritournelles, des rires, des libations, des embrassades et des caresses.

Quant à moi, tout en essayant de remonter jusqu'au navire ayant livré les *bambini* à Calapelli, je n'ai eu de cesse que je n'aie lu chaque évocation de fait divers avec une attention accrue, espérant qu'un détail, entre les lignes, me rapprocherait de l'assassin des orphelins, de ce monstre m'ayant volé ma propre enfance. Courtes et malgré tout interminables nuits que furent les miennes depuis la visite de Giorgio Baffo ! Quatre fois, mais peut-être cent, j'ai revécu en cauchemar le meurtre de ma marraine, mon réveil dans la roulotte des comédiens, la douleur de mon corps brûlé, brinquebalé par les cahots du chemin. Quatre fois, peut-être cent, j'ai cru sentir de nouveau le parfum mielleux du laudanum dans mes narines, j'ai éprouvé cet instant de relâchement provisoire, puis les tremblements du manque et la peur de n'avoir plus mon content. Quatre fois, peut-être cent, j'ai défié ma terreur avant de m'éveiller en sueur, aspirée par l'obscurité de ma cellule monacale, haletant jusqu'à ce qu'une toux caverneuse jaillisse, me plie de l'avant et emplisse la pièce du souvenir d'une fumée âcre aux relents de chair humaine rôtie.

Images d'hier, réalité d'aujourd'hui.

Calapelli a eu ce qu'il méritait. J'aurais aimé qu'il fût l'un des meurtriers de ma marraine. Je l'ai espéré un temps, épouvantée par ses pratiques avant que mon enquête ne me prouve le contraire. Je ne puis néanmoins m'empêcher aujourd'hui de faire le lien entre lui et l'assassin de ma marraine. Si ce diable et celui qui a tué les *bambini* ne font qu'un, s'il était là, tapi dans l'ombre pendant que j'émasculais ce chien, c'est qu'il en connaissait le vice et en partageait le goût. A-t-il découvert qui je suis la journée, pour qui je travaille ? Sait-il que j'ai vengé déjà la souillure ardente de mon passé en tuant ses anciens complices ?

Qu'il ait tenté de me perdre auprès de la Quarantia Criminale m'est indifférent. Giorgio me protège. Il me connaît jusqu'en mes limites, y compris celles provoquées par les protubérances sinueuses de mes cicatrices. Celles dont mon corps se strie, celles de mon âme. Jamais je ne toucherais un seul des cheveux d'un enfant, fût-il la pire des fripouilles, fût-il bon à rosser.

Avant de me quitter, Giorgio avait grincé, hargneux :

— Faites ce que vous devez. Mais terminez-en.

— Quoi qu'il en coûte ? l'avais-je défié.

Son œil s'était embrasé.

— Pour vous comme pour moi. Je ne permettrai à personne de se jouer du Messer Grande[1], de la Quarantia.

J'avais hoché la tête. Il avait disparu dans une envolée de son *tabaro* noir. J'avais pleuré en silence, au nom de ces enfants fantômes dont la supplique ne cesserait plus de me torturer. Puis j'avais traversé la cour et rejoint Catterina près de la *porta d'acqua* du couvent, dans le bâtiment discret dédié à des visites plus charnelles. Ce n'était pas la première fois que son amant m'invitait à les y retrouver. Cela me sied. J'ai coutume d'utiliser son abandon pour m'informer des potins dont Venezia se régale. J'y ai toujours trouvé matière à nourrir mes enquêtes.

Je relève la tête. Suspendue aux doigts graciles de Catterina sur la harpe, la musique vient de s'arrêter dans cette pièce dont la sobriété est un écrin au plaisir.

— Diantre, ma sœur, pour un peu vous m'arrachiez une larme, la complimente son amant, en se broyant les mains.

Excessivement.

Mais l'excès est une vertu à Venezia.

— Me consolerez-vous ? ajoute-t-il, l'air énamouré, la bouche en cœur.

1. Bras armé de la Quarantia Criminale.

Catterina dépose l'instrument pour accepter les doigts frémissants tendus vers elle. Un glissement de soie, et la voici assise sur lui, les bras autour de son cou, gloussant.

— Don Alvise, vous êtes un fripon.

— Point encore. Mais je le deviendrais si votre belle amie se joignait à vous. Il me reste un genou.

Un rire me monte en gorge, éclate sous la voûte de pierre. Ne suis-je pas là pour cela ? Rendre cet homme plus docile, lui arracher, entre deux gémissements langoureux, quelques informations discrètes sur l'une ou l'autre des fêtes qui se donneront ce soir ? En sa qualité de notaire, apprécié de l'ensemble des patriciens, il est invité partout. Il sait tout. Il va me permettre de choisir la couleur de ma prochaine nuit, la discrétion ou l'impertinence de mon masque. Et traquer ce monstre anonyme qui veut ma perte aujourd'hui comme il a provoqué, hier, celle de ma marraine.

Je relève ma robe, enfourche la cuisse d'Alvise Valier et coulisse sensuellement dessus.

— Et ainsi, est-ce mieux à votre goût ?

Il devient cramoisi, perd son souffle dans un baiser à l'une, puis à l'autre, avant de renverser la tête en arrière et de s'abandonner à notre savoir-faire.

7.

Les nuits vénitiennes ne ressemblent à aucune autre. Il me suffit d'avancer sur la lagune, dans le *puparin* de Luigi, pour découvrir au loin les illuminations bordant, transperçant, ensevelissant la cité. À peine Muran s'éteint-elle dans le sommeil lourd de ses maîtres verriers, s'échauffe-t-elle dans quelques *casini*, que Venezia s'embrase.

Il n'est pas *una calle, una chiesa, un campo, una piazzetta, un teatro*[1] – la ville en compte sept contre trois seulement à Paris –, un café – deux cents toujours ouverts – qui ne répande la lumière des lampions au-dessus de la foule masquée. Pas un *terrazzo*[2] qui ne soit foulé par des centaines de souliers, du plus fin au plus grossier, du plus haut au plus plat, quand ce ne sont échasses qui trottinent. Au bruit des pas se joint le brouhaha d'un rire élégant, tonitruant, fluet, trouant les conversations perdues dans le mélange des accents et les envolées musicales. Murmures portés par la brise, ils grandissent au fur et à mesure que la traversée m'en

1. Rue, église, place, placette, théâtre.
2. Sol constitué de fragments de marbre, très polis.

rapproche. Même le vent, qui d'ordinaire se satisfait des humeurs marines de la lagune, s'enveloppe de parfums d'épices, de chocolat, de *negra bevanda*[1] et de tabac.

Venezia ne se contente plus de son île. Elle s'étire sur l'eau. Son vert profond et grave dont mon regard se pare suinte de la dentelle de pierre. Une dentelle qui se déforme et sur laquelle des flammèches courent, cavalent au gré des remous, encerclent les embarcations appontées. Comme si une seconde ville, éphémère, s'essayait à surgir des canaux pour danser à son tour. Un spectacle, unique, grandiose, au-dessus duquel, en bouquets bruyants, s'élèvent les feux d'artifice aux couleurs argentées. Mais tout cela n'est qu'un leurre. Une mascarade de plus. Sous l'or et les dentelles, Venezia cache toujours ses venins.

Et bientôt, l'écrin nocturne de la Feria ne suffira plus aux Vénitiens. Il leur faudra la douce folie du carnaval, mêlant jours et nuits en une sarabande ininterrompue, au fil de laquelle bien fol sera celui qui saura reconnaître son voisin. Les costumes vont s'ajouter aux masques, et, sous les perruques, hommes et femmes travestis ne seront plus que des anonymes oublieux de leur rang, de leur condition, de leur nom, de leur sexe, pour ne plus communier qu'avec l'oubli de soi et le plaisir. Sous toutes ses formes. Et ma cible s'y perdra.

Je dois identifier cet homme, le ferrer et retourner contre lui le piège qu'il me destine. Seule, c'est impossible. Cela fait quatre soirées que je m'y essaie en vain, sans avoir éprouvé le sentiment d'avoir été suivie plus

1. Nom donné au café dans les premiers temps.

que d'ordinaire lorsque je quitte une fête à l'impromptu. Pas même un nouveau billet de ce mystérieux admirateur. Un de plus, sûrement, chez qui le vin a libéré la verve et le désir frustré avant d'en effacer le souvenir au matin. J'y suis habituée. Je m'en sers.

Après avoir contourné le nord de Venezia et changé d'embarcation, Luigi vient de se faufiler dans le canal du Cannaregio au bord duquel loge Jean-François Leblond[1]. La demeure n'est pas difficile à repérer. Après celle de l'ambassade de France, sa façade est la plus imposante du *sestiere*[2] : trois étages de balustres, de lampions d'argent et de gargouilles. Douze appontements privés accolés à un autre, flanqué d'un large escalier, permettent aux invités du consul de débarquer en toute aise avant de céder place aux suivants. Selon nos accords, Luigi accoste en amont, devant une bâtisse de modeste facture. C'est à pied que je veux arriver devant la porte. En obligeant chaque regard à suivre mon pas, les plis mouvants de mon *tabaro* grenat, la délicate et sensuelle ampleur du capuchon de soie sur mon profil avalé par la *bauta*[3]. Que ces regards tombent des balcons depuis lesquels on rit à gorge déployée ou qu'ils viennent d'une embarcation, je sais l'attrait que ma silhouette exerce. Giorgio Baffo dit d'elle qu'elle ne ressemble à aucune autre, que

1. Prenant la succession de son père, Guillaume Leblond, Jean-François Leblond fut consul de France à Venise de 1718 à 1759. Comme lui né à Venise, son frère Henri Leblond fut chargé des affaires de France en Sicile en 1714, puis à Milan de 1714 à 1733.
2. Quartiers de Venise.
3. Tenue de carnaval comprenant un masque blanc, un tricorne noir brodé d'une longue résille de dentelle et une cape noire, le *tabaro*.

mon évanescente grâce me vient de la douleur de mes cicatrices, cette douleur permanente que je dois dompter pour me mouvoir. Il a raison. Cette souffrance est ma force, ma carapace. Je danse avec elle à chaque pas sur le trottoir. Comme un défi à ceux qui me l'ont infligée.

Le valet à livrée fleurdelisée me cède passage dans une courbette appliquée. J'entre. Et, sans accorder le moindre intérêt, du moins en apparence, à quiconque, je grimpe au *piano nobile*[1]. J'avance au milieu des masques et des rires avec l'assurance d'une princesse lointaine devant laquelle on s'écarte d'autorité.

Leblond n'est pas difficile à repérer malgré la valse des *volta*. Il est d'une stature plus haute et large que la moyenne et, à l'inverse des autres portant perruque, il arbore une crinière naturelle, blanche, longue et épaisse qui cascade sur ses épaules couvertes de velours bleu. C'est un homme de valeur, à la vertu et à la fidélité conjugale d'un autre temps. Et sur lequel, malgré l'envie que les médisants en auraient, ne circule aucun ragot. Un de ces hommes qui m'aideraient à croire que la bonté, l'altruisme et le devoir peuvent encore se conjuguer et faire renaître la Sérénissime, s'ils n'étaient, hélas, devenus trop rares. Y compris dans les familles inscrites au Livre d'or. Y compris dans ma propre famille. Mon frère a beau figurer au Grand Conseil, je l'aperçois plus souvent au café Florian[2] que penché sur ses dossiers.

---

1. Étage noble, situé au deuxième voire troisième niveau d'une maison patricienne.
2. Sur la place Saint-Marc, l'un des plus anciens cafés de Venise. Il est toujours en activité.

Le consul de France se tient au centre de la vaste salle d'apparat, près d'un buffet prêt à rassasier cinq cents convives. J'en devine deux cents au moins au brouhaha. La soirée ne fait que commencer. Un seul, ce soir, m'intéresse. Celui près duquel Leblond se tient en hôte accompli et qui vient de tourner vers moi cet œil à la fois moqueur et jouisseur.

— Ah, vous voici ! Aucune fête ne serait vénitienne sans vous, Contessa, s'époumone Jean-François Leblond en me tendant les mains.

Je les prends dans les miennes, lui retourne son sourire chaleureux. Pour tous, à Venezia, je ne suis que ce titre. Rien d'autre. Lui-même, empressé à baiser mes doigts, ignore ma véritable identité.

« Un fantôme. Vous ne devrez jamais être qu'un fantôme », m'avait enjoint Giorgio quand il m'a recrutée.

Je le suis.

Pour tous, oui. Sauf pour cet homme vers lequel le consul de France vient de se tourner.

— Ma chère, permettez-moi de rappeler à votre bon souvenir Felice Dumas, marquis de Baletti. De retour à Venezia après une longue absence.

Le regard qui capture le mien pétille telle une flamme insoumise. J'y lis le souvenir d'heures complices, tendres comme l'enfance, sensuelles comme l'espoir et rugueuses comme la soif de vengeance.

Il les dissimule dans une courbette.

— Contessa, c'est un plaisir.

8.

À Venezia, le défilé des heures ressemble à une carole dont les couplets et les refrains s'entremêlent sans discontinuer. On y perd, à danser, le mouvement des balanciers, si bien que le ciel s'est embrasé au-dessus des têtes avant même que l'on n'ait eu le temps de soupirer. L'aube point dans une débauche d'or et de grenat. Cela m'agace. Je n'ai pas réussi à isoler Felice des admirations qu'il suscite.

Je vais devoir me retirer sans lui avoir parlé.

Je le regarde, un verre de champagne à la main, évoluer avec grâce au son de la musique, une femme délicieusement ivre entre les bras. Il n'a pas changé.

Je l'ai connu à l'heure de mon désespoir, un an après l'incendie de Breda. Une main écartant la toile de la chaise à porteurs dans laquelle, recroquevillée sur ma douleur malgré les fréquentes inhalations de laudanum, les comédiens me transportaient dans Venezia quand ils s'y trouvaient. Une tête, un regard pétillant, curieux. Et des doigts venus spontanément s'enrouler aux miens. Avec une délicatesse insoupçonnée.

— *Bella mia*, pourquoi vous cache-t-on ?

Il avait seize ans à peine. J'en avais dix.

La voix théâtrale de Zanetti lui avait volé ma réponse.

— Refermez ce rideau ! avait-il tonitrué.

— Alors quoi ? s'était à son tour indigné mon visiteur avec cette ferveur qui l'avait vite distingué. Je vous reçois dans mon palais et je n'aurais aucun droit de m'inquiéter que l'on gémisse de douleur sous cette toile ? Auriez-vous battu votre fille, Zanetti, au point qu'elle ait été incapable de jouer pour moi ? Auriez-vous craint que je ne la séduise ?

— Ce ne sont pas vos affaires ! Et s'il faut rompre contrat, j'en suis.

— Laissez, don Carlo, avais-je souri. Il semble que nous soyons en présence d'un homme d'honneur.

— L'honneur est au comédien ce qu'un baiser est à mon cul : du vent ! avait ajouté, grandiloquent, le patriarche de la troupe. Hors d'ici !

Pour toute réponse, mon visiteur avait éclaté d'un rire clair, et, profitant du fugace désappointement du comédien, lui avait empoigné la main pour la serrer vigoureusement.

— Vous me plaisez, Zanetti ! Je double vos gages et ceux de votre troupe. À la seule condition que vous conduisiez vos décors et cette chaise sous l'abri que je possède près de la serre et que vous acceptiez mon hospitalité. On annonce tempête ce soir. Je ne voudrais pas que votre fille soit emportée par le vent pendant que vous jouerez pour mes invités. Et je vous promets, par écrit s'il le faut, que je ne m'abaisserai ni au déshonneur de lui porter préjudice, ni à celui de vous biser le cul.

J'avais ri à mon tour, Carlo Zanetti avait gratté son crâne dégarni puis tapé dans la paume présentée par l'effronté avant d'ajouter, l'œil sombre :

— Elle n'est pas ma fille, mais ma protégée. Avisez-vous de lui abîmer le cœur plus qu'il ne l'est déjà, et je crèverai le vôtre d'un coup d'épée. D'une véritable épée. Tout marquis que vous êtes.

La menace avait dû faire son effet, car Felice avait baissé le nez. Il avait attendu que mon protecteur s'éloigne pour le relever et m'offrir un sourire en forme de grimace.

— Ainsi donc vous êtes marquis, avais-je rompu le silence en me redressant légèrement contre le dosseret.

Une courbette.

— Felice Dumas, pour qui me connaît vraiment, marquis de Baletti pour ceux qui veulent le croire.

— Que dois-je comprendre ? m'étais-je troublée.

— Que ce que je vois dans tes yeux, ta douleur, ta tristesse, me touche et m'inspire confiance. Et que, par conséquent, je suis prêt à te confier ce secret qui me conduirait aux Plombs si tu me confies le tien…

Voyant que j'hésitais, il s'était approché de moi, respectueusement, puis à voix basse avait murmuré :

— Ce manoir et ce titre ne sont pas les miens. Je les ai usurpés il y a quelques mois, quand je suis arrivé à Venezia sans argent ni famille. La demeure était abandonnée, alors je m'y suis installé et je l'ai fouillée de fond en comble. C'est ainsi que j'ai découvert des caissettes d'or, un sceau, des bijoux, du linge intact dans des armoires et une quantité d'autres objets de valeur dans la partie qui n'avait pas été ravagée par un incendie. Enhardi par ma bonne fortune, j'ai cherché discrètement à en apprendre davantage sur l'ancien propriétaire. Le marquis de Baletti avait quitté Venezia en 1718 et nul n'avait eu de ses nouvelles depuis. Je me suis donc présenté comme son fils, revenu des Indes pour réclamer son héritage. Le notaire auquel je me suis adressé n'a pas cherché plus loin. D'autant que j'avais aussi découvert un cahier dans lequel Baletti rendait le compte de ses journées vénitiennes ainsi que de certains détails concernant ceux qu'ils croisaient. Il m'a suffi d'affirmer que je tenais ces informations de mon père lui-même, et, en quelques semaines, non seulement j'avais investi jusqu'au premier cercle de la République, mais je me faisais ouvrir les portes des palais les mieux fermés. Depuis, je vis aux frais de cet homme en déployant mes propres talents de comédien et d'aventurier pour asseoir mon prestige et ma renommée. Et ainsi prétendre à une vie qui me serait ôtée si on le découvrait. Voilà, tu sais tout Bella mia.

Son aveu, d'une traite, m'avait laissée comme lui sans souffle, mais plus encore perplexe. Sur le même ton, restant dans ce tutoiement complice, j'avais osé :

— Je pourrais te trahir.

— Mais tu y perdrais un ami. Et un confident discret. Dont certes tu ne voyais guère l'intérêt il y a quelques minutes. C'est précieux, pourtant. Je le sais. J'en suis toujours privé de mon côté.

J'avais acquiescé, pris une grande inspiration puis lâché dans un soupir :

— Je ne dirai rien, mais tu vas regretter ta confiance. J'ignore qui je suis. Mes souvenirs commencent avec ma souffrance et les visages des Zanetti au-dessus de mon front. C'était il y a un peu plus d'un an. Ils venaient de me trouver dans leur roulotte. Grièvement brûlée au buste et aux bras. Ils me voyaient pour la première fois. Et moi de même. Tout ce dont nous sommes certains, en regroupant les images qui me sont venues depuis et ce qu'ils savent, eux, de ce jour-là, c'est que quelqu'un a dû m'évacuer d'un palais en flammes près de Breda et m'abandonner à eux. Depuis, d'un point à l'autre de la République, ils jouent pour survivre, mais surtout pour me procurer du laudanum.

Il était devenu blême quand, écartant les fourrures puis ma chemise, j'avais révélé l'une de mes cicatrices. Il avait porté mes doigts à ses lèvres.

— Désormais cette maison devient la tienne et celle des Zanetti quand vous serez à Venezia. Et je veillerai personnellement à ce que le laudanum ne vous coûte rien. Avant de rejoindre cet homme qui te protège si bien et lui révéler aussi, en gage de sa confiance, ce que je viens de te dire, je veux savoir. Veux-tu que je prie pour toi ?

J'avais secoué la tête.

— Ce n'est pas de prière que ma mémoire a besoin.

— De quoi alors ? s'était-il enquis en baisant délicatement mes doigts.

Ma voix avait chu dans les profondeurs de ces ténèbres qui hantaient mon cœur et chaque parcelle de mes cauchemars.

— De souvenirs, de gratitude envers celui qui me sauva des flammes et de réponses concernant cette nuit-là.

Un profond silence était tombé entre nous. Un silence qu'il avait brisé d'un ton aussi grave que le mien.

— Foi de Felice Dumas, il faudra le temps qu'il faudra, mais je jure sur ce que j'ai de plus précieux, ma modeste personne, que ta mémoire les trouvera.

Régulièrement ensuite, il était venu me rendre visite où que les chemins aient conduit la roulotte des Zanetti. Quand il ne nous accueillait pas à Venezia dans ce qui était devenu chez lui : la Ca'Baletti.

J'avais guéri de mes brûlures à l'ombre de son rire, de ses frasques amoureuses et de ses mensonges envers les puissants. J'avais grandi auprès d'un ami qui, des années plus tard, après que j'eus recouvré mon nom, mon rang et mes souvenirs, m'apprit avec douceur et patience à apprivoiser ma douleur et à aimer les caresses sur mes cicatrices. Même quand il s'éloignait de Venezia, pris par les affaires qu'il montait régulièrement, il restait présent, dans mon cœur, dans mes pensées, sigisbée sans l'être vraiment, Pantalon intrépide qui me confortait dans ma quête à l'écart toutefois des facéties narquoises de la *commedia dell'arte*. Il avait applaudi de me savoir fantôme pour traquer les meurtriers de ma marraine, lui qui n'aimait rien d'autre qu'éclabousser tout de l'éclat de ses impostures. Et il n'avait pas cillé quand je lui avais avoué avoir aimé tuer.

Il n'est que lui, revenu à point nommé d'un séjour d'une vingtaine de mois à Florence, qui puisse en quelques heures, quelques jours au pis, soulever le masque de celui que je traque avant que ce dernier ait pu le remarquer. Une pirouette, un rire de gorge, un battement d'éventail, tout est propice à Felice Dumas pour exceller dans ce qu'il sait faire de mieux : espionner, dénicher, escroquer.

Il danse encore que, ayant semé le mystère et l'espoir frustré dans mon sillage, je m'éclipse dans un froissement de soie. Je dois quitter la demeure du consul de France avant que la lumière du jour n'empêche mon gondolier de disparaître.

Déjà, me voyant sur le quai, des hommes se hâtent vers leurs propres embarcations, certains de parvenir à aborder ma gondole plus loin, en toute discrétion, et de me convaincre de laisser le premier arrivé y monter. Fols. Ils le sont tous. Parce que je représente l'inaccessible et que l'inaccessible n'existe pas dans la cité.

Luigi les distance avec son agilité coutumière, nous dissimulant un long moment derrière une de ces grilles qui ne savent lui résister. Le soleil perce l'horizon quand nous glissons enfin, invisibles parmi la multitude, sur les eaux moirées de la lagune.

Je parviens à Muran à l'instant où, saluant l'ouverture des verreries et le retour des pêcheurs, les cloches des couvents s'ébranlent dans un même élan joyeux. Luigi me lance un baiser, s'écarte du bord puis oblique vers San Cipriano où il loge confortablement, la solde que je lui alloue pour sa discrétion et son efficacité représentant un fort joli pécule. Il s'était mis en tête de le refuser en découvrant l'objet de ma quête. Je l'ai doublé. Par respect. Et au nom de l'affection et de la complicité qui, peu à peu, s'est installée entre nous.

Un bâillement en bouche, je rejoins ma cellule. Il me faut dormir avant que Catterina ne tambourine à ma porte, craignant que le courroux de la supérieure ne finisse par me vouer aux gémonies. Comme chaque jour, la bouche pâteuse, je lui rappellerai que je n'ai rien à craindre.

Que l'on me pardonnera tout, y compris de manquer les offices. Ne suis-je pas l'une des pensionnaires les plus illustres de ce couvent ? Mon nom figure dans le Livre d'or et mon frère verse pour mon seul entretien davantage que ce que cette institution obtient pour l'ensemble de ses pensionnaires. Elle en conviendra et repartira m'excuser. Je pourrai ainsi récupérer un peu de ma folle nuit.

Je m'étends sur ma couche, ferme les yeux, un sourire aux lèvres. Felice sait où me trouver. Et quand nous nous serons parlé, ma traque pourra réellement commencer.

9.

De mon réveil à l'arrivée des premiers visiteurs, j'ai dû ronger mon impatience avec la même dolence que les ans sur un tombeau. Le nez dans une vie de saint et l'œil s'en échappant régulièrement en direction du portail clos. Les matinées au couvent Santa Maria degli Angeli me sont d'un ennui consacré. Et pour cause ! Il y a longtemps que mes sœurs me tiennent à l'écart. À l'exception de Catterina que je fascine et qui est devenue mon ombre, je n'ignore pas ce que les autres pensent de moi : que l'orgueil me ronge le front et que, sans mon frère Francesco II Morosini, chevalier et procurateur de San Marco, pour acheter l'indulgence de la mère supérieure à mon égard et pour attirer vers moi les convoitises des hommes espérant une faveur de sa part, je ne serais rien ni personne. Ils se trompent, évidemment. Pas sur l'influence de mon frère et l'attrait que son nom et sa fonction m'apportent. C'est une réalité que je ne nierai pas, même si je possède suffisamment de fortune personnelle pour subvenir à mes propres besoins et que je ne sois restée « enfermée » ici que de mon propre chef. Qui se méfierait d'une moniale ?

Non, ils se trompent sur ma nature. Je suis devenue froide, distante et hautaine par nécessité. Trois vertus indispensables lorsque l'on est la main justicière et discrète de la Quarantia Criminale. Mais là n'est pas la seule raison. Je devais survivre. Et pour survivre, je devais cesser toute forme d'empathie envers moi-même et envers les autres. Pis encore, je devais gagner une confiance en moi indestructible et une assurance farouche qui, seules, m'imposeraient aux yeux de tous et m'ouvriraient les portes que la fadeur me garderait fermées. Alors, j'ai pris exemple sur la seule femme qui correspondait à ce portrait.

Ma mère ne s'intéressant pas à moi, j'ai été confiée à ma marraine, une de ses cousines dont l'époux était l'un des *pregadi*[1]. C'est chez elle que j'ai vécu l'année de mes neuf ans. C'est elle que j'ai aimée, admirée, dans sa grandeur et sa lumière. C'est elle que j'ai pleurée. Son époux était à Venezia au moment de l'attaque dans leur maison de campagne, et, ma marraine n'ayant pas été la seule victime des flammes, il a cru avec mon père et mon frère que j'y avais moi aussi succombé. Ma mémoire m'est revenue d'un coup, presque trois ans après le drame, en voyant, depuis les coulisses de la *commedia* que les Zanetti devaient jouer, mon frère sortant du palais ducal. Trois jours plus tard, j'étais près de lui – mon père s'étant éteint pendant ma silencieuse convalescence –, et

1. Élus pour un an et rééligibles, les *pregadi* sont les membres du Sénat. Ils sont au nombre de cent vingt et sont désignés par le Grand Conseil, les membres de la Seigneurie, les Dix et les Quarantie. Les *pregadi* détiennent le pouvoir législatif, décisionnel en matière de finances et de commerce mais aussi militaire avec le droit de déclarer une guerre.

les Zanetti se voyaient largement dédommagés pour leurs bons soins, sans pour autant cesser de nourrir l'affection qu'ils m'avaient prodiguée. Mon frère m'a confiée aux plus éminents médecins de la République puis, ne voyant pas mes cicatrices s'atténuer, à ce couvent. Je venais d'avoir quinze ans.

— J'aurais préféré lui trouver un époux, mais vous le savez comme moi, à Venezia l'on célèbre la beauté quand celle de ma sœur a été mutilée, avait-il soupiré, devant moi, à mère Teresa Campanino.

Je ne m'en étais pas offusquée. À cet âge, et depuis longtemps déjà, je ne songeais qu'à l'instant où je pourrais fourbir ma vengeance. Un mari me l'aurait volée.

Enfin ! l'heure du plaisir vient de carillonner aux cloches de l'église du couvent. À peine le portail s'est-il écarté, déversant dans la cour plus de masques et de manteaux que nous étions de moniales, que Catterina se précipite vers moi avec l'émotion du désir dans le regard.

— Il n'est pas venu seul, glousse-t-elle en m'attirant vers le parloir particulier que paie généreusement son coquin de notaire.

— Qui cela ?

— Don Alvise, pardi ! J'ai entendu Dulcia murmurer qu'il est accompagné de ce marquis de Baletti dont toutes les Vénitiennes raffolent.

Je me trouble. Felice change nos habitudes de rencontre quand jusque-là nous avons toujours veillé à ce que l'on ne nous associe pas. Une grève proche, un billet glissé à Luigi m'indiquant l'heure d'un rendez-vous ont toujours satisfait notre besoin de discrétion. Je hâte le pas. S'il a choisi de s'encombrer de l'amant de Catterina pour être officiellement introduit dans mon cercle et ce couvent, c'est que Luigi a dû l'informer de la menace qui pèse sur moi. Craint-il que ces murs aient des oreilles ? que nos précautions habituelles ne suffisent plus ?

Dans le sillage pressé de Catterina, je pénètre à l'intérieur de la pièce basse et voûtée. À l'écart des autres parloirs, elle est située derrière le campanile et bénéficie, pour plus de discrétion, d'un accès privé depuis la lagune. La harpe y est encore, les sièges bas permettant toutes les audaces aussi. Le parfum capiteux de l'encens flotte dans des relents de stupre et de fornication débridée.

Je souris en découvrant l'air faussement emprunté de Felice. Il s'incline devant moi comme devant une parfaite inconnue. Porte la main à son cœur quand Alvise enlace Catterina en affirmant qu'elle lui a manqué.

Commedia.

Catterina glousse, la nuque renversée, repousse son amant d'une paume posée sur sa poitrine puis se glisse derrière la harpe. La musique s'envole.

Don Alvise s'approche de moi, m'enveloppe de sa trentaine séduisante et sensuelle.

— Venez, mon ami, venez ! hèle-t-il Felice qui nous regarde sans broncher. Vous ne pouvez imaginer quel arbre étonnant soutient les seins pommés de sœur Maria Marina.

Il le sait, si. Ces cicatrices-là, épaisses et noueuses comme des branches et dont mon frère avait craint la disgrâce, Felice a été le premier à y poser des baisers. Je tends ma main vers lui pendant qu'Alvise délace ma poitrine, y plonge ses lèvres. Felice hésite. Nos jeux, jusque-là, n'avaient toujours été que tendresse, une tendresse empreinte de douceur et de volupté. Rien que je puisse lui offrir ici dans ce lieu où les nonnes ne sont rien d'autre que des putains déguisées.

Malgré tout, je lance, le regard faussement enflammé :

— Auriez-vous usurpé votre réputation, marquis ?

Il sourit. Moi aussi. Je feins. Il le doit aussi. C'est vital pour nous, dans ce contexte. Mais je sais qu'il n'aime pas l'image que je lui renvoie.

Il s'approche, accepte qu'Alvise m'offre à lui. J'enroule mes bras à son cou. Alvise rit, s'écarte pour inviter Catterina à jouer d'une seule main, lui prend délicatement l'autre pour la poser sur son vit.

Felice butine mon oreille. Chuchote :

— Minuit. Là où tu sais.

Je ferme les yeux, rassurée par cette promesse, tandis qu'il me soulève avec sa délicatesse coutumière pour me déposer sur une banquette tendue de velours doré et, près de moi, s'allonger.

10.

L'étreinte de Felice m'a laissée frustrée. Trop éloignée de ces jeux que nous avions appris ensemble. Trop éloignée de notre vérité. D'autant que, refusant très vite la seule compagnie de Catterina, son amant l'a ramenée vers nous, insistant pour qu'elle découvre ce qui rend Felice si populaire auprès des femmes. Mon cher ami a tenté de s'y soustraire, par égard pour moi, avant de comprendre que le notaire s'en froisserait. Nos joutes amoureuses sont devenues ce que ce coquin de don Alvise aime. Une cavalcade de débauche dans laquelle je me suis perdue par habitude et par nécessité.

Depuis leur départ à tous deux, pour la première fois, je me sens sale. C'est stupide. J'ai fait pis. J'ai joui dans des bras plus veules et plus pervers que ceux de cet homme, bien fait et séduisant au demeurant. Mais pas sous le regard de Felice. Ma peau me brûle, mes cicatrices me brûlent comme si le feu d'hier s'y était réveillé. Je voudrais l'entendre murmurer comme autrefois : « Mes larmes n'ont rien de divin, mais je les donnerais toutes pour éteindre en toi ce brasier. »

Et de pleurer dessus, juste pour cela : soulager ma souffrance de savoir que celle de mon corps ne s'effacerait jamais.

J'aime Felice Dumas. Je l'aime depuis le jour de notre rencontre. Et il m'aime aussi. Avec la même profondeur. La même évidence. Même si, pas plus que moi, il n'a besoin de le formuler.

Lorsque enfin minuit sonne au clocher, répondant dans l'obscurité aux autres beffrois de la Sérénissime, je me coule jusqu'à l'appontement où Luigi m'attend.

— San Bernardo, je murmure après avoir déposé un baiser léger sur sa joue.

Il sourit, opine en silence, me regarde m'installer sur le banc puis plonge sa rame dans l'eau sombre. Comme chaque nuit, au loin, Venezia s'ébat. Moi je ne pense qu'à Felice. C'est lui qui, la première fois, m'a envoyé Luigi après que mon frère m'avait confiée à la solitude du couvent. Luigi était son gondolier. Il m'avait conduite sur cette plage de l'île de Muran. Felice m'y attendait pour me demander si je voulais qu'il me fasse évader. J'avais refusé. Quelque temps plus tard, acceptant que je devienne « la Contessa », il avait fait de San Bernardo notre refuge.

Domptant le courant, Luigi remonte vers le nord, longeant la masse sombre des habitations, dépassant l'un des canaux qui morcellent l'île. Atteindre la plage ne prend que quelques minutes. Elles me semblent des heures. Le chaloupé du *puparin* torture mes cicatrices, à vif sous la soie de ma robe. C'est ainsi après chaque étreinte un peu violente. Trop de pression, de frottements, trop de baisers dessus. Je crispe les mâchoires, ferme les yeux. Un seul baiser, véritable, profond, délicat, de Felice m'aidera à tout apaiser.

Le clair de lune argente les vaguelettes qui frappent la coque, distribue des reflets mouvants jusqu'à cette plage qui se rapproche. Je cherche la silhouette de Felice, la trouve. Il est assis là, les jambes repliées, les mains autour des genoux. Il me regarde venir à lui. Comme chaque fois. Mon cœur danse quand je l'ai contraint à n'exprimer que sagesse et froideur, la veille, chez le consul de France. Quand je l'ai enrobé de lascivité, tantôt, dans cette alcôve. Le véritable moi n'existe que grâce à cette silhouette d'homme, d'ami, d'espoir partagé.

Il le sait.

Luigi manœuvre, fait glisser l'embarcation sur le sable, m'aide à descendre. Felice s'est levé. Il ne porte plus son masque. Ses traits affichent quelques rides supplémentaires, une légère cicatrice sur la pommette gauche, mais je les retrouve tels que je les ai caressés avant son départ de Venezia.

Il m'ouvre grand ses bras, chuchote dans le vent :

— Tu m'as manqué, Bella mia.

Comme si nous venions seulement de nous retrouver.

Luigi repousse la coque, nous tourne le dos, s'éloigne avec sa discrétion coutumière. Il me suffira d'agiter la main en direction du large pour qu'il réapparaisse comme par magie. Pour l'heure, je ne songe qu'à me blottir contre ce *farsetto*[1] brodé et, enfin, à respirer le véritable parfum de ma liberté.

Un baiser sur mon front.

1. Veste.

— Viens, me dit Felice en me repoussant délicatement pour m'entraîner plus loin, là où la roche épouse le sable, là où nous avons l'habitude de nous asseoir dans le clair-obscur.

De là, Venezia devient invisible. Et ce « nous » qui n'a de sens que par l'ombre apparaît.

Je m'installe à ses côtés, enveloppée aussitôt par son bras. Il m'avale dans son flanc. Ma tempe se niche contre son épaule. Le temps s'arrête, file, nous absorbe. Il faut cela, ce silence en suspension, cette étreinte sobre, pour effacer de nos mémoires celle de l'après-midi qui, l'un comme l'autre, je le sens, nous a avilis.

Puis, soudain, il chuchote, les lèvres dans mes cheveux.

— Luigi ne m'a appris que l'essentiel : tu es en danger. Raconte-moi.

J'expose : l'exécution de Calapelli, les enfants retrouvés égorgés, le médaillon déposé par leur meurtrier. Ma certitude que le dernier des assassins de ma marraine a voulu me faire accuser par la Quarantia de la mort de ces innocents, tout en signant son forfait pour que je sache, moi, qui il est. Veut-il me punir d'avoir ruiné ses affaires avec Calapelli ? me faire comprendre avec ce message qu'il est capable de tout ? que je ferais mieux de renoncer ?

Dans un soupir, j'ajoute :

— Il n'a réussi qu'à attiser ma colère.

Je m'écarte, tourne vers Felice mon regard rongé par la frustration, le besoin d'agir. De punir.

— J'ai fait jeter huit scélérats solidement ficelés et bâillonnés dans la lagune, tranché la gorge de quatre et empoisonné une femme, tout cela sur l'ordre de Giorgio

Baffo et en plus des trois que j'ai traqués moi-même. Quel qu'il soit, capitaine ou armateur de ce navire ayant convoyé les enfants, patricien ou notable amateur lui aussi de chair tendre, j'ai besoin de ton aide pour le débusquer. Tu sais louvoyer et puis tu possèdes une compagnie maritime à Trieste. Dans ce milieu tout finit par se savoir. Les bonnes affaires et celles qu'il vaut mieux éviter. Mais aucun ne voudra me parler. Et tu le sais, je ne torture pas les innocents.

— Soit, me consent-il. Quel est le nom du navire ?

— Je l'ignore. Il semble s'être volatilisé après sa dernière livraison. Ce qui ajoute à mon sentiment que le propriétaire ou le capitaine pourrait être mon coupable.

Il fronce les sourcils.

— Que sais-tu exactement sur ce trafic ?

Je tressaille.

— À part le fait que Calapelli soudoyait largement les petites mains des orphelinats de la côte adriatique, puis se faisait livrer les enfants comme la plus vulgaire des marchandises, pas grand-chose. J'aurais dû attendre d'avoir réuni toutes les informations avant de pousser Calapelli à me conduire dans son antre. Mais tu le sais, Felice, quand il s'agit de flammes, ce n'est plus seulement la Contessa en moi qui exige vengeance. Sauver la vie de ces *bambini* s'est imposé comme une priorité.

Il resserre son étreinte. Avec tendresse. Souffle dans mes cheveux, au-dessus de mon oreille.

— Où se trouve cet endroit ?

— Ici, à Muran. Il s'agit de l'une des anciennes fonderies, abandonnée il y a une vingtaine d'années.

Felice enveloppe ma joue avec douceur.

— Alors c'est par là-bas qu'il faut commencer à chercher la piste de ses complices, Bella mia.

Je me désole.

— L'endroit était truffé de malles emplies de vieux documents. Giorgio les a récupérés. À cette heure, il n'en a pas encore trié la moitié. Je doute que nous découvrions quoi que ce soit.

Il sourit.

— Tu oublies que Baffo n'a ni ton flair ni mon imagination. Il n'aura trouvé que ce qu'on lui aura permis de trouver. Souviens-toi du collier de Magdalena.

Magdalena avait intégré la troupe des Zanetti à l'époque où j'y étais. Son collier était l'un des accessoires majeurs de l'impromptu que les comédiens devaient jouer chez un patricien. Ils avaient été grassement payés pour cela. Or, quelques heures avant la représentation, le bijou avait disparu. Les Zanetti avaient retourné l'intérieur de la roulotte, en vain. Ils étaient prêts à renoncer lorsque Felice était arrivé. Quelques minutes à peine plus tard, il extirpait le collier de l'endroit le plus improbable qui fût : l'arrière de l'une des roues de la carriole. Et Magdalena, rouge comme un coquelicot, avouait qu'elle l'avait porté la veille pour bouleverser les sens d'un soldat. Cela avait si bien fonctionné qu'elle avait fini le jupon relevé. Elle était rentrée se coucher sans plus penser au collier qui avait dû tomber pendant ses ébats. Felice avait remarqué un éclat entre les rayons de la roue. Cela lui avait suffi.

Il dépose un baiser furtif, léger, sur mes lèvres.

— Fais-nous confiance, Bella mia.

11.

Moins d'un quart d'heure plus tard, Luigi emprunte un canal discret et nous dépose au bout de l'ancien quartier des maîtres verriers, à l'endroit même où il m'avait débarquée avec Calapelli. Le bâtiment, isolé des autres, est tel qu'en mon souvenir, hideux dans sa décrépitude. J'en perçois davantage la froideur à présent que, dépossédée de ma détermination à tuer ce monstre, il ne me reste plus que l'image de ces enfants, mains tendues au travers des barreaux. En les quittant, le ventre noué, je leur avais promis qu'on ne tarderait pas à venir les délivrer. Qu'ils devaient servir de justification à mon propre crime auprès de la Quarantia Criminale. Je m'en veux. Les laisser filer comme ils m'en avaient suppliée les aurait sauvés.

Felice ne m'autorise pas à m'appesantir sur mes regrets. Il est déjà devant la porte privée de serrure. Il attend de la refermer sur nous pour allumer la lanterne que nous a confiée Luigi. La lueur grandit, révèle la vaste pièce aux murs de pierre moussue à hauteur de genou, le foyer central. Une odeur de chair brûlée, de sang et d'excréments flotte, broie mon estomac, y réinstalle cette nausée que la proximité vicieuse de Calapelli m'avait donnée.

Je m'arque, serre les poings et refoule ma colère. La présence de Felice me fait prendre conscience que la Contessa, elle, n'avait pas seulement cillé.

— Par là, lui indiqué-je en me dirigeant vers l'autre extrémité de la pièce.

Mes bottines de cuir claquent sur les dalles craquelées. Le pas de Felice s'y fond. Je m'arrête. Il promène sa lanterne sur d'anciens gros casiers maçonnés fermés par des grilles épaisses. Son silence est plus éloquent qu'un juron.

— Il faut les fouiller, dit-il enfin. L'assassin a peut-être laissé tomber quelque chose en égorgeant à tour de bras. Quelque chose qui nous permettrait de l'identifier.

Je m'apprête à entrer. Il me retient par le coude.

— Cherche autour du foyer, dans chaque recoin. Il ne s'agit pas seulement de découvrir son identité, il faut s'assurer que ton hypothèse est juste. Que cet individu pourrait être à la fois le meurtrier de ta marraine et un associé de Calapelli. Et découvrir pourquoi, alors que tu n'as jamais réussi à l'identifier, il accroche aujourd'hui la lumière en essayant de te faire accuser du meurtre de ces *bambini* en plus de celui de Calapelli.

Son regard brûle de colère à la lueur de la lanterne. Il me la tend.

— Et toi ?

Un rire indécent, inopportun.

— C'est dans l'obscurité que j'excelle. Mes sens me guideront. Va.

Je m'éloigne, me retourne au bout de quelques enjambées. Il a plongé dans les cages à quatre pattes, indifférent à souiller ses mains et ses habits avec les déjections enfantines. Il s'oublie. Et dans cet oubli je mesure la profondeur de son amour pour moi, de sa dévotion inchangée. Je m'en nourris, reprends la direction du puits empli de cendres et d'ossements, éclaire la longue chaîne qui tombe du conduit de cheminée et au bout de laquelle Calapelli accrochait ses jeunes victimes pour mieux les rôtir. Tout à côté, fixée à la pierre, la lourde broche qui les empalait. Il me semble encore entendre son rire contre mon oreille, sentir l'odeur poisseuse de son désir, son vit bandé. Et ma jouissance démoniaque lorsqu'il s'est effondré.

Je frissonne de nouveau de dégoût et de satisfaction. Je baisse les yeux. La flaque de sang a séché sur les carreaux, mais elle signe ma victoire. Au moins ces enfants auront-ils été les derniers à mourir sous ce toit.

Ragaillardie par cette certitude, je lève le bras, tourne sur moi-même, révélant dans la lumière ce que, tendue vers mon objectif, je n'ai pas remarqué l'autre soir. Étagères dans un coin, vieux coffres dans un autre. Je m'approche des premières, examine les rayonnages, découvre des outils de maître verrier : louches, fers et ciseaux de toutes sortes, pincettes, mailloches, bardelles, pontils… Sur le banc voisin, une fêle[1] est posée. L'absence de poussière me frappe. J'observe ces objets de plus près. Ma gorge se noue. Du sang séché les macule. Je détourne les yeux pour éviter à mon imagination de s'emballer. Tout est trop bien rangé de toute manière. Le meurtrier de ma marraine ne s'en sera pas approché.

1. Canne servant à souffler le verre.

Je me dirige vers les coffres. Ils ont été vidés pour la plupart. Je devine, dans le désordre à leur pied, l'œuvre de Giorgio. Je m'accroupis néanmoins, le *tabaro* en corolle autour de moi, fouille parmi ce qui reste, exhume de vieux livres de comptes, des notes et des dessins d'objets. Je m'arrête soudain sur l'un d'entre eux, la mémoire suspendue.

Je remonte le temps, revois cette magnifique coupe enchâssée d'émeraudes et de grenats entre les mains de ma marraine, l'œil satisfait de l'homme qui venait de la lui remettre. Une voix chantante aux tonalités d'alto chatouille mon souvenir.

— Les autres pièces vous seront bientôt livrées.

— Je vous félicite, mon ami, avait assuré ma marraine avant de s'apercevoir de ma présence dans son boudoir, de blêmir et de gentiment m'inviter à me rendre aux cuisines pour mon goûter.

Je reviens à la réalité en entendant claquer les souliers à boucle de Felice. Le bruit s'arrête dans mon dos. Son timbre navré prend le relais.

— Rien de mon côté, et toi ?

Je me redresse, le dessin à la main, troublée. Profondément.

— Ceci.

Il sourit, moqueur.

— Une coupe à fruits ?

Je tremble d'excitation et d'interrogations mêlées.

— La preuve que l'ancien propriétaire de cet endroit et ma marraine étaient liés.

12.

Il est assis à côté de moi. Il pue le sang, la désolation et les excréments humains. Il pue la détresse dans laquelle ces enfants ont baigné avant d'être fauchés. Il ne semble pas s'en apercevoir. Il a les yeux rivés à ces pages qu'il feuillette, livre de comptes après livre de comptes. Des dizaines dont le dernier s'interrompt abruptement à l'été 1736. L'année du meurtre de ma marraine. L'année où je l'ai vue recevoir cette coupe d'une perfection absolue dans la finesse de son exécution. Je ne saurais dire si cet objet a marqué ma mémoire d'enfant par sa magnificence ou par le fait que sa livraison n'a précédé que d'une poignée d'heures la mort violente de ma marraine et l'incendie qui m'a mutilée. Mais l'homme qui l'a réalisée était sans conteste un grand, très grand maître verrier.

— Tout de même, soupire Felice en dardant sur moi ses prunelles limpides, si le fait est troublant et ton souvenir réel, il n'en reste pas moins que le lien est ténu. Tout le monde connaissait ta marraine, selon ce que j'ai pu en apprendre. C'était l'une des femmes les plus en vue et les plus respectées de Venezia. Elle devait régulièrement acheter de la vaisselle aux maîtres verriers.

— Je sais. Mais il est noté « *unico* » en marge du dessin. Ce qui signifie que cette pièce avait une valeur inestimable. Trouves-tu trace de son paiement dans ton registre ?

Il y replonge le nez. Son index sale balaie les colonnes de cette année maudite jusqu'à s'arrêter une nouvelle fois sur le dernier trait de plume, glissant d'un bord à l'autre de la feuille en une trajectoire folle, désordonnée.

— Rien, en effet, mais le scribe a été interrompu dans son écriture, et de manière violente si j'en juge par cette coulure.

Il relève un front maculé de traces brunâtres jusque sous les boucles de la perruque.

— Que sais-tu de ce maître verrier ?

Je secoue la tête, prisonnière d'un étau qui ne cesse de se resserrer.

— Pas même son nom.

— Il nous faut découvrir qui il est, décide Felice en bondissant sur ses pieds avec une exceptionnelle agilité.

Il me tend ses doigts, grimace en les voyant souillés.

— Pas des plus nobles, mais ils feront l'affaire. Si la Contessa veut bien s'y appuyer.

Je n'hésite pas. Cette crasse est tout ce qu'il reste des enfants que je n'ai pu sauver. Ma pénitence.

Sitôt debout, je perçois l'odeur de fumée. Il l'a sentie aussi, car brusquement il tourne sur lui-même. Le bâti est clos, privé de fenêtres. Il n'y a que le foyer au-dessus duquel, à près de deux mètres de haut, grimpe un conduit de brique. Nous nous regardons, circonspects.

— Du feu ? En pleine nuit ? s'étonne-t-il.

— Le vent doit rabattre la suie.

Il opine d'un menton anguleux, aussi glabre qu'une pierre à lisser.

— Sortons d'ici. Nous ne trouverons pas davantage. Cela m'étonne même que Giorgio n'ait pas embarqué ces documents-ci.

Je hausse les épaules.

— Il eût fallu, pour qu'il y trouvât un intérêt, qu'il sût pour cette coupe.

— C'est vrai.

Nous rassemblons les documents, ne conservons que ceux qui nous ont troublés, le dessin et le dernier des livres de comptes. Felice les glisse à l'intérieur de son *farsetto*. Je marche déjà vers la porte, le ventre noué, les cicatrices ardentes. Un mauvais pressentiment m'anime. Je refuse d'y céder, pourtant l'odeur de fumée est plus prégnante. Je la sens me piquer le fond de la gorge et il me semble, en tournant la tête en direction de la cheminée, que des volutes l'enveloppent.

Felice a accéléré le pas. Il me devance, tire le loquet. Rien ne bouge. Je blêmis. Il insiste. Encore. Encore. Puis se tourne vers moi. Point besoin d'explication, j'ai compris en même temps que lui. Nous sommes enfermés.

— Une autre issue ? réclame-t-il, espérant sans doute que mon enquête me l'a fait rechercher.

— Aucune idée.

Nous fonçons vers l'arrière tandis qu'une brume opaque et nauséabonde s'échappe du conduit. Elle s'épaissit. Rampante. Insidieuse. Un serpent de cendres qui se glisse sous ma peau, m'empoigne la gorge et m'arrache un haut-le-cœur. Quelqu'un a dû bourrer la cheminée avec de la paille mouillée, y mettre le feu puis reboucher depuis l'extérieur, obligeant la fumée à redescendre. L'on veut nous asphyxier.

— Comment a-t-il su ? bredouillé-je, l'esprit en ébullition, le corps aussi tendu qu'une corde rêche alors que Felice bondit de coin en coin, la lanterne levée.

— Il faut croire qu'il fait surveiller cet endroit. À moins que ce ne soit toi. Qu'importe. Nous devons quitter ce bâtiment avant de ne plus pouvoir respirer.

Je m'éloigne vers une portion d'ombre, à l'opposé de l'entrée, ouvre une porte à la volée. Derrière se trouve ce qui devait être le bureau du secrétaire. Un meuble fatigué supporte encore des tampons et des encriers. J'appelle Felice. Il surgit tel un cabri à l'assaut d'une montagne, illumine le mur qui semble donner sur l'extérieur, capture dans le halo le dessin d'une fenêtre barrée par des planches.

— Referme la porte. Le temps que la fumée parvienne jusqu'ici, foi de Felice Dumas, je nous en aurai extraits.

Il pousse le bureau contre la paroi, grimpe dessus, s'escrime pendant que je m'exécute. La tête me tourne et j'ai l'impression furtive que ce n'est pas seulement avec de la paille que ce chien a obstrué le conduit. Une odeur nauséabonde flotte comme une menace dans l'air devenu encombré.

Felice s'escrime sur les clous. Ses gestes sont furieux, pressés. Le bois grince, résiste, mais il ne s'arrête pas. Il saute de nouveau au sol, fouille en quête d'un outil, trouve une règle d'acier. Je n'ose l'alerter. Notre salut réside en sa rapidité d'exécution. Le distraire, ne serait-ce que quelques secondes, risque de nous tuer. Les battements de mon cœur cognent contre mes tempes. La planche bouge, un air frais m'arrive aux narines.

Puis un souffle, violent et bruyant comme celui d'un canon, arrache la porte de ses gonds. Je n'ai pas le temps de me protéger qu'elle me percute et m'envoie me plier en deux sur le bureau.

13.

Durant quelques instants, coincée entre le battant soufflé et le meuble, je suis incapable de bouger, de respirer normalement. La puissance de l'explosion vrille encore mes tympans, m'empêche de réfléchir. Je dois réagir, mais j'en suis incapable.

Péniblement, je m'arrache une plainte :

— Felice…

Il ne répond pas. Une angoisse sourde s'ajoute brutalement à ma souffrance. J'insiste, à peine plus fort. J'entends un grognement sur ma droite, puis un bruit que je ne parviens pas à identifier.

— Où es-tu ? gémit-il.

Je comprends alors que l'obscurité nous enveloppe.

— Bureau… Piégée…

Il est là près de moi. Je sens sa présence. Il palpe, évalue la situation. Le poids s'allège sur mes reins. Je veux me redresser mais une douleur violente me broie le bas-ventre et me soutire un cri.

— Ne bouge pas, tremble la voix de Felice. Tu as peut-être quelque chose de brisé.

Il me dégage délicatement, me palpe.

— Tu peux bouger ?

— Oui… oui ça ira, ne t'inquiète pas. Il faut sortir d'ici.

Je mens. Un liquide poisseux vient de couler entre mes jambes, de souiller mon jupon. Je me tais. Ce n'est pas le moment de me plaindre. D'ici peu, réveillés en sursaut dans leurs maisons, les voisins de la fonderie vont se précipiter. Ils ne doivent pas nous découvrir ici.

— Je vais te soutenir. Accroche-toi à moi, exige Felice en glissant son bras sous le mien. Avec un peu de chance, le portail a été soufflé. Et Luigi alerté par l'explosion.

Il me guide, à tâtons, au travers des décombres, me fait passer dans la grande salle. Je serre les dents, l'avant-bras en travers de mon ventre comme si cela pouvait suffire à arrêter la souffrance. Mais j'ai l'impression d'être écartelée.

Nous n'allons pas au-delà de quelques pas. Prémices d'un incendie, des lueurs dansent un peu partout, éclairant des débris au sol, la poussière qui frise nos narines. Par le plafond crevé, une lune gibbeuse se joue des volutes de fumée.

— Rien à faire. Tout s'est effondré, commente Felice en m'aidant à revenir sur nos pas.

Autour de nous, des craquements fusent, sinistres, menaçants, comme si, déchiré, le bâtiment ne voulait plus que se coucher et mourir. Felice ne le dit pas, mais je sais qu'il pense comme moi : nous avons eu de la chance d'être entrés dans cette pièce mais cela ne va pas durer. Le plafond y a lui aussi été fragilisé.

— Je dois retrouver la règle métallique et finir de dégager la fenêtre. Luigi ne doit pas être loin. Sitôt que j'aurai ouvert, je l'appellerai et il viendra nous aider, ajoute-t-il en m'allongeant sur le bureau. Ça va aller ?

— Oui. Ce ne sont que des contusions. Rien de plus, continué-je de mentir.

Mais sitôt qu'il s'est écarté, je me recroqueville sur le flanc, croise les bras sur mon bas-ventre. Quelque chose s'y est déchiré, quelque chose qui file entre mes cuisses. Je serre les mâchoires. J'ai connu pis. J'ai supporté pis. Ce n'est pas le moment de flancher.

Felice tâtonne sur le sol au milieu des encriers renversés, jure, probablement en se coupant sur du verre brisé, puis se redresse et grimpe de nouveau sur le bureau, à quelques pouces de mes pieds. Je l'entends s'escrimer, ahaner, redoubler de vigueur quand un fracas retentit dans la salle. Je suspecte la chute d'une poutre. Au-dessus de nous, le plafond semble en sursis. Chaque fois qu'une planche est retirée par Felice, l'air chargé d'une odeur de poudre est remplacé par un vent frais. Je respire mieux, mais la douleur ne lâche pas. Je regarde par l'ouverture. J'entends la clameur de voix qui se rapprochent. Felice les a perçues aussi. Il intensifie son effort, décloue le dernier morceau de bois puis se penche pour m'aider à me redresser.

— Je vais sauter dehors, tu n'auras plus ensuite qu'à glisser depuis l'encadrement. Tu t'en sens capable ?

— Évidemment.

La souffrance ne m'a jamais arrêtée. Quand Felice disparaît, je me traîne jusqu'au bord de la fenêtre, passe mes jambes par le chambranle, le front perlé d'une sueur aigre, et coule jusqu'à lui.

Ses bras m'enveloppent, me soutiennent. Au petit cri de surprise qui lui échappe, je devine que l'humidité poisseuse de mes jupons l'a renseigné sur la réalité de mon état. Il ne dit rien, me soulève et m'emporte à pas vifs jusqu'au bord d'un canal latéral où Luigi nous attend. Il n'ose l'appeler. Des lanternes illuminent les canaux qui traversent l'île, les abords des bâtisses. Tout Muran est dehors, en marche, en vogue vers la fonderie. On ne doit pas nous remarquer.

— Nous y sommes presque, souffle-t-il contre mon oreille en jonglant entre le clair-obscur et la hauteur des ajoncs qui bordent cette partie de l'île.

Je le sens tendu, angoissé. Je crispe davantage mes doigts autour de sa nuque. Ma souffrance est si vive que j'en ai la nausée. Résister. Encore. Comme j'ai appris à le faire. Comme je l'ai toujours fait. Je colle ma joue à sa poitrine. Mais les battements désordonnés de son cœur ne m'aident pas à m'apaiser.

— Luigi ! hèle finalement Felice.

Je tourne la tête. Nous approchons de l'appontement. Le *puparin* se balance sur une eau troublée par les reflets de l'incendie qui commence à se déployer dans la fonderie. Une silhouette est assise à bord, immobile.

Le pas pressé de Felice claque sur le bois du modeste ponton.

— Luigi !

Pas de réponse. Mon souffle s'est suspendu. Je ne sens plus la douleur. Elle s'est déplacée dans cet esquif, sous ce halo lunaire à la froideur d'argent.

— Luigi ! gémit Felice en parvenant devant.

Sa plainte est la mienne.

Luigi n'est plus qu'une ombre dans le silence mouvant. Une ombre à la tête renversée et au col sanguinolent.

14.

Luigi. Égorgé par-derrière, comme si son agresseur avait surgi de l'eau pour le surprendre pendant qu'il somnolait en nous attendant. Tout l'indique et malgré tout je ne peux y croire. Mon regard perdu refuse de se fixer ailleurs que sur le *tabaro* dont Felice l'a recouvert. Et je ne sais plus si la douleur qui m'étreint provient de mon bas-ventre ou de mon cœur. Je l'ai aimé en frère ce compagnon de mes sorties nocturnes, et ne parviens pas à imaginer qu'il n'en sera plus, qu'il ne me permettra plus d'échapper aux courtisans fols de la Contessa. J'ai froid. Cela ne m'était jamais arrivé auparavant. Je resserre mon manteau autour de mes épaules, consens à détacher le regard pour le reporter sur Felice.

Depuis qu'il m'a déposée sur le banc de l'embarcation, mon tendre ami manœuvre habilement la rame pour nous éloigner de l'affluence des habitants. Des cris, des hurlements témoignent de l'inquiétude que l'incendie provoque. Qu'il se répande aux bâtiments voisins, à peine éloignés d'un jet de lance, et le *sestiere* entier brûlera. Par chance tous sont tournés vers l'ancienne fonderie. Ils ne voient pas notre échappée silencieuse et lugubre. La rame s'enfonce, brasse l'eau moirée. Peu à peu nous nous diluons dans ce lit sombre et mouvant, dans cette nuit qu'à présent les nappes de fumée embrument. Je tourne malgré tout la tête pour vérifier que nous ne sommes pas suivis. Par réflexe.

Personne.

Nous contournons l'angle d'une maison cossue, disparaissons derrière. En face de nous, au loin, la pointe de Venezia émerge, auréolée de ses ors dansants. Le vent charrie des bribes d'accords mineurs, les frasques d'un violon, les envolées d'une ritournelle.

Je sens rouler une larme sur ma joue.

Commedia.

Cette nuit, nous ne serons pas les marionnettistes et le rideau, retombé, nous sert de linceul.

Felice pose la rame, déroule la voile du *puparin*, la hisse le long du mât.

— Que fais-tu ? demandé-je même si, au fond de moi, je le sais déjà.

— Ce qu'il faut, Bella mia. Ce qu'il faut…

Il se rassoit, laisse le vent gonfler la toile, nous entraîner vers le nord. Le silence nous enveloppe. De petites îles émergent sous le halo de la lune. Sur chacune d'entre elles pointent les clochers des monastères que la folie de la Feria épargne. Felice dirige la barque vers la plage d'un îlot sur lequel ne subsistent plus que des ruines.

Je ne peux m'empêcher un sourire triste.

Il y a quelques années, il s'était déjà caché là huit jours pour échapper à un mari jaloux qui voulait le tuer. Un Français débarqué avec son épouse. Felice avait attendu que tous deux repartent pour se montrer. La belle, selon lui, valait bien une nuit, mais pas une piqûre d'épée.

Nous accostons sur une grève caillouteuse. Il s'approche de moi, s'accroupit.

— Tu sembles avoir perdu beaucoup de sang. Je dois regarder. Après je m'occuperai de Luigi.

Je m'accroche à son cou.

Il me soulève et m'emporte vers la chapelle dont il s'était approprié le couvert autrefois. La porte bée, envahie par la végétation. Il fouille dans sa poche, récupère une bougie prise dans le bateau, dans la réserve de Luigi. Je regrette de n'avoir pas songé à ramasser la lanterne avant de nous extirper de la fonderie. Il m'étend sur le sol, face au Christ qui se désole depuis que les pigeons l'ont pris pour nichoir.

— La douleur s'est estompée, murmuré-je tandis qu'il rabat mes jupons sur mon bas-ventre.

Il me dénude, approche la flamme. Un frisson me parcourt, qu'il feint de ne pas remarquer. J'ai beau savoir que la brûlure ne viendra pas, mon corps se souvient de celles passées.

— D'ordinaire, quand j'écarte les cuisses, ce n'est pas tes yeux que j'espère, tenté-je de plaisanter.

— Et je te promets de m'en souvenir, répond-il, son inspection terminée.

— Alors ?

— Ce sera sans conséquence, assure-t-il dans un sourire forcé. Je suppose que ta grossesse n'était que de quelques semaines.

Je me tétanise. Il fronce les sourcils. Tout s'arrête. Tout disparaît. Je n'éprouve pas de chagrin. Seulement de l'incompréhension. Un sentiment de vide. Comme si cet enfant perdu n'en était qu'un de plus que Calapelli ou son complice aurait sacrifié.

— Tu n'avais rien remarqué ?

Je me redresse, secoue la tête.

— Mes menstrues n'ont jamais été régulières, tu le sais. Et j'impose l'usage de préservatifs, tu l'as vu encore cet après-midi.

— Il faut croire que l'un d'eux n'a pas rempli son office.

Il s'assoit près de moi, m'attire contre lui.

— Au moins n'es-tu pas blessée.

Nous restons ainsi quelques minutes, incapables de parler de nouveau, comme si cela pouvait suffire à effacer la réalité. Puis Felice s'écarte.

— Je vais aller chercher Luigi. Ici il sera à l'abri des prédateurs le temps que je te reconduise au couvent. Je reviendrai avec une pelle et je creuserai une tombe dans le petit cimetière voisin. Il y sera bien.

J'approuve en soupirant. Transporter Luigi chez lui est impossible. Pas après ce qui vient de se passer. Pas avec cette entaille à son cou. Tout crime appelle une enquête de la Quarantia Criminale. Et c'est le deuxième en quelques jours sur Muran. Le deuxième dans lequel la Contessa est impliquée. Luigi doit disparaître. Pour ma propre sécurité.

Je regarde Felice s'effacer en direction de la barque. Ma peine est immense. Ma fureur à l'égard du meurtrier de ma marraine presque autant. Même s'il m'a libérée de ma grossesse. Aucun bâtard n'est toléré à Santa Maria degli Angeli. Qui y naît est aussitôt emporté.

J'appuie l'arrière de mon crâne au mur, ferme les yeux. J'admire l'efficacité de Felice. Il faudra que nous parlions de ce qui est arrivé, que nous pesions les faits au regard de ce que nous avons découvert dans la fonderie. Il faudra que nous décidions de l'après. Mais pas cette nuit. Je n'en ai ni la force ni le courage. Encore moins la clarté d'esprit. Je n'ai que des sursauts d'énergie, un sifflement persistant dans l'oreille droite. Hier j'étais la reine du ballet. Aujourd'hui je ne suis plus qu'un pantin désarticulé. Sans fils, sans force. Une poupée creuse dont l'âme s'est davantage diluée dans la fumée de l'incendie.

— Danse, danse, diablotin, fredonné-je, désabusée, entre mes dents. Cul devant ou cul tourné, je saurai bien te trouver… je finirai bien par me venger.

15.

Les quelques heures qui ont précédé matines m'ont été difficiles. Après m'être soigneusement nettoyé l'entrejambe, je me suis effondrée sitôt couchée, dans un couvent que sa situation, à l'extrême opposé de l'explosion, a maintenu dans la paix. Faisant écho à la douleur lancinante qui me vrillait les côtes et le ventre, mon sommeil n'a été qu'une succession de cauchemars terrifiants. Le dernier m'a fait me dresser en sueur et en larmes. J'avais l'âge de ces enfants sacrifiés par Calapelli et, ligotée à la lourde chaîne qui tournoyait lentement sur elle-même, je me rapprochais du foyer ardent devant lequel ce monstre jouissait. Il m'a fallu un long moment avant d'effacer cette image, de me lever, de me bassiner de la tête aux pieds, puis, ma *bauta* rangée dans un coffre, de passer mon habit de religieuse.

Je ne suis que contusions qui déjà, au ventre, ont pris une méchante couleur violacée. J'ai des courbatures partout. Je saignotte encore du con même si je n'ai plus le sentiment d'avoir été écartelée. Pourtant, fidèle à l'image que j'ai toujours voulu donner de moi-même, je redresse le buste et je quitte ma chambre, droite et digne, pour traverser le dortoir déserté, sortir du bâtiment et marcher jusqu'à la chapelle.

L'on se tourne vers moi avec une surprise non feinte lorsque j'en pousse la porte. Mes apparitions à matines sont si rares qu'elles peuvent se compter. Faisant fi des autres pensionnaires, je me contente de hocher la tête en signe d'excuses et de respect pour la mère supérieure que j'ai interrompue dans la lecture d'un passage biblique. Des interrogations dans le regard, Catterina m'accueille près d'elle, sur le banc qui nous est réservé. J'y réponds par un sourire et baisse le nez pour prier.

Luigi repose en sa sépulture sur cette île abandonnée à la garde d'un Christ qui, là-bas, c'est certain, a cessé de croire en lui-même. Je ne sais toujours pas qui je traque, mais je suis traquée, et désormais Felice également pour le réconfort et le soutien qu'il m'apporte. Nous voici seuls. Je ne doute pas que Giorgio, apprenant l'incendie de la fonderie, va se présenter au parloir dès la première heure. J'ai décidé de lui mentir, de nier ma présence sur les lieux, la mort de Luigi. Giorgio m'allouerait un gondolier à sa place. Je n'en veux pas. Je n'avais confiance qu'en lui. Un autre n'empêcherait pas que les admirateurs de la Contessa me rattrapent. Je ne peux me permettre de voir mon identité révélée. Pas après les assassinats de ces jours derniers. Mieux vaut que je m'en tienne à ce que nous avons décidé dans le *puparin*, juste avant que Felice ne me dépose ici. Il me servira de guide, utilisera les clefs des passages transversaux, des embarcadères souterrains et privés que détenait Luigi. Il les connaît pour les utiliser lui-même depuis des années. Nous voici donc inséparables, comme autrefois. Partageant les mêmes peurs et les mêmes secrets. Cherchant une ombre, certes, mais que nous effrayons au point qu'elle préfère nous éliminer plutôt que risquer de nous affronter.

La nuit prochaine, nous tiendrons conciliabule, examinerons les informations que nous avons glanées dans la fonderie et auxquelles, je l'espère, s'ajouteront les résultats de l'enquête qu'il compte discrètement mener aujourd'hui sur le port et les docks. Ensuite, nous retournerons au bal, donnerons chacun de notre côté le spectacle que l'on attend de nous afin de montrer à celui qui tire actuellement les ficelles de nos vies que nous n'avons pas peur de lui. Mensonge pieux. Sa prescience m'effraie, car je ne sais de quelle manière il a découvert nos intentions de la veille. Nous n'avions pas prémédité de nous rendre à la fonderie. La décision a été soudaine, aussitôt exécutée. Et il n'a pas pu piéger le conduit de cheminée pendant que nous y étions. De la paille serait tombée tandis qu'il bourrait le conduit, sans compter que nous aurions entendu marcher sur les tuiles. La nuit était calme, silencieuse. Il avait tout préparé. Anticipé nos intentions. Comme s'il était dans ma tête, dans mon cœur, et dans ceux de Felice qui a eu cette idée.

Mon sang accélère. L'espace d'un instant la possibilité, absurde, que Felice ait lui-même piégé l'endroit avant de m'y conduire, me transperce de son fiel. Je la rejette aussitôt, écœurée de l'avoir effleurée. Outre qu'il n'a jamais eu de secret pour moi, quel intérêt trouverait-il à me nuire ? à la mort de Luigi qu'il chérissait comme un frère ? D'autant que l'assassinat des enfants et la découverte du bijou de ma marraine n'ont pas été ébruités par Giorgio. Jusqu'à ce que je lui en parle, Luigi était le seul à qui je m'en étais ouverte dans l'espoir qu'il aurait aperçu quelqu'un aux alentours de la fonderie pendant que j'exécutais Calapelli. Un doute me foudroie. Luigi aurait-il pu, lui, me trahir ? s'acoquiner avec le meurtrier de ma marraine, en payer le prix hier ? De nouveau je me refuse à cette hypothèse. Luigi était d'une loyauté absolue. Il ne peut avoir vacillé. Et puis au nom de quoi ? D'un espoir de fortune ? Impensable. Luigi était un homme d'honneur.

Je baisse davantage le nez sur mes mains jointes, je me tasse un peu plus sur mes genoux pliés. Je m'en veux d'avoir douté.

Si les paroles de l'Évangile et la voix de la mère supérieure n'ont pas réussi à m'arracher à mes élucubrations, je sais que prier vraiment pour le repos éternel de Luigi, avec ce qu'il me reste de foi, y parviendra. Et que, au nom de l'affection qu'il me portait, depuis le paradis des gondoliers, il clignera de l'œil pour me pardonner d'en avoir été distraite par de si noires et si viles pensées.

16.

— Sœur Maria Marina…

Le timbre aigrelet de la mère supérieure me tombe sur l'échine au sortir de l'office. Je suis déjà dans la cour, à côté du puits, près de Catterina et prête à accomplir les tâches coutumières que, d'ordinaire, récupérant de mes folles nuits, j'abandonne aux autres. Ce matin, malgré ma souffrance et peut-être à cause d'elle, un vent de rédemption souffle sur mon cœur lourd, comme si le fait que je rentre dans le rang pouvait attirer sur moi la protection divine. Je sais que c'est absurde, mais j'ai un besoin viscéral de le croire, de m'en rassurer.

Je reviens vers le portail de l'église.

— Oui, ma mère, réponds-je respectueusement.

— J'aimerais m'entretenir avec vous en privé.

À d'autres, elle l'imposerait.

Je lui emboîte le pas que j'ai vu devenir pesant au fil des années. Teresa Campanino fut belle, plus grande que la moyenne, et l'éclat de son regard ambré attirait autrefois sur elle plus de désir que de dévotion. Pourtant je n'ai pas souvenir d'avoir entendu dire qu'elle ait succombé à aucun de ceux qui ont franchi les portes du jardin. Comme s'il lui incombait d'être à l'image de cet ange dont s'orne le portique de l'entrée et de maintenir à travers lui la figure divine en ce lieu. Elle court désormais sur ses soixante-sept ans et ses traits, bien que marqués, possèdent toujours une grâce indéniable qui force le respect.

Nous traversons la cour sous le regard curieux, légèrement réjoui, des nonnes appelées à leurs corvées. J'imagine sans peine qu'elles espèrent me voir rabrouée. Peu en importe la raison tant que mes privilèges tombent et rabaissent ma prétendue arrogance. Elles seront déçues. Quoi qu'ait à me dire la mère supérieure, je suis et demeure intouchable.

La porte de son bureau se referme sur moi. J'attends, immobile et les mains jointes, qu'elle passe derrière son écritoire et s'assoie pour récupérer de ce souffle que l'âge a rendu discrètement sifflant.

Elle me regarde, m'indique un siège d'un revers de main. Intriguée, je m'y installe.

— Votre frère souhaiterait que vous le rejoigniez au théâtre cet après-midi, m'annonce-t-elle avec un naturel qui me désarme.

— Mon frère ?

Ma surprise n'est pas feinte. Quand il ne passe pas ses journées au café Florian à se rengorger de *petegotezzi*[1], mon frère occupe ses journées à l'administration du patrimoine et des trésors de la basilique San Marco, la surveillance des édifices publics autour de la *piazza*[2], ainsi qu'à la gestion des fondations charitables et des biens légués à la République. Ce qui lui laisse peu de

1. « Potins et ragots » en vénitien.

2. Seule la place Saint-Marc porte ce nom. Toutes les autres à Venise sont désignées par *campo* ou *campielli*.

temps pour moi. Il ne me rend visite qu'une fois par mois. Visite durant laquelle il prend de mes nouvelles et moi des siennes, s'enquiert du nom de mes visiteurs, du content que j'en ai puis repart en me souhaitant le bonjour. C'est sa manière à lui de s'assurer que je suis à ma place.

La mère supérieure me tend un billet.

— Il a fait remettre ceci au portier, juste avant l'aube.

Le sceau brisé est bien celui de mon frère, l'écriture le semble aussi, mais un doute m'assaille en reconnaissant la forme un peu trop enlevée d'un *F*. Felice est bien capable d'avoir contrefait cette invitation et d'y avoir déposé cette signature afin que je le comprenne. Quant à obtenir un cachet ! Je me suis souvent demandé s'il ne possédait pas ceux de tous les patriciens de la cité. J'empoche le document pour éviter que la moniale, y regardant de plus près, ne s'en méfie aussi.

— Me l'autorisez-vous ? réclamé-je en répondant à son air ennuyé par un sourire.

Elle hausse ses épaules asséchées par l'âge.

— Mon sentiment importe peu, sœur Maria Marina. Vous ferez comme bon vous semblera. Ainsi qu'en vos habitudes. Veillez cependant à porter une *bauta*, afin que votre véritable nature se fonde aux égarements des prémices du carnaval. Vraie ou fausse, une nonne y attire toujours l'attention et je n'apprécierais pas que l'on m'imagine complice de vos débordements. Même si, à mon cœur défendant, je le suis bel et bien.

Je me lève.

— Je m'assurerai que nul ne puisse vous en faire remontrance, ma mère. J'éprouve pour vous une affection sincère et croyez bien que cela me chagrinerait profondément si je vous attirais le moindre préjudice.

Elle pose sur moi un œil triste.

— Je le sais, mon enfant. Je le sais. Mais l'on n'est pas toujours maîtresse de ses choix. Allez, à présent.

Je tourne les talons, entends le claquement du bouchon d'argent de son encrier. J'ouvre la porte. Sa voix me retient sur le seuil.

— Mes amitiés à votre frère.

— Je n'y manquerai pas.

Je m'efface, referme sur son visage doux, penché sur l'écritoire. Je n'ai pas menti. Elle est probablement la seule femme pour laquelle j'éprouve encore de l'admiration et de la tendresse en ce monde.

Je quitte le bâtiment et, renonçant dans l'immédiat à m'acquitter de mes corvées, je retourne dans ma cellule. Il me faut vérifier mon intuition.

J'allume une bougie et regarde le document par transparence. La chaleur ne tarde pas à y révéler l'écriture de Felice en filigrane. Il me donne rendez-vous sur la *piazza*, au pied de la Colonna di San Marco, à trois heures cet après-midi. Il m'enverra un gondolier portant la livrée de mon frère. L'écriture est fébrile. Mon cœur s'emballe aussitôt et je ne peux m'empêcher de songer que, pour être si pressé de me revoir, il a dû trouver quelque chose d'important.

Je brûle le billet à la flamme, écrase ce qu'il en reste sous mon talon, puis quitte la pièce en ayant soin de refermer à clef derrière moi.

Ne plus faire confiance à personne. Sinon à lui. Quoi qu'il doive arriver.

17.

Un Arlequin vêtu de son tricorne et d'un masque au long nez pointu m'attend devant la *colonna*. Je n'ai aucun doute concernant son identité. Une guitare à la main, Felice égrène de sa voix sensuelle un couplet empli d'amours et de langueurs espérées. Une Colombine danse devant lui, bras écartés, comme si elle voulait embrasser le désir coulant de ses lèvres et le distribuer aux passants. Je la crois ivre. Elle semble voler. Autour de moi, la foule est compacte, bruyante et bigarrée. Elle se presse contre les tréteaux d'un groupe de comédiens, s'attendrit, comme là, pour une ritournelle, s'émeut un peu plus loin des prouesses d'un équilibriste, rit des farces d'un singe grimpé le long des échasses d'un Pantalon. Tandis qu'elle s'esclaffe devant un ours pataud habillé d'un *tabaro*, aux tables des cafés, sous les arches de pierre des Procuraties, l'on débat avec ardeur d'amour et de liberté tout en surveillant les préparatifs de la *festa delle Marie*[1], prévue pour le lendemain.

Comme toujours en cette période, l'air est aussi léger qu'une partition de Giovanni Gabrieli, aussi joyeux

1. Fête durant laquelle le doge apparaît pour annoncer le début du carnaval.

qu'une pièce de Goldoni. Et aussi imprévisible qu'une partie de dés.

Plantant Colombine devant l'instrument muet, Felice m'entraîne par la main. Je me contente de marcher dans son pas léger, le laissant écarter, bousculer dans une envolée chantante de *scusi* hommes et femmes à l'identité contrefaite.

Il longe le palais des Doges, emprunte le pont voisin puis un second pour obliquer dans une *calle* discrète. Quand il s'immobilise enfin, nous sommes devant l'église San Zaccaria. Et son sourire essoufflé cueille mon regard étonné.

— Ce qui s'est passé hier a brouillé mes pensées. Mais quelque chose m'est revenu cette nuit à propos de cette coupe.

Je fronce les sourcils, surprise.

— Tu vas comprendre.

Il me reprend la main, entre dans l'église. Elle semble déserte. Un parfum d'encens envahit doucement mes narines, grandit à mesure que nous progressons sur le damier en marbre noir et crème. Sur les murs des déambulatoires des toiles immenses révèlent le talent des plus grands peintres vénitiens. Parvenu dans l'abside, à droite de l'autel, Felice s'immobilise. Il risque un regard en arrière. J'en fais autant, par réflexe.

L'église est toujours déserte.

S'en étant assuré, il s'arrête devant une porte découpée dans un mur de bois ciré.

— La chapelle primitive. Une splendeur, murmure-t-il en poussant le battant.

Mes yeux s'écarquillent sitôt que je franchis le seuil.

La fresque du plafond rivalise de beauté avec les trois polyptyques en bois sculpté et marqueté qui entourent l'autel. Sous la lumière perçant les hautes fenêtres gothiques, l'or des gravures semble ruisseler.

— Mais ce que j'ai à te montrer est bien plus intéressant. Par ici, m'annonce Felice tout en s'emparant d'un cierge allumé près d'une statue.

Il m'entraîne vers le départ d'un escalier qui s'enfonce dans le sol. Une dizaine de marches à peine que je descends derrière lui. Une porte étroite et vermoulue nous barre le passage.

— Où me conduis-tu ? chuchoté-je.

Il ne répond pas, force la serrure avec son couteau puis écarte le battant. Un bruissement léger et cette odeur forte, particulière à la lagune, me parviennent.

— Referme derrière toi, réclame Felice.

J'obéis, perplexe, avant de me crisper devant l'étendue saumâtre qui baigne la crypte dans laquelle Felice vient d'enfoncer ses chevilles.

— C'est sans danger, viens, insiste-t-il par-dessus son épaule en entendant mon pas cesser.

Un soupir résigné m'échappe, rebondit sous les arcades puis me pousse de l'avant. L'onde s'enroule autour de mes mollets.

À droite de l'entrée, sous quatre colonnes soutenant des voûtes imposantes et si basses qu'elles paraissent écraser la pièce d'à peine cinq cents pieds carrés[1], un autel de pierre surmonté d'une *madonna* d'albâtre semble défier l'oubli.

1. Environ quarante-six mètres carrés.

— J'espère que tu as une bonne raison de m'avoir entraînée ici, râlé-je en me dirigeant, à sa suite, vers une ouverture pratiquée dans la paroi du fond.

— La meilleure qui soit.

Il s'est arrêté au centre d'une autre petite nef en forme de croissant de lune, devant un long sarcophage. Il attend que je sois près de lui pour relever la bougie, un sourire triomphant aux lèvres.

Je fronce les sourcils, ahurie.

L'objet magnifique dessiné par le maître verrier trône tel un trophée sur le couvercle de pierre.

18.

— Alors ? réclame Felice, tandis que, troublée, je soulève précautionneusement la coupe pour la soumettre au modeste halo de lumière.

Ces incrustations de pierres précieuses, ce pied altier, ces anses en col de cygne…

— C'est bien elle, oui. Mais je ne comprends pas. Je me souviens parfaitement de l'avoir vue dans le cabinet de ma marraine juste avant que ces hommes ne tambourinent à la porte…

Ma voix se brise.

— Juste avant qu'elle ne m'oblige à me dissimuler dans le réduit secret.

Je lève les yeux, emprisonne ceux de Felice. Leur douceur apaise le souvenir de ma terreur, de ma douleur d'hier. Je m'en rassérène pour continuer.

— Rien n'a subsisté de cette partie de la demeure. Aujourd'hui, elle n'est plus qu'une ruine dans un jardin en friche.

— Son mari n'y est jamais retourné ?

Les traits durs de l'époux de ma marraine balaient ma mémoire. Lui et mon père étaient de vieux amis. Ils se sont éteints presque en même temps.

— Pas que je sache. Il envisageait peut-être de rebâtir.

— Mais la mort l'a emporté.

Je plonge de nouveau mon regard dans la coupe dont l'élégance et la finesse m'éblouissent. J'ai rarement vu une pièce d'une telle qualité, même chez les meilleurs artisans de Muran. Je la retourne.

— Il y a des lettres et des chiffres inscrits sous le pied, mais je n'y vois pas assez pour les déchiffrer.

Felice approche davantage la petite flamme.

— *Ad... Diocletianum... imperato... rem, an... anno CCLXXXVIII*, finit-il par énoncer de manière hachée.

— *Anno CCLXXXVIII* ?

Nous nous fixons, aussi perplexes l'un que l'autre.

— L'an 288, répète Felice. Mais alors...

— Alors ce n'est pas notre mystérieux maître verrier qui a réalisé cet ouvrage. Mais un autre, sous le règne de cet empereur Dioclétien à qui il le destinait. Ce qui signifie...

— Que cette pièce a une valeur inestimable, tremble soudain Felice. *Unico*, si je reprends le terme inscrit près du dessin qu'en a réalisé le propriétaire de l'ancienne fonderie.

J'ai l'impression que mon sang bout dans mes veines. Je ne sens plus la froidure de cette pièce que la lagune paraît vouloir envahir à chaque marée. Je suis aussi déroutée qu'excitée par cette découverte. Felice aussi. Son œil pétille. C'est comme tenir un fragment d'un monde disparu. Un objet qui aurait dû rester à jamais dans l'ombre de l'Histoire. Je ne dois pas me laisser distraire. Oublier la raison qui nous a conduits dans cette crypte.

— *Unico*, c'est vrai, Felice. Mais ce n'est pas cette coupe que recherchaient les meurtriers de ma marraine. Sans quoi ils ne lui auraient pas réclamé ce cartulaire.

Felice soupire. Il sait. Après avoir retrouvé la mémoire, je lui ai répété les mêmes mots sans aucune cesse : ma marraine affirmant ignorer de quoi ils parlaient. Leur insistance. Ses gémissements sous les coups. Son cri suivi d'un râle. Le rugissement affolé de l'un de ses agresseurs. Une cavalcade. Le silence dans lequel peu à peu s'est mise à grandir une odeur de fumée. Puis, de nouveau, du bruit, mes coups de poing contre le panneau de bois de la bibliothèque, l'impression d'avoir été entendue, le volet qui s'ouvre enfin sur ma terreur, sur la pièce envahie par les flammes. Et cette tenture embrasée qui s'abat sur moi quand des bras se tendent. Le feu. Des mains qui tentent de l'étouffer.

— Que fait-on ? demande Felice pour m'arracher aux images revenues me hanter.

Je les relègue au passé. Pour le moment. Car j'en suis d'autant plus convaincue désormais : le danger qui me menace en est une résurgence. Comment interpréter les événements sinon ?

Je repose la coupe sur la sépulture.

— Il n'y a que deux possibilités pour que cette merveille se soit retrouvée ici. Soit c'est l'un des meurtriers de ma marraine qui l'y a cachée, soit c'est l'homme qui m'a sauvée de l'incendie. Mieux vaut, dans les deux cas, qu'elle y reste pendant que nous menons notre enquête.

— Je suis d'accord, Bella mia.

Un frisson me rattrape. Je l'atténue en me frottant les épaules. L'eau a gagné le tissu de ma bure et du *tabaro*, remontant en langues glacées le long de mes cuisses, de mes hanches. Le *braghe* de Felice ne vaut guère mieux. Lui aussi est trempé.

— Sortons d'ici. Je suis gelée.

Felice approuve en m'ouvrant le passage jusqu'à l'escalier.

— Nous nous changerons chez moi, ajoute-t-il.

Quelques minutes plus tard, la foule du Campo San Zaccaria nous avale et, l'un près de l'autre, nous remontons lentement les *calli*.

19.

La couverture de zibeline sur laquelle nous sommes étendus face à l'âtre crépitant est aussi douce que la caresse nonchalante de Felice sur ma peau nue. Je m'y abandonne avec une langueur soulagée. Ici, près de lui, dans cette demeure, je me sens totalement en sécurité. Chez moi, d'une certaine manière.

Après nous avoir accueillis dans l'*androne*[1], les domestiques de la Ca'Baletti, recrutés plusieurs années auparavant par Felice, se sont précipités pour nous trouver des vêtements secs, regarnir le foyer et nous préparer deux tasses de chocolat fumant. Ensuite, aussi discrets que des ombres en livrée, ils ont refermé sur nous les doubles portes du petit boudoir.

« Petit » n'est pas véritablement le terme approprié pour qualifier cette belle pièce trouée de hautes fenêtres vitrées et dont les murs marquetés reflètent à la fois l'extrême opulence et le goût du précédent propriétaire. Mais c'est ainsi que la nomme Felice par opposition au *portego*[2]

1. Rez-de-chaussée d'un palais vénitien. Les nobles habitaient les étages.
2. Pièce principale de l'étage noble.

voisin qui peut, lui, accueillir une centaine de convives et dont le *terrazzo* rutilant, le plafond peint par Bellini, les imposantes toiles rivalisant de signatures illustres entre les boiseries sculptées et les divans moelleux émerveillent quiconque y est convié. La demeure ne comporte pas moins de vingt chambres, toutes sublimes, et autant de galeries, de salles d'apparat et de commodités en tout genre, et cela uniquement dans la partie que l'incendie de la demeure, en 1718, a épargnée. Mon cher ami d'enfance et amant occasionnel n'a pas fait les choses à moitié. Quitte à s'inventer une lignée, il a choisi la plus mystérieuse, certes, mais aussi l'une des plus remarquées. Renaissant de l'oubli grâce à l'or qui y était caché, ce palais est devenu le théâtre de fêtes somptueuses qui peu à peu ont forgé la renommée de l'orphelin qu'il était. D'alliances judicieuses sont nés des placements non moins judicieux qui, en quelques années seulement, ont assuré la pérennité de sa fortune. Si Felice n'est pas le véritable marquis de Baletti, il a su, avec brio, le remplacer. Ce qui ne l'empêche en rien d'être celui que j'ai toujours connu, l'un des aventuriers et escrocs les plus talentueux et charmeurs de la Sérénissime. Après Casanova s'entend, mais celui-ci ronge toujours sa colère à mon égard sous les Plombs du palais.

— À quoi songes-tu ? demande-t-il après avoir déposé un baiser léger sur l'arrondi de mon épaule.

— Je ne songe pas, je ronronne.

Il rit. Venezia est aussi riche de chats que de masques. Et quatre d'entre eux, nous couvrant d'œillades clignotantes et complices, habillent les dossiers des banquettes que nous avons négligées pour nous rapprocher de la cheminée. Ce qui, au départ, n'a été que le moyen de nous réchauffer mutuellement s'est mué peu à peu en étreinte douce, sensuelle puisque ma fausse couche de la veille ne lui permettait pas davantage. Nous nous sommes aimés avec la même tendresse qu'avant le départ de Felice pour Florence, vingt et un mois plus tôt. Effaçant enfin la débauche dans laquelle l'amant de Catterina nous avait entraînés.

Étendue sur le côté, la tête surélevée par l'appui d'une main, l'œil dans les circonvolutions fantasques des flammes, je profite de ce moment, du corps de Felice blotti contre le mien. Ce corps musculeux que j'aime tant caresser. Si la douleur de l'assassinat sauvage de Luigi n'était pas en nous, entre nous, si mon ventre et mes reins n'étaient pas barrés par un hématome noircissant d'heure en heure, ce moment-là serait parfait. Mais la mort danse à nos côtés, même ici, même en cet instant.

Je pivote, capture son regard au-dessus du mien.

— Et maintenant ? demandé-je.

Il rit de nouveau.

— Alors quoi, Bella mia, ce n'est plus toi qui décides ?

— Par deux fois tu as permis à notre enquête d'avancer mieux que je ne l'ai fait.

— Je n'en suis pas fier. Cela a tué Luigi.

Un soupir m'emporte.

— Tu n'es pas responsable de sa mort. Pas plus que je ne le suis. Et la meilleure manière de la venger est d'aller au bout, de mettre cet assassin hors d'état de nuire.

— Je crains de n'avoir plus de tour dans mon sac. Tu avais tort concernant le navire qui ravitaillait Calapelli. Aucun des marins et des pêcheurs que j'ai interrogés ce matin n'a pu me renseigner. Ils n'ont rien remarqué d'inhabituel. Mais cela ne me surprend guère. Peu d'entre eux auraient vendu des enfants. Même des orphelins. Même en ignorant à quoi on les destinait. Ce navire est à ton image. Un fantôme.

— En ce cas, concentrons-nous sur ce que nous avons appris. Si tout est lié, ces informations-là apparaîtront tôt ou tard dans notre enquête.

— Cela me paraît la meilleure des solutions, en effet.

Je me redresse, m'assois contre lui, entre ses cuisses noueuses, rassemble ses bras autour de mon ventre meurtri. Près de lui, je ne crains pas d'offrir les cicatrices qui déforment mes seins à la chaleur trop proche du foyer. Même si je sais qu'elles vont s'en nourrir et dans peu de temps me brûler. Au contraire. J'ai besoin que cette douleur me gagne, me rappelle ce pour quoi je me bats, la raison pour laquelle je dois vaincre et tuer. Felice m'enserre délicatement. Il devine. Il sait. Le silence s'installe, traversé par le bâillement de l'un des chats, le grattement d'oreille d'un autre.

Je finis par livrer à Felice le flot de mes pensées, sans douter que le cheminement des siennes s'en est rapproché.

— Crois-tu qu'il puisse exister un lien entre le cartulaire réclamé à ma marraine et cette coupe ?

— Pour qu'on l'ait soustraite au brasier, probablement.

— Je n'ai pas prêté attention au nom qui figurait sur le sarcophage. Sais-tu qui il abrite ?

— Ne veux-tu pas savoir auparavant comment je connais l'existence de cette crypte ?

Je sursaute sous l'effet de son rire discret, moqueur. Je tourne la tête vers lui, souris en retour.

— Si. Mais je devine une histoire scabreuse peuplée de *merlettes*[1] retroussées et de cocus.

— Eh bien non, Bella mia. Je vais te décevoir cette fois. Un orage menaçait, mais ce n'était pas la première fois que j'en bravais pour rentrer à pied d'un dîner. Je n'étais pas loin de San Zaccaria quand une pluie drue, d'une violence inhabituelle a noyé mon tricorne, promettant de me lessiver sous sa rincée. Je suis entré dans l'église. Je ruisselais tant que je me suis mis en quête d'un linge pour m'essuyer. Et comme il me reste un peu de crainte religieuse, j'ai évité d'utiliser ceux qui se trouvaient près des statues. C'est ainsi que je suis arrivé dans la chapelle d'or, que j'ai vu l'escalier, puis la porte à son pied. Et comme, par définition, tout ce qui est fermé à clef m'attire…

— Tu t'es empressé de découvrir ce que cela cachait. Comment se fait-il que tu ne sois pas reparti avec la coupe ?

Il hausse les épaules.

— Parce que cette demeure en regorge. Comment aurais-je pu imaginer sa valeur ? Et puis, j'ai beaucoup de défauts, Bella mia, mais je n'ai jamais dépouillé une église. Même quand la faim m'y poussait.

— C'est vrai. Et, donc, ta curiosité t'a-t-elle invité à en apprendre davantage sur cette crypte ?

— Ma curiosité, non. Le hasard, oui, puisque, quelque temps plus tard, lors d'un souper chez l'ambassadeur de

1. Dentelles.

France, le consul Jean-François Leblond, exprimant ses craintes sur les hauteurs de plus en plus insolentes de l'*acqua alta*, s'est inquiété des sépultures des premiers doges qui dormaient en la crypte de San Zaccaria et finiraient tôt ou tard par être noyées. Je ne sais plus lequel des convives a répondu que cela ne ferait pas grand mal aux trépassés. Leblond a dû l'admettre et la conversation s'est dirigée vers un autre sujet. Rien de passionnant, donc. Je ne crois pas qu'il y ait une relation directe entre l'un de ces doges, le cartulaire, la coupe et ta marraine.

— Non, mais avec l'un de ceux qui étaient à ce souper, peut-être.

Il secoue la tête.

— Tous les patriciens de la cité ont, à un moment ou à un autre, appris l'existence de cette crypte. Elle fait partie de l'histoire de la République elle-même puisqu'elle n'a jamais servi que de tombeau pour les premiers doges.

Il me faut en convenir. Même mon frère doit en connaître l'usage.

— Alors il faut se concentrer sur ce maître verrier. Découvrir qui il était et de quelle manière il a pu entrer en possession de cette coupe. Tenter aussi de comprendre ce qu'il voulait dire en affirmant à ma marraine que les autres pièces suivraient.

Felice pose son menton sur l'arrondi de mon épaule.

— Bien. Dès demain, je me rendrai aux archives et je fouillerai.

Je me fends d'un soupir résigné.

— Tandis qu'à défaut d'ouvrir mes cuisses je courberai le front entre celles du *signor* Alvise Valier.

— Ou devant le chef de la Quarantia Criminale. S'il est venu aujourd'hui et ne t'a pas trouvée, nul doute qu'il reviendra demain. Que lui diras-tu ?

Les traits contrariés de Giorgio Baffo s'inscrivent dans la langueur des flammes, fatiguées de ne plus ronger que des brandons.

— Mieux vaut qu'il ignore encore que l'incendie de la fonderie était destiné à m'éliminer. Il serait capable de dépêcher quelqu'un d'autre sur l'affaire. Et c'est la dernière, oui, la dernière chose que je souhaite.

20.

Je quitte Felice sur la promesse de me montrer prudente et d'attendre au couvent qu'il ait fouillé demain les archives de la Sérénissime au Palazzo della Libreria[1]. Je n'ai pas l'intention qu'il en soit différemment. Je m'imagine mal confier les déplacements discrets de la Contessa à un autre que lui. Encore moins danser et festoyer alors que mon corps me semble toujours avoir été roué de coups. Et puis ce serait en vain. Si le meurtrier de ma marraine a été suffisamment malin pour découvrir l'identité de la Contessa, il l'est également pour se laisser prendre de cette manière. Je dois le confondre autrement.

Une migraine sourd à mes tempes alors que le gondolier que j'ai hélé plante sa rame dans la vase du canal le plus proche de la Ca'Baletti et se détache du bord. Venezia n'est qu'une multitude d'étroits méandres aux eaux de jade. Nous avançons au milieu d'habitations dont les fondations se perdent sous la surface. Façades

1. Bibliothèque nationale construite par Scamozzi et Sansovino sur la place Saint-Marc et décorée par les plus grands maîtres vénitiens dont le Tintoret. Aujourd'hui appelée la bibliothèque Marciana.

multicolores, balcons de marbre. Le *sestiere* du Castello situé entre le Ponte di Rialto et l'arsenal abrite les plus grandes familles vénitiennes. L'être ignoble que je traque se cache-t-il là aussi ?

Je frissonne dans mes vêtements que le feu de bûches a pourtant séchés. Être contrainte à l'immobilisme, à l'attente. J'ai cela en horreur. Seulement, que faire d'autre ?

Un pont étroit dessine son arche devant moi. La barque glisse dessous, effleurant presque la pierre avec le *ferro da prora* de sa proue. Rio Santa Maria Formosa. L'artère est plus large, plus encombrée. Machinalement et malgré la discrétion du *felze*, je rabats sur mon masque le capuchon de mon *tabaro*. Les gondoliers s'interpellent, se saluent en riant. Je pense à Luigi, à cette tombe anonyme qui renferme désormais le secret de sa mort. Mon cœur se serre, s'étouffe. Ma main caresse le manchon de ma dague sous l'épaisseur de mon jupon. Felice l'a rattachée à ma cuisse après y avoir déposé un dernier et doux baiser. J'aimerais… J'aimerais avoir un ennemi à percer. Au moins une piste à creuser.

Soudain mes doigts s'immobilisent. Felice est convaincu que ces indices n'ont aucun lien entre eux. Et s'il se trompait ? Si le cartulaire appartenait à l'un des tout premiers doges de Venezia ? Si la coupe n'avait pas été déposée là par hasard mais pour la rendre à son véritable propriétaire ? Comment le vérifier sans connaître le nom de l'occupant du sarcophage ?

Un frémissement me parcourt. Nous ne sommes pas loin de San Zaccaria. Il suffit que je demande au gondolier d'obliquer à droite, de passer un nouveau pont et d'emprunter le Rio di San Servolo au lieu de continuer sur celui-là. Quelques minutes. Cela ne me prendra que quelques minutes. Le temps de retourner dans la crypte, profitant que Felice en a forcé la serrure, de lire l'inscription figurant sur le chapeau du sarcophage, de ressortir et de héler un autre gondolier. Ils sont légion dans ce *sestiere*. Quelques minutes pour ne rien concéder au hasard. Être certaine de ne rien avoir négligé.

Nous approchons de l'embranchement. L'ordre de bifurquer fuse d'entre mes lèvres soudain repulpées par l'excitation. Je dois agir. J'ai besoin d'agir, là, maintenant, tant que Venezia est encore mienne, tant que les murs du couvent ne se referment pas sur moi, sur mes interrogations, sur mon impatience. Tant pis si cela n'apporte pas de réponse. J'aurai au moins brisé ce sentiment qui m'oppresse, ce détestable sentiment d'impuissance.

— Fondamenta[1] de l'Osmarin, lancé-je au gondolier.

L'homme opine, discret comme ses semblables.

Il me dépose au pied des marches destinées au débarquement. Résignée à la prudence, je traverse la voie étroite, me poste contre un mur, entre deux *magazzino*[2], le suis du regard quand il s'éloigne, chargé d'un couple aux costumes emplumés. Hommes, femmes, qui sait ? Depuis quelques années, l'on célèbre carnaval avant même que le doge n'en ait proclamé l'ouverture. Autrefois pas un Vénitien ne s'y serait risqué. La décadence est partout, y compris dans les traditions.

1. Voie piétonne bordant un canal à Venise.
2. Remise ou entrepôt occupant le rez-de-chaussée d'une habitation, d'un palais ou d'un commerce.

Je me détourne, je remonte la *calle*, me fonds dans la foule qui anime le Campo San Zaccaria et me dirige vers l'église.

Sitôt que j'y pénètre, l'odeur de l'encens et le silence m'enveloppent. Je balaie du regard les bancs, les déambulatoires. Personne. C'était prévisible. La Feria attire les gens où l'on rit, vit, s'amuse. Pas où l'on prie. Il n'y a qu'aux heures des messes que les rangs se remplissent.

Satisfaite, je gagne la chapelle d'or. Je récupère le cierge allumé que Felice a reposé sur son support avant que nous ne repartions, me coule dans l'escalier menant à la crypte et me plante devant la porte. Elle est telle que nous l'avons laissée, donnant l'impression d'être fermée, mais bâillant discrètement. Il faut franchir le portique de pierre qui la masque pour s'en rendre compte. J'entre, pressée déjà de ressortir en voyant que le niveau de la lagune a monté. L'idée d'être mouillée plus encore que tout à l'heure me désole, mais le besoin d'avancer par moi-même dans mon enquête me pousse autant que la perspective de rentrer ensuite au couvent me sécher et me changer.

De l'eau jusqu'à mi-mollet, je gagne la deuxième salle, le sarcophage et la coupe en point de mire.

Un nom, je ne demande qu'un nom.

Je dégage l'inscription gravée dans la pierre en priant pour qu'elle n'ait pas été effacée par l'érosion. Je promène le cierge au-dessus des caractères. Déchiffre.

Pietro Tradonico.

J'ai l'impression, furtive, d'avoir déjà entendu prononcer ce nom.

Je demanderai à Felice de chercher des informations sur lui. Qui sait ?

L'onde me glace. À présent que j'ai obtenu ce que je voulais, je ne veux plus qu'en sortir.

Je reviens derrière l'autel et sa statue de marbre, longe les colonnes pour gagner l'escalier. Le tissu mouillé de ma bure et de mon *tabaro* pèse lourdement autour de mes mollets. J'ai la sensation de traîner un boulet. Tout en réfléchissant pour trouver dans quelles circonstances le nom du doge a été évoqué devant moi, je tire la porte.

Et je me fige.

Je recommence, la gorge soudain nouée. Le battant continue à me résister.

Impossible. Elle ne peut pas être fermée alors que je l'ai ouverte sans difficulté il y a quelques instants à peine.

J'insiste, à pleines mains. Encore et encore. Avant, paniquée, de tambouriner à coups de poing et de pied en appelant à l'aide.

Nul ne répond. Nul ne vient.

Rien d'étonnant, l'église était vide à mon arrivée.

Je frémis. *Stupido.* Quelqu'un était là. Forcément. Quelqu'un dissimulé dans l'ombre. Quelqu'un qui m'a suivie depuis Muran et qui savait pourquoi, après que je l'ai eu rejoint, Felice m'a entraînée ici. Quelqu'un qui me connaît suffisamment bien pour savoir que, faute d'avoir trouvé des réponses, je reviendrais en chercher en sortant de la Ca'Baletti.

Il a dû changer la serrure pendant que j'étais chez Felice, puis il a laissé le battant béer pour me duper.

Un vertige me prend, me pousse à m'asseoir sur le sol humide.

Cette fois, je suis bel et bien piégée.

21.

Durant un moment dont la longueur m'échappe, j'oscille entre un sentiment de sidération, d'angoisse et d'espoir.

Sidération parce que je ne parviens pas à comprendre comment le dernier des meurtriers de ma marraine a pu me suivre sans que je l'aie repéré. Pis encore, anticiper mes intentions alors qu'un quart d'heure plus tôt j'en avais d'autres. Est-il devin ? Ou suis-je à ce point prévisible ? Cela dénote une connaissance de ma nature que je suis loin d'avoir moi-même. Et forcément me conduit à penser que c'est l'un de mes proches, un familier. Mais qui ? Luigi défunt, ils sont si peu nombreux à savoir tout de moi ! Giorgio, Felice. Et il est impossible que ce monstre soit l'un d'entre eux. D'autant que le premier ignore la véritable identité de Felice, ce qui nous lie, ce que nous partageons.

D'où mon angoisse, augmentée par ce froid qui peu à peu me gagne et auquel s'ajoute l'évidence que la marée continue à monter. Je claque des dents malgré mes frictions répétées sur mes épaules. Apaisée par les caresses de Felice et la chaleur du feu dans la cheminée, la douleur revient, lancinante, à l'endroit de mes contusions, au creux de mes reins, dans mon bas-ventre. Je me redresse avec le sentiment de peser doublement. Inutile d'espérer un secours de l'extérieur. Felice me croit rentrée au couvent. Et bientôt, sous la pression de l'onde, il ne sera plus possible d'ouvrir la porte quand bien même on la déverrouillerait.

Je ne dois compter que sur moi-même.

Quelles que soient les intentions de mon geôlier, je ne lui permettrai pas de les réaliser. M'efforçant au calme, je récupère mon poignard d'une main que la baisse de température a rendue tremblante, fourrage dans la gâche avec l'habitude de longues années de pratique. Suis-je maudite ? Cette garce me résiste. Je m'enrage jusqu'à ce qu'un claquement sec me défie. Je retire ma lame. La pointe ne s'est pas seulement brisée dans la serrure, elle y est restée.

La colère m'envahit. Hors de question de renoncer. De mourir de froid dans cette crypte ! Pis encore, noyée ! Ce n'est plus la saison des *acqua alta*, mais j'ignore jusqu'où l'eau peut monter et, quand bien même elle n'atteindrait pas le plafond, quand bien même je me réfugierais sur l'autel, si l'air ne finira pas par manquer.

Un hurlement de fureur me déchire les entrailles, me fait violemment jeter ce qu'il reste de mon arme en direction de la *madonna*.

J'entre dans l'eau, agace le discret courant, me plante devant la statue d'albâtre.

— Je refuse, tu entends ? Je refuse de mourir avant d'avoir obtenu vengeance !

Mon regard accroche le discret liseré verdâtre que les précédentes marées ont déposé sur le bloc de pierre. Il m'arrive à hauteur de poitrine. Cela suffit à m'apaiser un peu. À me convaincre que ce danger-là, au moins, est écarté. Je ne passerai cependant pas la nuit ici. Ni les journées suivantes à attendre un hypothétique secours. Même si, j'en suis persuadée, ne me trouvant pas au couvent et apprenant que je n'y suis jamais retournée, Felice repasserait par ici.

Non. Je dois m'évader.

C'est une question d'honneur. De principe. Et de salut. J'ai froid, j'ai faim. Et surtout je ne supporte pas l'idée que le meurtrier pense avoir réussi à me capturer. Je n'ai pas envie non plus de savoir dans quelle intention.

Qu'il n'ait pas hésité à me faire brûler vive dans la fonderie suffit à ce que mon imagination s'emballe, interdisant à mon esprit rationnel de s'exercer.

Quand il reviendra, il faudra que j'aie filé.

La flamme du cierge est toujours vive. Je la relève, tourne sur moi-même en quête d'une autre issue.

Je longe les murs, lentement, en les éclairant de haut en bas, puis passe dans la salle en croissant de lune, et recommence autour du sarcophage de Pietro Tradonico, des tombes enterrées des autres doges. Je finis par remarquer une dalle qui, dans un discret renfoncement, dépasse de l'eau. Deux pierres posées en décalé l'une sur l'autre annoncent le départ d'un escalier. Je m'en approche, le cœur battant à tout rompre. Mon espoir s'éteint sitôt que je suis devant. L'issue a été condamnée. Je reste plantée, immobile, face à ce bâti duquel je ne parviens à détourner les yeux. Et soudain, sans même que je le décide, je pose ma chandelle sur une pierre en saillie et fonce sur les briquettes, épaule en avant. La douleur me foudroie.

M'arrache un cri. Ma chair hurle. Mes muscles protestent. Pourtant je recommence. Encore. Encore. Chaque coup est une insulte à mon geôlier invisible. Je recommence en ahanant, en m'oubliant. Jusqu'à ce qu'un craquement sourd résonne dans la nef. Je m'arrête, convaincue, sous le joug de la souffrance, que mes os ont fini par se briser. Et puis, je remarque la lézarde que les chocs ont dessinée.

Mon instinct ne m'a pas trompée. Les briquettes et le ciment ont été rongés, eux aussi, par l'humidité. Ce mur est à l'image du carnaval. Une illusion.

Emplie d'espoir, je serre les dents, les poings, retourne buter contre la cloison, assène de violents coups de pied. Un rugissement de victoire me soulève. Les premières briquettes viennent de s'écrouler de l'autre côté. Agenouillée dans l'eau poussiéreuse, je me jette sur celles qui restent, les arrache à m'en broyer les ongles, à me déchirer les mains. Je ris, je me sens sale, trempée, échevelée, mais plus rien ne compte que cet espoir de liberté. Quand j'estime que le passage sera suffisant, je récupère le cierge et l'enfonce dans le trou. De l'autre côté, l'escalier grimpe. Et, bien que chargé d'une odeur ancienne de fumée, l'air qui m'accueille me semble moins vicié. Je me faufile. Mes poumons brûlent, mes jambes vacillent. Mais je parviens à me redresser après avoir gravi les premières marches.

Lors, sans plus attendre je m'enfonce dans leur mystère.

22.

Alors que je monte lentement, la petite flamme vacille, crépite sur les toiles d'araignées. J'ai peine à tenir le cierge tant, s'étant ajoutées à la froidure de mes doigts, les multiples griffures, coupures et contusions rendent mes mains tremblantes. Reprise par l'angoisse, je souffle vers mon front pour en chasser une mèche blonde. Mon espoir s'est brisé dès les premières marches, lorsque j'ai compris, en éclairant l'issue, qu'elle aussi était condamnée. L'idée de rester emmurée me harcèle, tambourine contre mon crâne. Je la refuse. J'ai besoin de mesurer ma capacité à venir à bout de cet obstacle, comme tout à l'heure. Et surtout, de nouveau, quoi qu'il advienne, d'expurger ma fureur. Si elle s'est adoucie, elle ne me quitte pas.

Dixième marche.

Un panneau de bois.

J'oscille entre crainte et soulagement. Soulagement de n'avoir plus de briquettes à défoncer. Crainte parce que je n'aperçois aucune serrure, aucune clenche. Saisie d'un vertige, je m'assois, m'adosse au battant. L'air est rare et cependant bien présent puisque la chandelle refuse de s'éteindre. Il me manque pourtant. J'ai trop lutté. Je suis épuisée. Je suis terrifiée. Je ferme les yeux. Je m'oblige à respirer lentement, de manière posée et régulière pour tenter de retrouver un peu d'apaisement. Il n'y a qu'à ce prix que je pourrai continuer.

Quand enfin je me sens mieux, je me redresse et me mets à inspecter la cloison à la lueur du cierge. La flamme augmente vaillamment devant le montant de droite. Je passe mon doigt entre la pierre et le bois. Je ne me suis pas trompée. Un discret liseré creuse ma chair.

Ce n'est pas une porte, c'est un meuble. Plaqué devant l'ouverture pour la condamner à l'oubli.

Confiante, je descends quelques marches, dépose le cierge, remonte et m'arc-boute pour déplacer ce dernier obstacle.

Je dois m'y prendre à plusieurs fois, gagnant quelques pouces à chaque effort et plus d'air dans la cage d'escalier. Enfin je peux enfiler un bras, une jambe, puis une hanche. Je rentre ce ventre qui n'en finit plus de hurler de douleur. Je bénis le ciel de m'avoir dotée d'une modeste poitrine. Même si les cicatrices qui la recouvrent semblent s'arracher pendant que j'opère une dernière poussée. Collés au chambranle d'une ancienne porte, mes reins, mon dos accompagnent le mouvement. Un gémissement, une plainte qui résonne, lugubre sous le plafond bas. Et je me retrouve de l'autre côté. Dans une obscurité si grande que je m'en veux de n'avoir pas emporté le cierge.

Je tends l'oreille. Un silence lourd, ponctué par le mouvement de balancier d'une horloge, apaise mon anxiété. Je me raisonne. Il est improbable que mon geôlier ait également anticipé mon évasion. Pas de cette manière.

J'attends sans bouger, adossée à ce qui s'avère, au toucher, être une armoire.

Puis je retourne, cette fois aussi vite que j'en suis capable, récupérer le cierge. Au moment de ressortir de derrière l'armoire, il me semble percevoir un bruit, étouffé, de pas. Dans un réflexe stupide, je m'accroupis sur la plus haute des marches, me recroqueville sur moi-même quand hier j'aurais brandi mon poignard et attendu l'ennemi. Privée de mon arme, amoindrie par cette souffrance qui n'en finit pas, depuis la veille, de s'ajouter à celle héritée de mon enfance, je ne suis plus moi-même. J'attends, le souffle court. Les pas s'éloignent. Je patiente encore, le temps que se calment les battements fols de mon cœur, puis je sors, le cierge entre mes mains tremblantes. Je m'apaise aussitôt. Je suis dans une pièce sans fenêtres, nantie d'étagères sur lesquelles draps, serviettes et fers à repasser sont impeccablement rangés.

Une lingerie.

Semblable, à s'y méprendre, à celle du couvent Santa Maria degli Angeli. J'ouvre les portes de l'armoire, y trouve des pains de savon, des brosses et tout le nécessaire pour lessiver en grande quantité. Je m'approche d'une pile de linge, déplie un carré de toile blanche. Cette fois, plus de doute, les initiales du monastère de San Zaccaria y sont brodées.

Les pas que j'ai entendus devaient provenir du couloir, laissés par la ronde d'une moniale.

Mon regard accroche la pendule qui trône entre deux patères, donnant à mesurer aux lingères la valeur du temps qu'elles consacrent au quotidien du couvent. Les aiguilles de bronze indiquent dix heures dix. J'en suis effarée. Pas étonnant que je sois si épuisée. Ma lutte a duré longtemps. Et elle est loin d'être terminée. Il me faut encore sortir d'ici.

J'hésite, le regard tourné sur le passage que je viens de quitter. Le laisser ouvert ? Ou masquer mon évasion et gagner quelques heures, quelques jours sur le meurtrier de ma marraine si son intention était que je meure de faim et de froid ? Après tout, je ne sais rien de lui. Il pourrait fort bien être le curé de San Zaccaria ou le bienfaiteur de cet endroit. Quelqu'un sachant qu'il peut, tout à son aise, me laisser croupir dans la crypte.

Dans le doute, je repousse le meuble contre l'ouverture. Alors seulement, je me traîne vers la porte en priant pour qu'elle, au moins, ne soit pas fermée.

23.

Un nouveau vertige me saisit quand, enfin, après avoir longé, souliers et cierge à la main, les couloirs et salles désertes du monastère, je me retrouve sous les arcades du cloître.

Je connais cet endroit. J'y ai accompagné Catterina deux ans plus tôt. Sa tante y égrenait ses vieux jours et, voyant sa fin venir, l'avait fait mander à son chevet. Quand bien même c'était auprès de Dieu et après de longues années à le servir que la moniale parcheminée monterait, Catterina s'était sentie dévastée à l'idée de devoir lui faire ses adieux. Il ne m'avait rien coûté de la soutenir dans son chagrin. Au contraire, cela m'avait permis de visiter un lieu supplémentaire à Venezia. Dans le cadre de mes activités d'espionne pour la Quarantia, c'était toujours à privilégier. Ce jour-là j'avais emporté du monastère un sentiment de quiétude, d'élégance que le regard empli de douceur de sa tante avait éveillé. Et, en mémoire, le tracé de ce cloître conçu comme beaucoup d'autres autour d'un jardin de simples.

Je m'adosse à l'un des piliers, inspire lentement cet air vif dans lequel flotte un parfum de rose. Après avoir subi celui de la crypte, enfumé de l'escalier, puis chargé d'effluves de savon de la lingerie, j'ai l'impression que mes poumons n'en finissent plus de vouloir se gonfler.

Je ne m'attarde pas pourtant. Le cierge soufflé, j'avance sur le dallage et rejoins précautionneusement la *porta d'acqua* qui donne sur le Rio dei Greci. Je me dissimule derrière un nouveau pilier, scrute la pénombre jusqu'à être convaincue qu'il n'y a pas de garde puis, rassérénée, je me coule devant la porte basse. Une simple barre la maintient fermée. Je l'ôte, écarte le battant, et me retrouve sur un appontement étroit, désert, au pied duquel tangue doucement la gondole du couvent. Je me glisse dedans, dénoue le filin et, lentement, comme j'ai vu cent fois Luigi le faire, je remonte le petit *rio* jusqu'à pouvoir débarquer, quelques minutes plus tard, sur une étroite *fondamenta*.

Je libère la barque. Je dois me faire discrète.

J'entends des rires, des gloussements, je perçois des bruits de talons, de pas mal assurés, des bribes de musique, de poème, de barcarolle. La Feria halète alentour. Je ne peux m'y fondre dans cette tenue mouillée, sale et déchirée. Le froid continue à me transpercer. Mes mains, mon visage, mes cheveux sont couverts de poussière et de sang. Je dois me nettoyer, me changer.

Je descends les marches avalées par la hauteur de la marée. À la dernière, ma taille disparaît dans l'onde moirée par les feux d'artifice qui explosent au-dessus du Canalesso[1]. Je claque des dents, mais cette fois, je me frotte avec une vigueur régénérante. Longtemps. Jusqu'à être certaine de ne plus traîner de stigmates de ma folle

1. Grand Canal.

échappée. Alors seulement, m'accrochant aux bordures de l'escalier, je remonte sur le quai et avance.

Je sais ce qu'il me reste à faire. Je n'en aime pas l'idée, mais je n'ai pas le choix. Il me faut un costume. Il me faut un masque. Il me faut disparaître.

Je hume l'air ambiant. Finis par repérer l'odeur que je cherche malgré celle de la poudre des artificiers. Je m'enfonce dans l'obscurité d'un retour de bâtiment. Ici, c'est certain, tôt ou tard quelqu'un viendra uriner. Je tâtonne autour de moi, ramasse une pierre. Je ne suis qu'un bloc de glace, refermé sur ma détermination, sur mon instinct de survie. Je me colle au bâti pour en extraire un peu de chaleur, pour empêcher l'air vif d'achever de me malmener.

Bientôt un sifflement joyeux entrecoupé de bribes de refrain vient récompenser mes espérances. J'observe l'homme à la dérobée, il tangue sous le coup de son ébriété. Il n'attend pas d'être avalé par le recoin, une étoile d'argent ayant explosé au-dessus de sa tête, il a pivoté pour l'admirer tout en défaisant sa braguette.

Servie par le bruit de l'explosion, je me coule jusqu'à lui, lève le bras et l'abats sur son crâne. Il s'affaisse que j'ai déjà lâché la pierre et l'ai retenu pour lui épargner de chuter. Je le tire, le dépose un peu plus loin, à l'écart des excréments. Après m'être assurée que personne d'autre ne vient, je le dépouille de ses habits, m'en revêts puis, ayant pris soin de ramasser le cierge et tout ce qui m'appartient, je me hâte de rejoindre la foule qui virevolte un peu plus loin.

Le costume d'Arlequin est trop grand, le tricorne pique de l'avant, les souliers pourraient accueillir deux pointures de plus, mais le masque tient et, faute de mieux, je suis au sec, et je m'en contente. J'ai fourré mes habits de religieuse marqués des initiales de Santa Maria degli Angeli en plus des miennes dans la besace que ma malheureuse victime portait en bandoulière. Je ne peux les abandonner au risque qu'on les trouve, s'inquiète de leurs déchirures, du sang maculant le tissu, et prévienne la Quarantia Criminale. Giorgio aurait tôt fait de me croire perdue, de lancer des recherches et, ainsi, d'attirer l'attention de mon geôlier sur mon évasion. Non. Avec un peu de chance volée aux sombres intentions de ce diable, cette nuit m'appartient. Pour la première fois je possède peut-être, enfin, un temps d'avance sur le meurtrier de ma marraine. Et j'entends bien l'utiliser.

La bourse de l'Arlequin contient quelques sequins d'argent. J'entre dans la première *osteria*[1] que je croise, me contorsionne entre les tables et les clients en quête de la table la plus éloignée de l'entrée. Je me laisse choir sur la chaise avec l'impression d'avoir accompli un prodige. Peut-être est-ce vrai… Je ne veux plus y songer. Je commande un civet de grives, de la polenta et un *ombra*[2] à une Colombine masquée. Je la regarde s'éloigner, son plateau en équilibre sur une main levée, distribuant les autres commandes à la volée tout en criant la mienne au patron. L'osteria est bondée. On y mange, on y boit, on y cajole des gorges et des cuisses sous les jupons relevés. On se chamaille, un pichet à la main, avant de se tomber dans les bras en renversant de la malvoisie sur son jabot déjà maculé.

1. Auberge.
2. Verre de vin.

Au bout d'une demi-heure, repue et réchauffée à mon tour, je me laisse aller contre le dossier. Mon esprit a regagné en clarté. Je peux de nouveau réfléchir. Et la première idée qui me vient après avoir écarté l'envie de filer chez Felice est de me renseigner sur le doge Pietro Tradonico dont le couvercle du sarcophage accueille toujours la coupe du IIIe siècle. Je ne peux m'empêcher de penser qu'une partie de l'énigme est restée dans cette crypte.

Lorsque je quitte l'établissement, délestée de la bourse de mon dépouillé, ma fatigue pèse moins, même si je dois continuer de prendre sur moi pour me déplacer. Il ne va pas être simple de pénétrer dans le Palazzo della Libreria en pleine nuit et sans ma lame pour en forcer l'entrée.

24.

Est-ce d'avoir le ventre plein, d'avoir récupéré ma faculté d'analyse, je l'ignore, mais le bon sens s'impose à moi sitôt que je pose le pied dans une gondole. Pourquoi compliquer les choses ? Il me serait plus facile d'interroger l'un des anciens secrétaires de la chancellerie. La vie et les actions des précédents doges n'ont aucun secret pour eux.

Un nom me vient à l'esprit sans même que je le cherche : Umberto Delacuista. Je l'ai connu à une époque où mon père et ma mère étaient régulièrement invités chez lui. N'ayant pas entendu dire qu'il était mort, je l'imagine ne quittant le lit que pour le fauteuil, et son assiette chichement garnie pour quelque lecture. S'il y voit encore. Et si, bien entendu, sa mémoire n'est pas aussi défaillante que doit être le reste. De toute manière, je n'ai pas l'intention de lui révéler mon identité.

Je donne au gondolier l'adresse dont je me souviens. Nous y serons vite.

En attendant, je m'abandonne au secret du *felze* bien que la confiance m'ait regagnée. Où que soit mon ennemi, il y a fort à parier que, me pensant piégée, il n'est plus occupé qu'à festoyer.

Je me fais déposer légèrement en amont de ma destination et me fonds dans le bruyant passage de la foule. Outre que c'est le seul moyen de traverser le Canalesso à pied, le Ponte di Rialto a toujours fasciné les étrangers. C'est dessus qu'ils sont le plus nombreux, mêlant leurs accents à ceux des boutiquiers vénitiens. Les laissant à leur commerce, je remonte les *calli* jusqu'à apercevoir le mur de clôture de la Ca'Delacuista. J'en contourne l'entrée principale. Si mes souvenirs ne me trompent pas, il existe une *porta d'acqua.*

Le quai, très étroit, est aussi sombre que l'eau frémissante du petit *rio*. Je dois tâtonner un moment avant de cerner les pourtours de l'encadrement. Inutile d'espérer que le battant n'a pas été bouclé. Je ne connais aucun vieillard à Venezia qui ne s'enferme pas à la nuit tombée. J'essaie malgré tout de tourner le loquet. Sa résistance m'arrache un soupir résigné puis un regard vers le sommet de la clôture. Ce ne sera pas la première que j'escaladerai. Et par chance, à cet endroit, elle n'est pas très haute. Je regrette seulement d'avoir à le faire cette nuit, alors que j'ai déjà tant usé mes mains et mon corps tout entier.

Je finis par trouver une pierre en saillie. J'y cale mon soulier autant que me le permet sa trop grande taille. Je me hisse en puisant ce qu'il me reste de courage pour m'élever jusqu'au sommet, m'y agripper et m'asseoir dessus. J'aimerais pouvoir prendre le temps de souffler, mais mieux vaut éviter que l'on me repère depuis la *campietta*[1] voisine. Je saute. Atterris, accroupie, près

1. Petite place.

d'un chat sans doute, car il me file entre les jambes. Un autre grogne et siffle à quelques pas de moi.

— Du vent !

Il fuit sans demander son reste. Je me redresse et me dirige vers la demeure à triple étage dont je reconnais sans peine la silhouette. Seule l'obscurité filtre au travers des persiennes. Je fais le tour du soubassement en pierre d'Istrie, et, d'un pas prudent entre les énormes rosiers, je cherche un volet dont la fermeture a mal résisté à l'usure du temps.

Quelques minutes plus tard, je suis à l'intérieur. Je quitte mes souliers pendant que mes yeux s'habituent à l'obscurité. Si je venais à bousculer un meuble et à réveiller un domestique, il ne faudrait pas longtemps pour qu'il appelle à la rescousse, pour qu'on me tombe dessus et me verrouille mains et pieds. Ce qui n'arrangerait en rien mes affaires.

Je me déplace donc précautionneusement dans la cuisine qui m'a accueillie et, après l'avoir quittée, soulagée de n'avoir rien renversé, je grimpe les marches d'un escalier ciré en direction du *portego*, puis à l'étage supérieur, des appartements.

Un ronflement sonore traversé par les borborygmes de la vieillesse me conduit au seuil d'une chambre sur laquelle veille un modeste feu dans une cheminée. J'entre. Les rideaux du baldaquin sont relevés du côté du foyer et, sous le gros édredon, un bonnet de nuit dépasse de l'oreiller. Umberto Delacuista dort sur le flanc. Et je ne peux m'empêcher d'imaginer que, craignant la définitive obscurité, il lutte chaque soir pour conserver le jeu des flammes dans sa rétine avant finalement de sombrer.

Attendrie à la vue de cet homme ressurgi du passé, je m'assois sur le bord du lit et pose délicatement une main sur son bras.

— Don Umberto…

Il grogne, sort quelques doigts et les agite comme si j'étais une mouche indésirable. Ou peut-être cette *morte* qu'il entend encore repousser.

— Réveillez-vous, don Umberto, insisté-je en accentuant ma pression.

Il entrouvre son œil, tente de garder la paupière levée.

— J'ai besoin d'informations que vous seul pouvez me donner. C'est une question de vie ou de mort, don Umberto.

Cette fois, l'œil s'écarquille. Je m'écarte pour laisser le vieil homme se tourner. Il se redresse lentement contre ses oreillers, le bonnet de travers, remonte l'édredon sous son menton.

— De mort ? Vous voulez me tuer ? bredouille-t-il.

Je souris sous le masque.

— Non. C'est à moi que l'on en veut.

Il frotte ses yeux, pense sûrement qu'il rêve. Ou cauchemarde.

— Mes bésicles, demande-t-il en pointant un index déformé vers sa table de chevet.

Je secoue la tête.

— Elles ne vous serviront à rien, je ne quitterai pas mon masque et ne vous dirai pas non plus qui je suis. Cela vous mettrait en danger.

Il fronce les sourcils, s'accorde un court silence dans lequel je devine une réflexion poussée.

— Inutile, tu as la voix de ta mère, Maria Marina.

Je sursaute. Déjà il ajoute, sa bouche édentée emplie de regrets :

— Une voix que je n'ai jamais oubliée.

25.

La voix de ma mère. J'ai la voix de ma mère, affirme Umberto Delacuista.

Je suis troublée.

Alors que je me pensais détachée de son souvenir, cet homme vient d'en réveiller l'ombre. Elle se promène dans un écho lointain, insaisissable.

Sa voix... Oubliée.

Alors que je me rappelle parfaitement la froideur hautaine et superbe de ses traits.

Elle est morte noyée. Un stupide accident comme il en survient parfois sur la lagune par temps de brouillard. Une *paeta*[1] qui choque un *cofano*[2] par le flanc, les passagers qui basculent. En quelques minutes, avec le poids et le volume des jupons, elle a sombré. C'était quelques mois seulement avant que ma marraine ne disparaisse à son tour. Le temps de pleurer à peine cette femme ayant préféré me confier à une autre plutôt que de m'aimer, j'étais frappée par l'incendie et je les avais toutes les deux effacées.

1. Grosse embarcation destinée à transporter les marchandises.
2. Petite barque utilisée sur la lagune.

Les flammes douces de la cheminée projettent des lueurs chaudes sur le visage ridé d'Umberto Delacuista. Il continue à fixer sur moi avec bienveillance et douceur un regard qui, lui, n'a pas vieilli. Je retire mon masque. Par respect. Et parce que ces iris d'un bleu grisé m'assurent que, près de lui, comme je m'en doutais déjà, je demeure en sécurité.

Il s'exclame, les mains sur le cœur :

— *Che bella*... J'ai toujours pensé que tu serais son exact portrait. Tu lui ressemblais déjà beaucoup quand, enfant, tu fouillais dans les étagères de ma bibliothèque.

Un petit rire s'envole, et, dans sa légèreté, le temps semble se suspendre.

— Il y a prescription, alors je peux bien te l'avouer, nous nous sommes aimés malgré notre grande différence d'âge. D'un amour fou, comme il ne peut en naître qu'à Venezia. C'était il y a bien longtemps. Avant même qu'elle n'épouse ton père. Peut-être même l'a-t-elle épousé pour cela. Pour s'éloigner de moi.

Un nouveau rire s'échappe de ces lèvres usées, en réponse à mon air interdit sans doute. Il penche la tête, semble s'excuser dans un soupir navré.

— J'étais volage. Je l'ai toujours été. Pendant que je la courtisais, convaincu qu'elle ne m'échapperait jamais ; et ensuite, par dépit de l'avoir cru et d'avoir compris qu'elle ne me reviendrait pas. C'est ainsi. Curieusement, nous sommes devenus amis. J'aurais préféré le privilège de rester son amant. L'ombre à défaut de la lumière. Mais ta mère était, elle, de ces femmes, rares à Venezia, qui ne s'offrent qu'à un seul. Je l'aurais rendue malheureuse, tel fut vite mon constat, si je l'avais épousée. Elle a fait preuve d'un courage exemplaire en mettant entre nous un époux que, sois-en certaine, elle a aimé.

Un pincement amer dans mon cœur. Ma voix s'en teinte, malgré moi.

— Je ne peux en dire autant de ma personne.

Ses traits s'attristent.

— Ne crois pas cela.

— Elle m'a éloignée d'elle, ricané-je.

Une main déformée s'envole, vient délicatement envelopper mes doigts sans que le regard quitte le mien.

— Elle avait ses raisons.

— Les connaissez-vous ?

— Non.

Il ment. J'en suis convaincue à cette étincelle brusquement fanée dans ses prunelles. Une fraction de seconde à peine. Mais cela m'a suffi. Je me crispe. Il le sent, soupire.

— Allons, je suis un vieillard, à présent. Bien fatigué. Quel est l'objet de ta visite ? Tu la voulais anonyme, j'en déduis donc que c'est à l'ancien secrétaire de la chancellerie qu'elle s'adresse.

Il change de sujet. Cela ne fait que confirmer mon impression. Je m'en contente pourtant. Je n'ai aucune envie, au fond, de connaître les motivations de ma mère, pas plus que de remuer son passé. Celui de ma marraine suffit bien à mon désir de vengeance.

— Parlez-moi du doge Pietro Tradonico.

Ses traits se referment aussi vite que mon cœur s'emballe. Il s'étouffe, se laisse emporter dans une quinte de toux derrière laquelle je devine un trouble profond. Il tend la main vers sa table de chevet. J'avise un verre près d'une carafe. Je le remplis, le lui tends, le regarde boire à petites gorgées, comme s'il prenait le temps, en plus de réduire sa gêne, de chercher les mots appropriés. Il sait. Il sait quelque chose d'important. C'est évident. Le fait qu'il bafouille ensuite me le confirme.

— Il n'y a pas grand-chose à dire, cela remonte à l'an 864. Il a été assassiné, comme d'autres qui l'ont précédé et suivi. Simple jeu politique. Pourquoi t'intéresses-tu à lui ?

Sa voix s'est affermie sur les dernières phrases. Tout âgé qu'il est, il a conservé d'anciens réflexes. Ceux d'un homme qui fut longtemps commis au secret. Il ignore que les miens, ce soir, m'obligent à traquer la vérité.

Je n'ai pas le choix. Il doit parler. Alors, faisant fi de l'élan de tendresse qu'il a suscité, je plonge dans son regard celui, dur, que je réserve à mes victimes.

— Oseriez-vous décevoir une des lames de la Quarantia Criminale, don Umberto ?

Il blêmit. Je me penche vers lui, serre ses doigts à mon tour. Plus fort que je ne l'aurais aimé. Et je murmure :

— Alors, quel que soit ce qui vous liait à ma mère, je vous conseille de me dire sur cet assassinat tout ce que vous savez… Réellement.

26.

Contrairement à ce que j'imaginais, le menton se redresse et à ma menace répond un timbre narquois.

— Sinon quoi, Maria Marina, tu me tueras ?

Je déglutis. Je n'ai pas envisagé cette possibilité. Et sincèrement, sa perspective m'écœure autant que la violence de ma pression sur ses doigts. Je la relâche, écarte mon visage du sien dans un soupir agacé.

— À mon âge, jeune femme, l'on se moque bien que la mort entre par une porte ou par une autre. Je l'attends chaque soir quand je me couche. Et m'étonne en me levant qu'elle m'ait oublié, ajoute-t-il d'un ton désabusé.

— Alors pourquoi vous taire ? Qu'y gagnez-vous ? Je vous l'ai dit en arrivant. Ces réponses ont valeur de vie ou de mort pour moi.

J'ai agité mes mains. Il en saisit une, la fait jouer à la faveur de la douce clarté des flammes voisines. L'œil qui revient capturer le mien a changé de reflet. Il s'est fait inquiet, interrogateur. Troublé.

Alors je chasse la Contessa et je redeviens moi.

— Hier, on a tenté de m'assassiner en incendiant une ancienne fonderie dans laquelle je me trouvais. Et ce soir encore en m'emprisonnant dans la crypte de l'église San

Zaccaria. Je m'en suis évadée en détruisant un mur de briquettes effritées qui…

— … masquait l'escalier liant l'ancien couvent à la crypte, achève-t-il dans un soupir navré.

Ma tension se relâche d'un bloc.

— Je vous écoute, don Umberto.

— Et ensuite ? Que feras-tu ? Traquer ce monstre ? Ne suffit-il pas que, comme ta mère, ta marraine ait péri ?

Je sursaute violemment.

— Ma mère ? Il aurait aussi assassiné ma mère ? Je croyais qu'elle s'était noyée par accident.

Une profonde tristesse ennuage le ciel de ses prunelles.

— Certains accidents ont des raisons cachées, mon enfant. C'est parce qu'elle craignait pour sa vie que Livia t'a confiée à la seule personne de qui elle ne doutait pas. Las, son meurtrier a pensé pouvoir obtenir ce qu'il cherchait de ta marraine.

Un frémissement me secoue. Je me lève, subitement glacée. Quelques pas et me voici près de l'âtre, puisant dans un panier d'osier deux bûches épaisses. Je les couche sur les autres, pique les braises pour réactiver les flammes. Lorsque je me retourne, le cœur brisé par l'évidence d'être passée à côté de l'essentiel durant toutes ces années, Umberto Delacuista s'est assis au bord du lit, a rajusté son bonnet sur ses cheveux blancs, épars, et a chaussé ses bésicles. Je le découvre maigre dans son vêtement de nuit. Pourtant il se tient droit, les poings tendus sur le matelas, et lui, à l'inverse de moi, ne tremble pas.

— Ils étaient quatre, quatre qui ont voué ma marraine aux flammes. J'en ai torturé puis éliminé trois sans obtenir de réponses à mes questions. Ce n'étaient que des petites mains, ignorant tout de celui qui les commandait. Y compris ses motivations. Lui, je l'ai cherché des années durant. Sans parvenir à l'identifier, sans qu'il se montre. Jusqu'à ce que je tue, pour la Quarantia, don Calapelli dans cette ancienne fonderie. Depuis, je suis traquée. Alors oui, je veux retrouver ce chien. Parce que c'est lui ou moi, comprenez-vous ?

Umberto Delacuista tend la main. Je me rapproche, m'assois par terre, devant lui, laisse sa paume envelopper délicatement ma joue. Me repais quelques instants de sa caresse puis m'écarte et enserre mes genoux de mes bras meurtris. Il s'est resservi à boire. J'attends. Patiemment cette fois. Je sais qu'il ne se dérobera plus. La confiance est nouée. Par ses aveux. Par les miens. Et par le souvenir de ma mère qui flotte désormais entre nous. Il repose le verre sur la table de chevet, se penche légèrement en avant, les mains jointes sur ses cuisses décharnées.

— Pietro Tradonico et ta famille partageaient le même secret, celui d'un trésor important découvert par ton aïeule Giovanina Morosini dans la crypte où tu as été enfermée. La coiffe portée aujourd'hui encore par les doges au moment de leur élection en faisait partie.

Je me trouble. Mais le lien entre cette découverte d'hier et l'assassinat de ma mère puis de ma marraine me semble ténu.

Umberto Delacuista me sourit avec douceur, poursuit, d'un timbre que je sens libérateur.

— Avant de se retirer au couvent, Giovanina avait donné naissance à une fille qui, elle-même, transmit cet héritage à la sienne. De sorte que, de génération en génération, ta famille conserva le privilège et la jouissance de ce trésor. Le jour où je t'ai sortie des flammes, Maria Marina…

Des larmes me montent aux yeux. Lui. Mon sauveur. C'était lui. Il sourit comme s'il avait perçu l'élan de mon cœur, ma gratitude. Puis continue, la voix brisée :

— … j'ai fait le serment à ta marraine de garder le silence pour éviter qu'à ton tour tu ne deviennes une cible. Tu n'étais qu'une enfant. Il fallait te protéger. J'aurais dû t'emmener à Venezia avec moi, mais c'était impossible dans ton état. J'ai préféré t'abandonner à ces comédiens dont la doyenne avait réputation de guérisseuse. Je n'ai pas regretté mon choix. Surtout quand j'ai découvert que ta mémoire avait failli. Amnésique, tu étais à l'abri d'El Capitan.

Je me trouble.

— El Capitan ? Serait-ce lui mon ennemi d'aujourd'hui ?

Il toussote derrière son poing fermé, détourne le regard.

— El Capitan est un surnom, comme tu portes celui de la Contessa. J'ignore qui se cache derrière.

Pourquoi ai-je de nouveau la sensation qu'il me ment ?

— C'est à cause d'un cartulaire que ma marraine a été tuée. Savez-vous de quoi il s'agit ?

Un soupir résigné.

— Oui. Ce cartulaire fut trouvé parmi les objets précieux du trésor de San Zaccaria. De ce que j'en sais par ta mère, il conduirait par un langage codé à d'autres richesses antiques et immensurables. Ta mère était sur le point de s'emparer de celles-ci quand elle a disparu.

Un frisson me parcourt tout entière.

— Je ne comprends pas. J'ignorais tout de cette histoire, alors pourquoi El Capitan s'en prend-il à moi aujourd'hui ? Qu'ai-je perturbé en exécutant Calapelli ? Étaient-ils en affaire ? A-t-il craint qu'en poussant mon enquête après sa mort, je ne remonte à lui ? au trésor du cartulaire ? que je l'en prive en revendiquant mon héritage ?

Don Umberto est pâle. Cet entretien l'épuise, j'en ai conscience, mais j'ai tant de questions encore. Il les fauche d'un soupir las.

— Je n'ai pas de réponses, mon enfant. Je te l'avoue piteusement, j'ai cessé de veiller sur toi quand tu es entrée au couvent. Je t'y pensais à l'abri.

— Êtes-vous déçu ?

— Triste, seulement. Et effrayé. Parce qu'au final je n'ai rien pu empêcher. Et que la vieillesse a fait de moi un lâche, incapable de m'opposer directement à El Capitan.

— Je ne vous le demande pas. Je sais me défendre seule. Et attaquer.

— Peut-être est-ce déjà ce qu'El Capitan espère, te prendre dans ses filets… Ne sous-estime pas son art du mensonge et sa perversité.

De nouveau, cette impression fugace qu'il en sait davantage qu'il ne veut me l'avouer. Je voudrais insister, le bousculer, mais il bâille à s'en décrocher la mâchoire.

— Cette maison ne manque pas de chambres. Choisis-en une et repose-toi. Demain nous aviserons, me dit-il en se remettant au lit.

Je me lève, vais pour sortir, me ravise au bout de quelques pas.

— Et mon père, mon frère, que savent-ils ?

Il secoue la tête.

— Rien. Le secret ne circulait que de mère en fille. C'est ainsi qu'il a été préservé au fil du temps. Livia ne me l'a révélé que contrainte par la nécessité.

Je reviens près de lui. Il a déjà reposé ses bésicles, rajusté son bonnet et la couverture sur ses vieux os. Néanmoins il sourit quand je me penche sur lui et dépose un baiser tendre sur sa joue ridée.

27.

Le sentiment d'avoir entendu parler m'éveille au moment même où quelque part dans la demeure retentit le carillon d'une pendule. Il fait sombre et froid dans la chambre voisine de celle de don Umberto. Je l'ai choisie par lassitude au sortir de notre discussion, les jambes amollies par la fatigue et le corps aussi douloureux que s'il avait été roué. Je dresse l'oreille, l'esprit brumeux mais attentif à ce qui m'entoure. L'idée que, perturbé par ma visite, le vieil homme se soit senti mal et m'ait appelée me taraude suffisamment pour que je me lève et me dirige vers la porte que j'ai laissée entrebâillée. Quelques pas dans le corridor obscur me rapprochent de la sienne. Un vent coulis filtre par le dessous, glaçant mes pieds nus. Ce n'est pas normal. Je toque, appelle, sans obtenir de réponse. J'hésite un instant, à peine, avant de tourner le loquet et d'entrer.

La vue de la fenêtre ouverte par laquelle une bourrasque s'engouffre, couchant les flammes crépitantes dans l'âtre, me fait bondir jusqu'au chambranle et regarder à l'extérieur. Ne voyant rien d'autre qu'un chat sortir des fourrés, je me rassure et referme en maugréant, les narines caressées par un parfum de rose flottant dans la pièce.

— Vous devriez attacher vos volets plus solidement don Umberto. Si je ne vous avais entendu, vous auriez attrapé une congestion malgré votre édredon.

Je reviens vers lui, un sourire aux lèvres, décidée à regarnir le foyer avant de, peut-être, à présent que nous sommes un peu reposés, reprendre notre conversation là où la fatigue nous l'avait fait suspendre. Je m'immobilise à mi-chemin. Ce silence qui perdure… Cette odeur, ferreuse à présent. J'avance d'un pas, brusquement sur le qui-vive.

— Don Umberto ?

La posture de sa nuque, renversée contre la tête du lit, n'est pas naturelle. Pas plus que ne l'est cette tache sombre sur les draps blancs. Je me précipite. La béance de sa gorge m'arrache un haut-le-cœur, alors qu'une folle sarabande s'invite dans ma poitrine glacée.

Égorgé. Il a été égorgé.

Comme Luigi. Comme les *bambini.*

Des larmes affleurent mes paupières. Incapable de maîtriser un long tremblement, de détourner les yeux du flot de sang qui éructe encore de la plaie béante, je m'accroche au montant du baldaquin. Durant un temps qui me fait défaut, je suis incapable de réfléchir. Puis, aussi brutalement qu'elles m'ont été ôtées, mes facultés me reviennent et je fonds sur la porte pour la boucler. Ce n'est pas le moment qu'un serviteur surgisse, me voie et m'accuse. Je réfléchis à toute vitesse. Qu'ai-je laissé dans la chambre voisine ?

La besace !

Mes vêtements de nonne s'y trouvent toujours. Le souffle court, je déverrouille et risque un œil dans le couloir. Aucune lueur n'en perce la profondeur. Aucun bruit ne le remonte. Je me coule jusqu'au battant, récupère mes affaires en toute hâte puis reviens jusqu'à l'ancien secrétaire de la chancellerie. Si son meurtrier a pu filer par cette fenêtre-ci, mieux vaut que je l'emprunte à mon tour. Auparavant, j'ouvre les portes d'une armoire au parfum discret de cire d'abeille, fouille parmi les effets de don Umberto. Je l'ai rapidement estimé d'une taille à peine plus grande que la mienne pendant que nous parlions. Ses vêtements me seront mieux adaptés que ceux du pissotier. La vue d'une *bauta* fleurant la naphtaline me satisfait. Je trouve aussi des habits sombres et une perruque fanée. Les chaussures sont presque à ma pointure cette fois.

J'enfile le tout en évitant de regarder en direction du lit. J'ai repris le dessus. Les révélations de don Umberto et le fait de lui devoir la vie m'ont bouleversée, mais il y a plus urgent. Et mon instinct de survie, celui que j'ai chevillé au corps plus sûrement que ne l'était mon poignard à ma jarretière, me hurle de quitter au plus vite cette demeure. Avant que l'on ne m'impute ce crime odieux. Comme on a voulu m'imputer celui des *bambini.*

J'ouvre la fenêtre, regarde en contrebas. La liane épaisse d'une glycine court sur la façade. C'est par là que ce diable est monté. Par là qu'il s'est échappé. J'enjambe le rebord, affronte le vide. Mes mains écorchées se crispent sur les pierres autant que sur le tronc noueux, mes pieds traquent les appuis. Je me refuse à réfléchir. Plus tard. Quand j'aurai quitté le clos.

Je saute à une cinquantaine de pouces du sol. Je file par le jardin. À vingt pas du mur de clôture, je m'immobilise sous le couvert des arbres, saisie par un doute. L'assassin était-il toujours dans le jardin quand je suis entrée dans la chambre ? M'a-t-il vue refermer la fenêtre ? A-t-il compris que c'était moi ? qu'il avait perdu sans doute la meilleure des occasions de m'occire ? Je lance un regard en direction de la façade. Elle baigne dans l'obscurité. Je me rassure. De là où je me trouve à présent, il lui était impossible de distinguer autre chose qu'une silhouette. Malgré tout le doute m'assaille. S'il ne m'a pas suivie depuis la crypte, c'est qu'il s'applique à éliminer tous ceux qui pourraient contrarier ses projets. Qu'ils aient connu ma mère et ma marraine dans leur quête du trésor du cartulaire ou qu'ils aient, d'une manière ou d'une autre, découvert des indices leur permettant de s'en approcher.

Alors, de nouveau, mon sang se glace.

Felice...

S'il ne s'en est déjà occupé, c'est lui. C'est forcément lui, après don Umberto et moi, la prochaine victime de ce diable.

28.

J'arrive en vue de la Ca'Baletti avec un point de côté, la bouche sèche et les jambes flageolantes. La peur que Felice soit en sursis m'a précipitée par les *calli* étroites, traquant les raccourcis les plus improbables comme autant de minutes précieuses. La nuit est devenue folie, chaque *campo* un bal illuminé par des guirlandes de lampions, enfiévré par des musiciens. L'on y danse, se lutine, butine, caresse, protégé des règles de la bienséance par le masque et le costume. L'épouse de l'un fornique avec l'époux d'une autre sans se douter peut-être qu'à quelques pas mari et femme respectifs en font autant avec leur voisin. Nul ne sait qui est qui. Même les comédiens, même les marionnettistes semblent avoir quitté les tréteaux pour jouer parmi la foule. Dans ce tumulte joyeux qui trouvera son apogée de luxure avant l'aube, je n'ai fait qu'avancer à coups de coude, promettant le pire à qui insistait pour me voler un baiser. Le pouvoir de dissuasion de la Contessa est toujours là, au fond de mon regard que se partagent angoisse et fureur. L'on s'est écarté devant sa menace. Mais cela m'a épuisée.

Je me plante devant le portail, bouclé à cette heure. J'hésite à activer la cloche. Elle alerterait le portier, dormant dans la dépendance voisine. J'y gagnerais d'entrer sans efforts mais y perdrais la discrétion à laquelle je m'efforce depuis mon évasion. Mieux vaut, si ce diable est déjà dans la place, que je l'y surprenne avant qu'il n'ait eu le temps de frapper. J'espère ne pas arriver trop tard. Avoir le temps d'alerter Felice. Seule cette urgence m'anime. Car plus les secondes s'égrènent, plus je suis persuadée que le prochain sur la liste de ce tueur c'est lui, mon ami. Mon seul véritable ami. Et l'homme que j'aime.

Je me détourne, longe le clos, examine les alentours, les sens aux aguets, tout en cherchant un autre moyen d'entrer. Des parfums de chocolat chaud s'invitent dans mes narines. Au bout de la rue, à une quarantaine de pas à peine, un *bacaro*[1] distribue ses tables jusqu'au bord du *rio*. Des rires s'en échappent, des bribes de conversation. L'œil est tourné vers les illuminations et la somptuosité des tenues des invités du palais bordant la rive opposée. Nul ne fait attention à moi. Je continue mon exploration, collée presque à la clôture, regardant devant, derrière par à-coups. Au-dessus aussi, par intermittence. Attentive à chaque bruit. Hors de question qu'El Capitan me surprenne, se débarrasse de moi comme d'un vulgaire témoin de son passage. Je veux pouvoir l'affronter les yeux dans les yeux. Haine contre haine. Quitte à mourir, que ce soit par défi. Au nom de mon enfance, de mon honneur et de mon bonheur perdus.

1. Bar à vin.

Je m'arrête.

Une branche ploie sur le mur. Ma tension remonte d'un cran. Je m'avance en bordure de la gerbe de feuillage, cherche des prises dans la pierre d'Istrie. J'en trouve. Hélas. Je grimpe facilement. Trop. Deux toises à peine me séparent du sommet. Je l'atteins vite, me hisse comme je l'ai fait chez le défunt Umberto Delacuista, et m'assois sur l'arrondi. À la faveur du clair de lune, je peux confirmer ma première impression. La branche est brisée. On s'est posé dessus, ou on s'y est appuyé. Difficile de savoir si c'était dans le dessein d'entrer ou de sortir du domaine, mais mon sang ne fait qu'un tour. Je saute, me réceptionne, accroupie, dans un massif de narcisses dont les corolles semblent déjà avoir été piétinées. À mes tempes pulse un sang vicié par une rage de plus en plus sourde. Un regard circulaire me permet d'englober les allées et bordures qui dessinent le jardin. Je n'y vois personne évoluer. Je me déplace, lorgne en direction de la verrière accolée à l'*androne* du palais. Aucune lueur n'en traverse la longueur.

Lors, je rassemble mes forces et je cours. Je cours vers la lourde porte d'entrée, rarement bouclée. Elle cède sous ma poussée. J'entre, fonce vers les cuisines situées sur la partie nord de l'*androne*. Il y fait sombre mais je connais sa disposition. Et je sais ce que je cherche. La batterie de couteaux, près du tranchoir à viande. Je ne choisis pas. Celui sur le manche duquel ma main se referme fait mon affaire. J'en prends un autre, que je glisse à ma ceinture. Je ressors dans la foulée, ôte mes souliers et galope silencieusement jusqu'à l'escalier monumental qui conduit aux étages nobles. Le couloir du premier distribue le petit boudoir, le *portego* et les autres salles de réception. Les chambres sont au second.

Je commence à monter, collée à la rambarde de pierre pour compenser la faiblesse de mes jambes. Attentive aux bruits qui ruissellent. Ce craquement de plancher. Le discret grincement d'une porte. Mon front perle d'une sueur aigre, fébrile. Mes doigts s'empoissent sur le manche de mon arme de fortune. J'atteins le second palier avec l'impression que mon cœur va lâcher sous l'effort. Sous l'angoisse.

Je crains le pire. Mais si ce chien est encore là, il n'en ressortira pas vivant, foi de Contessa.

29.

— *Ferma*[1] !

L'ordre a jailli dans mon dos alors que je m'apprêtais à ouvrir la porte de la chambre de Felice. Et comme si la voix masculine, autoritaire, ne suffisait pas, le cliquetis de l'armement d'un pistolet a surenchéri.

Je sens une bouffée de chaleur m'inonder le front, le dos. Je tiens à peine debout, pourtant je me retourne. Impossible de distinguer le visage dans cette silhouette plantée au milieu du large corridor, mais le timbre m'est familier. Le défier n'est pas une bonne idée.

— C'est moi, Visconti, sœur Maria Marina.

Je devine un mouvement, celui, j'en suis soulagée, de l'arme qu'il vient de baisser en reconnaissant ma voix.

— Je vous présente mes excuses, ma sœur. On ne m'a pas prévenu de votre arrivée. J'ai cru…

— Et vous avez bien fait, le coupé-je en retirant mon masque. Suis-je la première à entrer de cette manière cette nuit ?

Il s'est avancé. Je l'entends presque sursauter.

1. « Halte ! » ou : « Arrête-toi ! »

— Doux Jésus, oui ! Combien devriez-vous être ?

Je ne réponds pas. Je pousse la porte, à peine rassurée, cependant. Un feu nourri brûle dans la cheminée. Les volets des fenêtres sont bouclés. Mais dans le lit rien n'a bougé. Et je n'y vois pas assez depuis l'entrée pour m'assurer que Felice n'y gît pas, lui aussi, la gorge tranchée.

— Felice !

Pas de réponse.

— Le marquis n'est pas encore rentré.

Je pivote. Visconti m'a suivie. La pénombre s'est faite douceur ambrée. Je distingue à présent ses traits, habillés par les années. Le majordome de Felice doit, il me semble, approcher de la cinquantaine. Je ne cache pas ma surprise. Au moment de nous séparer, Felice m'a affirmé vouloir rester au logis et se reposer.

— Vous a-t-il dit où il comptait aller ?

Visconti fronce les sourcils, donnant l'impression d'une seule ligne broussailleuse au-dessus du gris de ses yeux.

— J'ai pensé qu'il avait finalement décidé de vous raccompagner au couvent. Il est sorti juste après vous et n'a pas reparu depuis.

Un doute, détestable, vient m'assaillir. S'il se trouvait dans mon sillage, il m'a forcément vue descendre Campo San Zaccaria. Entrer dans l'église. Et n'en pas ressortir.

Ma vue se trouble. Je chancelle, me rattrape au bras du majordome, aussitôt tendu.

— Tout va bien, ma sœur ? Vous avez l'air épuisée.

Je le suis. Je le suis et plus encore de douter ainsi de l'homme que j'aime quand il est impossible qu'il ait pu m'enfermer dans cette crypte, et encore plus m'y laisser croupir. Felice, El Capitan ? Je ricane dans le silence devenu lourd de cette pièce, dans le parfum discret qui habille la peau de Felice et flotte comme une promesse. Impossible. Il était près de moi dans l'ancienne fonderie. Près de moi quand Luigi a été tué.

Visconti tire un fauteuil, m'aide à m'y asseoir.

— Croyez-vous le marquis en danger ? demande-t-il, une inquiétude sincère dans la voix.

Je m'arrache à mes pensées folles, le regarde en inclinant la tête.

— C'est possible, oui.

Quelle autre explication ?

Le nez droit, typique des Vénitiens, se plisse, chatouillé par un poil de moustache. La main tremble.

— Voulez-vous que je fasse prévenir la Quarantia ?

Je bloque son poignet.

— Non. Non, surtout pas. Rien ne prouve que votre maître ait eu des ennuis. Et puis ce ne serait pas la première fois qu'il se met à dos un mari jaloux, tempéré-je.

Je pense à la branche brisée, aux narcisses écrasés. Et si Felice, me suivant jusqu'à San Zaccaria, avait vu le tueur ressortir de l'église ? S'il l'avait reconnu et avait compris que c'était lui que nous recherchions ? Si, m'imaginant en sécurité dans ce lieu sacré, il s'était résolu à m'y laisser pour le suivre jusqu'à sa destination finale ? Aurait-il pu craindre d'avoir été repéré dans sa filature, décider de revenir changer de déguisement en passant par le jardin pour ne pas inquiéter sa maisonnée endormie ? Pour mieux se rapprocher ensuite de notre ennemi dans l'un des palais vénitiens, et pouvoir en apprendre davantage sur lui en toute discrétion ?

Je m'accroche à cet espoir. Je ne connais personne de plus malin que Felice. Personne.

J'ai besoin de réconfort. De douceur. Je relève la tête, pose un regard épuisé sur le visage aux oreilles trop grandes, aux joues tombantes.

— Me feriez-vous un chocolat à la cannelle, Visconti ?

Il me sourit avec douceur.

— Bien entendu, sœur Maria Marina. Souhaitez-vous le prendre ici ?

— Non. Je vous ai réveillé et continue à vous empêcher de dormir. Le moins que je puisse faire est de vous accompagner en cuisine. D'autant que, j'en suis convaincue, il vous reste de la brioche.

— De belles tranches bien moelleuses, me confirme-t-il en m'offrant son bras pour que je m'y accroche.

Je me lève en retenant un soupir. Je vais devoir rentrer au couvent même si mon cœur, et jusqu'à la moindre fibre de mon corps endolori, me supplient de rester ici, d'attendre que Felice revienne. Je dois profiter de la faveur de la nuit, me tenir loin de l'enquête que va ouvrir Giorgio Baffo sur l'assassinat d'Umberto Delacuista. Comme pour celle concernant l'incendie de la fonderie, ne pas lui laisser penser que je peux y être mêlée. Permettre à Felice d'avancer dans l'ombre tant qu'El Capitan me croit enfermée dans la crypte. Je ne peux douter que ce soit le cas, sinon il m'aurait exécutée dans mon sommeil après don Umberto.

Oui, je dois faire cela. Rentrer. Profiter d'une nuit récupératrice avant de retourner au combat.

Sitôt que j'en aurai trouvé le courage dans les vapeurs brûlantes du chocolat.

30.

Des coups frappés avec insistance m'arrachent à un sommeil lourd, envenimé de rêves improbables. Il me faut plusieurs secondes, dressée sur ma couche, le souffle court, pour me repérer, pour reconnaître l'odeur de l'encens dans mes narines et me réapproprier la voix affolée qui transperce l'épaisseur du bois.

— Sœur Maria Marina ? Tout va bien ?

Catterina.

Je grommelle un *si* brumeux tout en rejetant par côté la couverture de laine sous laquelle j'ai souvenir de m'être écroulée en rentrant de Venezia.

L'instant suivant je suis debout, en train de déverrouiller ma porte.

Catterina entre aussitôt et, sans me regarder, fonce sur le volet pour l'ouvrir et éclabousser la petite pièce d'un rayon de soleil. Lorsqu'elle se retourne, après m'avoir arraché un grognement de désapprobation, je la découvre les traits ravagés, les joues marbrées par des sillons salés, se broyant les mains de manière sporadique. Son regard trahit une angoisse que je n'ai pas l'habitude d'y observer. Elle chevrote.

— Que la Madonna soit louée ! J'ai cru…

Sa voix s'est brisée. Elle renifle. Cela m'ennuie de la voir s'inquiéter pour moi de cette manière. Je n'en ai pas l'habitude. Je pince mon front entre mes sourcils, plisse les yeux sous la lumière du jour. Une migraine chatouille mes tempes, signe que je n'ai, évidemment, pas suffisamment dormi.

— J'ai cru…, continue-t-elle en hoquetant.

Je soupire.

J'ai la langue pâteuse, une soif de lendemain de beuverie alors que je n'ai pas avalé davantage qu'un verre de vin dans l'auberge où je me suis arrêtée après avoir dépouillé le pissotier. Il me semble que je pourrais vider la carafe d'eau d'un trait. Quant à mon corps, eût-il été roué de coups qu'il ne serait pas moins douloureux. Mais n'est-ce point le supplice que je lui ai moi-même infligé en me battant contre la cloison de l'escalier de la crypte ? en escaladant ces murets ? en descendant par la fenêtre de don Umberto ? Je parviens tout juste à concevoir que j'aie réussi à revenir jusqu'au couvent, à me traîner jusqu'à ma cellule sans m'effondrer dans l'allée.

Un sanglot à peine contenu m'arrache à ma contemplation intérieure. Catterina s'est laissée choir sur ma couche, la tête entre ses mains. Il ne m'en faut pas davantage pour, cette fois, pressentir un drame et m'éveiller tout à fait.

— Que se passe-t-il ? réclamé-je, tous les sens en alerte, en m'accroupissant dans un craquement de rotule devant elle.

J'écarte ses paumes, presque impérieusement, forçant son regard perdu à emprisonner le mien.

— Notre mère… Notre mère a été assassinée cette nuit, laisse-t-elle tomber d'une voix blanche.

Le choc manque d'en faire autant de mon cul sur le parquet. Je résiste. Parviens à maintenir ma position instable en m'agrippant à ses poignets. J'ai l'impression que les pales d'un moulin brassent le vent furieux qui s'est levé sous mon crâne. Au point de tout mélanger alors que se percutent mes souvenirs de la veille. Mon emprisonnement, la mort de don Umberto, la disparition de Felice. La supérieure ? Assassinée elle aussi cette nuit ? Je me glace, frissonne de la tête aux pieds. Si je ne me redresse pas, là, maintenant, avant de me figer tout à fait, je n'en serai plus capable.

Moi que les courbatures diminuaient, je me lève dans un sursaut, pivote et marche pour marcher. Pour vaincre ce sentiment d'avoir été clouée au sol, ne serait-ce qu'en pensée. Je saisis le broc, me remplis un verre que je vide d'un trait. Puis un autre et un autre encore tandis que dans mon dos Catterina sanglote, à gros bouillons cette fois.

Lavée de l'intérieur, l'esprit de nouveau clair et le cœur déchiré, je lui fais face. Je ne veux pas croire ce qu'elle me dit, quand bien même je l'entends pour vrai. Pour cela il me faudrait considérer que l'assassinat de Teresa Campanino est tout sauf une coïncidence. Qu'elle possédait une information que le meurtrier de ma marraine refusait de lui voir me révéler.

— Es-tu certaine de ce que tu avances ?

Catterina me dévisage comme si j'avais perdu la raison. L'air aussi éberlué et choqué que désemparé. Évidemment qu'elle est certaine. Qui mentirait sur un tel sujet ? Je bats l'air d'un revers de main, giflant ma stupidité.

— Pardonne-moi. J'ai peu dormi. Je n'ai rien remarqué d'anormal en rentrant cette nuit. J'ai du mal à admettre qu'une telle chose ait pu se produire ici. Notre mère était la bonté même. C'est si… improbable…

Mes explications semblent lui suffire. Elle hoche la tête, arrache un mouchoir de sa manche, souffle bruyamment dedans.

— Qui l'a trouvée ? demandé-je tout en enfilant ma bure et des gants de soie pour dissimuler mes mains abîmées.

— Sœur Justina. Elle s'est empressée d'aller la quérir quand nous avons vu qu'elle n'était pas dans l'église pour l'office de matines et que son retard persistait.

Justina. La cellérière de la communauté. Une pimbêche d'une dizaine d'années de plus que moi qui me déteste au moins autant que je la méprise pour son inculture et sa médiocrité.

— Où ?

— Où quoi ? répète Catterina en maîtrisant à peine le flot d'un nouveau sanglot.

— Où l'a-t-elle trouvée ?

— Dans son cabinet. C'est horrible. Vraiment horrible.

J'ai envie de la secouer, de lui dire que je ne suis plus, depuis deux jours, à une horreur près, à un chagrin près, à une dévastation près. Je me contrôle. C'est une erreur, c'est de me voir pleurer qu'elle a besoin. Parce que seuls des pleurs conviendraient à la situation. Je m'en veux d'être incapable d'en verser. Je me sens aussi froide qu'un reptile aux yeux crevés. Je me pince l'intérieur du poignet pour briser ma carapace, ramener du semblant sur mes traits. La douleur finit par m'arracher une larme. Je sens Catterina soulagée. Je continue à me mutiler avec les ongles, jusqu'au sang. Jusqu'à ce que la souffrance se voie enfin sur mon visage. Jusqu'à ce que je la ressente dans mon cœur. La voix fêlée, je réclame :

— Comment est-elle… morte ?

Je connais la réponse. Je la connais. Mais il me faut l'entendre. Pour tout lier. Je ferme les yeux en voyant les lèvres tremblantes de Catterina bouger. Mes poings se crispent. Il me semble prononcer ce mot dans ma tête en même temps qu'elle.

— Égorgée… Elle a été égorgée.

Un battement de silence. Juste un. Puis la réalité me frappe en pleine poitrine. Un cri muet. Une nausée qui enfle.

Comme je voudrais, en cet instant, que cette foutue crypte me tienne toujours en ses rets !

31.

Évidemment, j'ai eu besoin de vérifier. Comment douter un seul instant que ces meurtres, semblables dans leur procédé, soient liés ? Décidée à mener mon enquête, j'ai planté Catterina dans ma chambre, la laissant trottiner rapidement dans le couloir pour me rattraper, puis déverser sur moi son complément macabre d'informations : sœur Justina pense que notre mère a été surprise par un voleur, car son cabinet est sens dessus dessous. Sœur Justina a fait aussitôt prévenir la Quarantia Criminale. Sœur Justina a informé toutes les pensionnaires qu'il ne fallait pas entrer, que la vision était trop insoutenable, que Giorgio Baffo saurait quoi en penser, que probablement… Sœur Justina par-ci, sœur Justina par-là. Voici qu'enfin cette grande gourde au museau plus ingrat que celui d'un ragondin a trouvé matière à se draper d'importance. Elle ne me fait pas peur, serait-elle dressée en cerbère devant la porte du cabinet de la mère supérieure.

J'y parviens l'esprit nébuleux, à la fois troublé par les explications entrecoupées de gémissements de Catterina, le pas pressé, anxieux, d'une dizaine d'autres moniales ayant bien compris que leur curiosité malsaine serait satisfaite si elles restaient dans mon sillage, et cette migraine qui enfle entre mes tempes au rythme de mon désarroi. Car c'est un fait : Giorgio Baffo sera là dans quelques minutes, et, quand bien même je continuerais de me taire sur les autres crimes et les événements de ces dernières quarante-huit heures, je doute qu'il n'entrevoie pas, au moins, une relation entre la mort de l'abbesse et celle des enfants égorgés dans la fonderie, Muran étant bien trop petite pour accueillir tant de drames en si peu de temps.

Je grimpe l'escalier extérieur, longe le balcon en enfilade qui mène au cabinet de Teresa Campanino et de là à son appartement. Je ne me suis pas trompée. Campée sur ses jambes de cheval de trait, mains sur ses hanches de pouliche qui rêverait d'être débourrée, ce qui ne lui arrive jamais, sœur Justina me regarde fondre sur elle d'un œil vindicatif.

— Vous n'entrerez pas, aboie-t-elle.

L'ordre passe par-dessus mes épaules puisque le trottinement derrière moi cesse aussitôt. Je m'en moque. J'avance jusqu'à presque coller mon nez au sien, levé en signe de défi.

— Essaie de m'en empêcher, je grince sur son souffle.

Je l'entends déglutir. Je tends la main par côté, enserre la poignée et la tourne sans quitter le regard de cette pimbêche. Je sais que le mien reflète en cet instant la couleur du sang que j'ai sur les mains depuis que la Quarantia m'a accordé le droit de tuer. Ce regard-là, personne jusqu'à présent n'a osé le défier. Je souris, mauvaise, devant la peur inscrite sur son visage devenu blême. Frôlant sa poitrine généreuse, je me décale d'un pas chassé, pousse la porte et, laissant sœur Justina aussi figée qu'une statue, j'entre dans la pièce aux volets fermés.

Je referme derrière moi avec la volonté, évidente pour toutes, de ne pas être dérangée. Nul besoin de m'habituer à l'obscurité. S'octroyant ce droit d'agir qu'elle a dénié aux autres, sœur Justina a apporté une dizaine de cierges et les a disposés là où l'ordre a été épargné. Des feuilles, des rouleaux, des registres, des livres gisent au sol, ouverts, froissés. Il ne reste quasiment rien sur les étagères, dans les armoires, dans les coffres. Je songe brusquement aux voix qui m'ont éveillée chez don Umberto. Aurait-on arraché le secret de la cache du cartulaire au vieil homme avant de l'assassiner ? C'est bien possible, après tout.

Je frissonne.

Teresa Campanino ayant été proche de ma mère, Umberto Delacuista aurait très bien pu lui confier le cartulaire sous le sceau de la confession et lui demander de ne me le remettre qu'après sa mort. Cela lui aurait épargné de trahir son serment envers ma marraine, tout en me permettant malgré tout de recevoir mon héritage. Cela expliquerait son comportement étrange à certains moments, comme s'il retenait ses réponses ou me mentait. Cela expliquerait surtout pourquoi ce bureau a été si méticuleusement fouillé. Je doute que Teresa Campanino ait trahi la volonté de Delacuista avant de mourir.

Mon regard s'arrête enfin sur elle. La signature du tueur est inscrite en un sourire généreux sur sa gorge renversée en arrière. Ma carapace s'effrite. Un sanglot me vrille, s'étouffe derrière mes mains jointes. Cette femme m'était chère. Le lui avoir avoué la veille ne soulage pas mon chagrin. Il ressemble à l'étendue nauséabonde d'un marécage que je piétine à l'aveugle depuis deux jours. J'ai l'impression soudain de n'avoir évité de m'y enliser qu'en suivant un parcours bien balisé par des années et des années de combats intérieurs, de maîtrise de moi-même.

Je ferme les paupières, m'efforce de me contrôler. Ne pas faiblir. Pas maintenant. Si El Capitan me croit toujours piégée dans la crypte, attendant d'avoir éliminé tous ceux qui se sont trop approchés du trésor du cartulaire avant d'en finir avec moi, j'ai toujours un temps d'avance sur lui. Cette perspective n'empêche pas un frisson glacé de me parcourir l'échine.

Même en admettant qu'il ignore l'assassinat de don Umberto et le rôle que ce vieil homme a joué dans ma vie, Felice n'aurait pas permis que le meurtrier de ma marraine force les portes du couvent. Il aurait aussitôt pensé que j'allais en être la cible. Dois-je en déduire qu'El Capitan l'a, lui aussi, réduit à merci ? assassiné ?

Ma vue se trouble. Les battements de mon cœur déchirent ma poitrine.

Respirer. Reprendre le contrôle. Tout n'est que supposition. Seulement supposition. Je frotte mes yeux d'un revers de manche. Respirer encore. Profondément. Un discret parfum de rose chatouille mes narines. Je l'inspire. M'en veux aussitôt de chercher à me guérir de l'odeur du sang et de la perversité quand je m'en suis toujours servie pour nourrir ma vengeance.

Une voix derrière la porte. Je pivote. Sœur Justina geint, grogne, s'explique avec force excuses derrière le battant. Une dernière inspiration. Quand la poignée tourne, je sais que Giorgio Baffo est sur le point d'entrer.

32.

Giorgio Baffo fait taire Justina en lui fermant la porte au nez. Si elle espérait qu'il me chasserait de la pièce, elle en est pour ses frais. Un instant je l'imagine collant son oreille au battant dans l'espoir que je me fasse rabrouer. Giorgio semble s'en méfier lui aussi, car il se contente de me saluer d'un signe de tête avant de se diriger vers le cadavre. L'examen de la plaie, du sang coagulé jusque sur la robe de la religieuse, indique clairement que cela fait plusieurs heures déjà qu'elle est morte. Un frisson me rattrape. Aurais-je croisé le meurtrier en rentrant ? Je fouille dans mes souvenirs sans parvenir à apercevoir la moindre ombre furtive, la moindre lumière autour des appartements de notre mère. Pas davantage autour du ponton contre lequel la gondole qui m'a ramenée s'est rangée. Je suis à peu près certaine de n'avoir été ni suivie, ni précédée de près. Mais dans cet état d'épuisement qui était le mien ai-je été assez perspicace ?

Le temps que le doute s'installe en moi, Giorgio Baffo s'est redressé et m'a fait face.

— Y aurait-il un endroit où nous pourrions discuter à l'abri d'oreilles indiscrètes ? chuchote-t-il en me désignant le battant derrière lequel sœur Justina continue à piétiner.

Sans répondre, j'emporte un bougeoir et me dirige vers une porte découpée dans l'un des murs aveugles de la pièce. Je doute qu'elle soit fermée à clef. Je la pousse, entre dans le logis de la religieuse et me trouble de nouveau. Ici aussi tout a été retourné. Baffo, qui m'a suivie, émet un sifflement de surprise.

— Eh bien, il semblerait que cette chère Teresa avait quelque chose d'important à cacher. Reste à savoir si son meurtrier l'a trouvé.

Je me pose la même question.

Baffo se penche, feuillette un livre qui gît sur l'assise d'un fauteuil tendu de cuir de Cordoue, l'écarte d'un revers de main puis s'installe en soupirant.

— Je suppose qu'à part du vin de messe, il n'y a rien à boire ici…

Je m'arrache un sourire.

— Je suis capable de m'en contenter. Pas vous ?

— Si.

Je promène la lueur du candélabre dans la pièce, finis par aviser une bouteille de malvoisie intacte dans un meuble ouvert. Je reviens avec, fais sauter le bouchon d'un coup de dents, et tout en posant le bougeoir j'avale une rasade à même le goulot. Pendant que Baffo, ayant récupéré le récipient, le vide à moitié, je rapproche un fauteuil de celui qu'il a adopté. Mes jambes sont aussi lourdes que la veille avant de m'être couchée. Je ne sais si je dois en imputer la faute à cet étau qui m'enserre la poitrine, empêchant mon sang de correctement circuler, ou au poids dont je ne cesse d'heure en heure de charger mes épaules.

— Comment vous sentez-vous ? me demande Giorgio Baffo en promenant sur moi un regard attristé.

— À votre avis ? Cette femme m'a accueillie ici quand j'avais quinze ans. Cela en fait quatorze qu'elle me couvre de bienveillance, de douceur, allant jusqu'à fermer les yeux sur mes activités nocturnes. Pas une fois elle ne me les a reprochées. Elle l'aurait pu. En confession je ne lui ai jamais rien caché.

— Je comprends. Et vous présente toutes mes condoléances.

Je hausse les épaules, m'enfonce dans l'assise du fauteuil. Nous sommes chez elle, dans son parfum aux fragrances de pain d'épices rehaussées par celles de l'encens. Alors qu'elle gît à côté. J'ai mal. Je me sens mal. Je reprends la bouteille à Baffo, l'achève à belles lampées pour repousser tout au fond de mon estomac la boule de douloureuse colère coincée dans ma gorge. Quand je la repose, la tête me tourne un peu mais mon timbre est clair. Suffisamment pour prendre le contrôle de la discussion. Et m'en tenir ainsi à ma décision de ne pas me montrer davantage impliquée.

— Fi des mondanités, Baffo ! J'ai vu la crispation de vos traits quand vous avez examiné la plaie. C'est la même arme, le même meurtrier que celui des enfants de la fonderie, n'est-ce pas ?

— Pas seulement, soupire-t-il en se pinçant le haut des sourcils. J'ai été appelé à l'aube chez un vieil homme, un ancien secrétaire de la chancellerie, assassiné de la même manière.

Je fais semblant de m'en étonner.

— Le connais-je ?

— Pas que je sache. Mais votre famille, sûrement. Il se nommait Umberto Delacuista.

Il guette une réaction sur mon visage. Je ne lui offre qu'une interrogation muette.

— Je vais essayer de trouver s'il avait un lien avec vous ou avec Calapelli ainsi qu'avec Teresa Campanino, ajoute-t-il.

— Vous pensez toujours que l'on essaie de faire tomber la Contessa ?

Il soupire.

— Plus que jamais. En tuant Calapelli, vous avez dû porter atteinte à davantage qu'à des jeux pervers et criminels. Peut-être à un trafic d'enfants dont il était le centre et dont l'armateur ou le propriétaire du navire le ravitaillant serait la clef.

— J'y ai songé et croyez bien que je m'en veux…

Baffo me coupe d'une envolée de mains.

— Fi de remords ! C'est moi qui vous ai donné l'ordre d'en finir avec Calapelli. Alors si quelqu'un est à blâmer, c'est moi, pas vous.

J'acquiesce. Même s'il ne parvient pas à m'en convaincre.

— Avez-vous découvert des informations pouvant faire avancer l'enquête dans les documents que vous avez saisis ?

Un rictus satisfait.

— Le nom de l'armateur du navire et le décompte des paiements ayant pu acheter son silence. Si ces informations sont exactes, alors il est probablement celui qui efface ses traces aujourd'hui, éliminant ceux qui pourraient le confondre d'une manière ou d'une autre… Vous y comprise.

Il marque une pause. Son regard se fait pesant.

— Nous ne le saurons qu'en l'arrêtant discrètement pour l'interroger. Car il est trop connu et apprécié des *nobili*[1] pour que, faute de plus de preuves, nous salissions sa réputation.

Un sentiment de jubilation me gagne.

— Rien ne me plaira davantage. Son nom.

Baffo expire lentement, passe une main lasse sur sa nuque, comme s'il lui coûtait de le prononcer.

— Felice Dumas, marquis de Baletti.

1. Nobles.

33.

Je suis incapable cette fois de masquer mon saisissement à Giorgio. Il vient de doucher mon excitation macabre avec une telle violence que j'ai presque l'impression de m'être délitée sur mon siège. Son regard, d'ailleurs, est sans équivoque. Sa question aussi.

— Le connaîtriez-vous personnellement ?

Je tente de reprendre contenance, mais le cœur n'y est plus. Felice, mon tourmenteur ? l'assassin de ma marraine ? Felice livrant des enfants à Calapelli en pleine connaissance de cause ? J'ai de nouveau la nausée. Et une profonde envie de rire jaune.

Non… impossible.

Je grimace.

— Il m'a rendu une visite libertine il y a quelques jours. Et je n'ai pas remarqué chez lui la moindre forme de perversion. Sœur Catterina vous le confirmera, elle était de la partie avec son amant.

— La *signora* Calapelli vous dirait elle aussi que son époux était un homme charmant. Vous savez comme moi à quel point les apparences sont trompeuses. Surtout à Venezia. Mais, et c'est pour cela que je vous réclame discrétion, Felice Dumas vient seulement de rentrer chez lui après presque deux années d'absence. Le capitaine de son navire aurait fort bien pu trafiquer avec Calapelli en signant Baletti.

— Cela me semble hautement probable, en effet.

Ma voix résonne, ferme, contre mon tympan, mais un doute mesquin s'est insinué en moi, ce doute qui m'avait déjà saisie après l'incendie de la fonderie où Felice m'avait entraînée. Un inconnu aurait-il pu anticiper mes faits et gestes sans me connaître si bien, et me guider comme Felice l'a fait, y compris jusqu'à la crypte et la coupe ?

— Le nom du navire ? réclamé-je pour chasser cette détestable sensation.

— *El Capitan.*

Une lame perce mes entrailles.

Il me semble brusquement entendre la voix usée de don Umberto me mettre en garde contre El Capitan : « Ne sous-estime pas son art du mensonge et sa perversité. »

Les souvenirs affluent, se tordent, prennent une teinte lugubre. Chaque sourire, chaque rire, chaque baiser que Felice et moi avons partagé devient, malgré ma volonté de le croire innocent, une arme sournoise. Je revois sa silhouette bondissante sur la plage de Muran, sa tendresse lorsque je dormais contre lui. J'entends ses promesses murmurées sous la lune… Et les mensonges lui ayant permis de s'approprier le nom et les biens du marquis de Baletti.

Je refoule un sanglot de douleur au plus profond de moi. Aurais-je pu être si aveugle, me tromper si profondément sur lui ?

— Je suis le seul, à la Quarantia, à connaître les éléments dont je viens de vous faire part, reprend Giorgio. Et je n'ai pas l'intention de les dévoiler. Pour l'heure, donc, Baletti ignore tout. Interceptez-le ce soir au bal donné à la Ca'Pisani Moretta. Selon mes renseignements, il y est attendu. Et amenez-le-moi en toute discrétion.

— Ce ne sera pas facile, soupiré-je pour dissimuler mon désarroi. Mon gondolier a disparu depuis plusieurs jours.

Il fronce les sourcils.

— Éliminé aussi ?

— Au rythme où vont les choses, j'en viens à le soupçonner, dis-je en faisant de sa suspicion ma cause. Sans ses clefs qui m'assurent une retraite discrète, ma véritable identité risque d'être compromise, vous le savez comme moi.

Il frotte une barbe naissante. Des poches empèsent ses yeux globuleux. Lui non plus n'a guère dormi, visiblement. Il hoche une tête lourde, carrée, aux oreilles décollées sous la perruque gaufrée.

— Je vous enverrai l'un de mes gondoliers. Je réponds de lui comme de moi-même et trois autres seront en poste, prêts à encombrer le passage si des admirateurs vous prenaient en chasse. Vous êtes le bras justicier de la Quarantia Criminale, Maria Marina. Nul ne l'arrêtera tant que je vous protégerai.

Il recule contre le dossier, sourit.

— Dois-je vous rappeler que ce ne serait pas la première fois ?

— Inutile.

Comment oublier la manière dont j'ai réussi à tourner la tête de Giacomo Casanova un an plus tôt ? Au point de lui faire perdre toute prudence et l'entraîner dans le *casin* de l'ambassadeur de France autant de fois qu'il fut nécessaire à Giorgio pour fouiller ses appartements. Depuis, le plus grand séducteur, alchimiste, aventurier et faussaire de la Sérénissime croupit aux Plombs, sous les toits brûlants du palais ducal. J'y serais enfermée à sa place si Giorgio n'avait découvert que ce diable s'était ressaisi peu de temps avant son arrestation et avait ourdi une machination pour me rendre responsable des délits dont on l'accusait. Je n'ai pas oublié, non. Mais Casanova ne m'était rien quand Felice m'est tout. Et tant que je n'aurai pas ses aveux, je ne parviendrai pas à cesser de l'aimer.

Baffo se lève, retourne dans le cabinet voisin. S'arrête, comme saisi par une idée soudaine.

— En qui pouvez-vous avoir confiance ici ? murmure-t-il.

— En personne.

Il me renvoie un sourire crispé.

— Pas même en Catterina ?

Je hausse les épaules.

— Sans doute. Mais à l'heure actuelle je préfère me méfier de toutes. Pourquoi ?

— Parce que aucune des pensionnaires de ce couvent ne va être autorisée à le quitter pendant plusieurs heures. Encore moins à recevoir de visites. Si nous voulons que Baletti se croie en sécurité, je dois dissocier les meurtres et faire peser mes soupçons concernant celui de Teresa Campanino sur l'une des moniales. Ce qui signifie que vous allez devoir non seulement vous échapper cette nuit, mais également me fournir un nom. De préférence celui de quelqu'une qui, ici, serait ravie de pouvoir vous nuire. Quelqu'une qui s'empresserait de vous dénoncer si elle vous voyait filer. Et que je pourrais accuser de l'avoir fait pour se couvrir elle-même du crime.

— Un bouc émissaire, en somme.

— Exactement.

L'évidence me frappe. Je désigne la porte.

— Sœur Justina. En plus d'avoir trouvé notre mère, elle n'a jamais perdu une occasion de médire à mon sujet.

Baffo esquisse un rictus de satisfaction. M'accompagne vers le battant derrière lequel nous pouvons de nouveau entendre la moniale aboyer.

Il pose sa main sur la poignée. Son sourire s'étire. Carnassier.

— Je vais me faire une joie de l'embarrasser.

34.

Un crépuscule nuageux s'installe sur Muran. Depuis la fenêtre de ma cellule, je le regarde dérouler ses teintes fauves à l'horizon, par-dessus les toitures et les cheminées innombrables de l'île. Les mains croisées dans le dos, j'attends que les bâillements de Catterina témoignent de l'effet de la potion que j'ai versée dans son verre.

— Était-ce mal ? me demande-t-elle soudain, alors que depuis quelques minutes le silence est retombé entre nous.

Sa voix est plus faible, troublée par le sommeil qui l'enlace. Je pivote. Elle est toujours étendue sur ma couche, un sein et un genou débordant de la couverture, les traits altérés par le plaisir que je lui ai donné. Elle cherche à comprendre. À comprendre pourquoi, malgré l'horreur de la journée, je l'ai aimée avec tant d'intensité.

Je lui souris avec douceur, caressant l'ombre de sa confusion.

— Ce n'était pas la première fois.

— Non… non. Bien sûr.

Elle tortille une mèche brune autour de son index, soupire.

— Mais là c'est différent. Nous sommes en deuil.

Je reviens vers elle, m'assois au bord du lit et noue ses doigts aux miens. Par chance, elle adore le toucher de la soie sur sa peau. Cela m'a dispensée d'enlever mes gants et de dévoiler l'état lamentable de mes mains.

— Justement, tempéré-je. Quelle meilleure réponse à la mort que la vie ? Nous avions besoin de la célébrer, toi comme moi. Pour surmonter cette épreuve.

— C'est vrai. Cet assassinat nous a toutes ébranlées.

Elle ressemble à un chaton perdu. Des veinules carminées marbrent l'azur de son regard, attestant le flot régulier de ses larmes, le nombre de fois où elle s'est frotté les cils devant le corps de notre mère. Nous nous en sommes toutes occupées une fois que Giorgio Baffo en a eu terminé avec les auditions de chacune. Ce soir, mère Teresa Campanino, lavée, parfumée et habillée, repose dans la bière que l'une des converses est allée acheter en toute hâte à Torcello[1]. Nous voulions la veiller dans la chapelle, mais, afin de me permettre de quitter discrètement l'enceinte du couvent, Giorgio l'a interdit.

— Tant que je ne connaîtrai pas les raisons de ce crime odieux, vous resterez enfermées dans vos quartiers jusqu'au lever du jour. Quiconque enfreindra cette règle sera considérée comme suspecte, a-t-il souligné, ajoutant de l'indignation aux murmures de désapprobation.

J'en ai profité pour attirer Catterina à l'écart et lui demander de rester près de moi. Ma cellule étant isolée, j'ai prétexté craindre que l'inimitié des autres ne les fasse m'accuser demain, par pur esprit de revanche, d'avoir transgressé l'ordre de Giorgio Baffo et d'avoir

1. Une des îles de la lagune vénitienne proche de Murano.

quitté l'enceinte du couvent à la nuit tombée. Je me suis empressée de l'en remercier. Je voulais surtout la mettre en situation de croire, au petit matin, qu'épuisée par toutes ces émotions contradictoires elle avait dormi de manière naturelle et donc qu'elle m'aurait entendue sortir et rentrer si je l'avais fait.

Elle dodeline de la tête, une nouvelle larme au coin de son œil en amande.

— Je ne comprends pas les soupçons du chef de la Quarantia Criminale. N'a-t-on pas tout retourné chez notre mère ? N'est-ce pas la preuve qu'un maraudeur s'est introduit dans son cabinet ? Qu'aurions-nous eu à lui voler, nous qui lui devions tant ?

— Il doit avoir ses raisons.

— Ne les a-t-il pas évoquées pendant que tu étais seule avec lui ?

J'enveloppe sa joue. Ses paupières commencent à accuser la lourdeur du sommeil.

— Non. Dormons à présent. Tu bâilles à t'en décrocher la mâchoire. Et moi aussi je suis épuisée.

Elle acquiesce dans un nouveau bâillement.

Bien que j'aie pu me reposer dans le courant de la journée, mon corps reste meurtri par ma fausse couche, par mon combat pour m'évader de la crypte de San Zaccaria, par mes grimpées et descentes des Ca'Delacuista et Baletti. Quant à mes mains, le simple fait de les refermer me donne l'impression que des centaines d'aiguilles s'enfoncent sous mes ongles, dans mes articulations. Mais cette douleur n'est rien à côté de celle qui me dévaste le cœur.

Catterina roule sur le côté, m'offre son dos. Je la rejoins sous les draps, enlace sa taille, caresse ses cheveux. Je reste ainsi, la respiration paisible contre sa nuque, attendant que ses muscles se relâchent, que sa conscience glisse vers l'oubli.

La pièce ne tarde pas à s'emplir de son ronflement régulier. Alors seulement, domptant mon envie de sombrer à mon tour pour tout oublier, je me lève.

Guidée par la chandelle qui distribue ses lueurs mourantes, je me dirige vers le fond de ma cellule, ouvre mon coffre, en retire mon *tabaro* grenat, d'une soie aussi fluide que l'eau de la lagune. Ma seconde peau. Je l'enfile avec une lenteur cérémonielle, laissant glisser le tissu comme un linceul sur mes bras. Je sors ma *bauta*, l'élève devant moi. C'est le visage de la Contessa qui me regarde. Qui me défie de son masque. Celui qui ne pleure jamais. Qui ne doute jamais. Qui n'aime jamais. Celui de la justicière qu'il m'a toujours permis d'être. Que cette nuit, de nouveau, il faut que je sois. Je l'ajuste, effaçant mon humanité derrière son anonymat, glisse un poignard à ma jarretière, referme le lacet avec un frisson. Point d'excitation cette fois. Juste de la douleur. Une immense et glaçante douleur.

Je m'approche de la porte, me tourne vers Catterina. Si je ne reviens pas, elle sera la dernière à avoir ressenti ma tendresse. Peut-être est-ce mieux ainsi. Je déverrouille et remonte le couloir jusqu'à atteindre la sortie. Un regard dans la cour me la montre déserte. Pourtant une lumière luit au travers de la fenêtre du dortoir des autres moniales. Veilleuse perfide, sœur Justina s'y encadre.

Je souris.

Je traverse sans me cacher davantage, écarte la *porta d'acqua*, fais signe au gondolier de Giorgio dans le clapotis de la lagune autour des *bricole*[1].

Au loin, Venezia étincelle sous les feux d'artifice. La vérité m'y attend. Qu'elle soit de baiser ou de sang.

1. Gros pieux de bois marquant la limite des canaux.

35.

La Ca'Pisani Moretta est un palais somptueux dont l'élégante façade plonge sur le Canalesso. En période de carnaval, il devient un sanctuaire de l'excès, un théâtre de lumières et de vices où le plaisir est loi et l'interdit un murmure moqueur. Dès mon arrivée, les cieux explosent en gerbes d'or et d'argent, éclaboussant la pierre d'Istrie d'un éclat éphémère. Venezia s'embrase sous la poudre des artificiers quand un froid terrible me ronge la nuque.

Je n'ai, hélas, d'autre choix que d'en accepter la morsure.

Si les informations de Giorgio sont exactes, Felice se trouve à l'intérieur. Je dois le voir. L'attirer ailleurs. Le contraindre à parler avant de le conduire à Giorgio. Je veux croire que, face à moi, il ne se défaussera pas. Mais serai-je capable de faire la part des choses s'il dément ? J'ai tant besoin que Giorgio se trompe. Besoin de m'assurer que Felice est innocent, que son capitaine est le dernier des assassins de ma marraine, un assassin désirant le faire taire avec moi à présent qu'il s'est impliqué dans ma quête de vérité. Le doute me hante, m'étrangle. Je me suis rarement sentie si vulnérable sous la sensuelle élégance de ma *bauta*.

Le gondolier de Baffo est agile. Il se range en douceur contre les marches et me tend une main gantée pour m'aider à descendre. D'un hochement de tête il répond au mien, signe que nous nous sommes entendus sans parler. Il restera à proximité, me récupérera sitôt que je ressortirai. J'ignore où se trouvent les autres barques promises par Giorgio pour encombrer la circulation ensuite. Mais je n'ai aucun doute sur leur proche présence. Le chef de la Quarantia Criminale tient autant que moi à ce que mon anonymat soit préservé.

J'avance sur le quai étroit bordé par des citronniers et des orangers en pot. Un valet portant livrée me salue en courbant la tête, la main sur le cœur tandis qu'un autre m'ouvre la double porte.

Je me dirige vers l'escalier conduisant aux salons de réception, dans l'étage noble. La chaleur, les rires, la musique m'engloutissent aussitôt. Les couples se frôlent, les bouches murmurent des promesses qu'ils auront oubliées au matin. L'ivresse ruisselle comme du miel sur les âmes, noyant les dernières retenues. Ils rient. Ils dansent. Ils aiment dans ce salon somptueux où chaque pouce carré est coloré, sculpté, sublimé par une scène galante.

Moi j'ai le cœur en morceaux malgré ma détermination. Je prends une profonde inspiration, dessine un sourire feutré sous le masque et me fonds dans cette atmosphère de liesse débridée.

Chez les Pisani, il faut rivaliser d'originalité. Je croise un ours dont la fourrure me semble avoir été arrachée à l'animal pour habiller celui qui se cache dessous. Plus loin c'est un funambule que je soupçonne d'être le sigisbée de la femme de Jean-François Leblond. Par son incontestable grâce, don Gabriele Conti doit être l'un des rares à Venezia que l'on repère quel que soit son habit de *commedia*. Il en est de même pour Pisani. Il aime qu'on le voie, qu'on le reconnaisse malgré le *volto* et qu'on le félicite pour le plaisir qu'on lui doit.

Je me dirige vers lui, de cette démarche dont Giorgio vante la sensualité. Plus que jamais elle m'est douleur. Plus que jamais je ne suis que douleur. Et besoin, viscéral, de vengeance.

— Vous, ici, très chère ! s'incline-t-il dans son costume de Poséidon. Le Tout-Venezia s'inquiétait de ne plus vous voir. Où donc vous cachiez-vous ?

Je m'approche de son oreille, murmure :

— Si je vous le révélais, mon ami, je devrais vous tuer.

Il explose d'un rire gras dans lequel s'inscrit de la crainte. Il n'en enroule pas moins son bras au mien, hèle un serviteur promenant des coupes de champagne, m'en remet une et, tandis que je la porte à mes lèvres, soupire :

— Je me demande parfois si je ne préférerais pas mourir dans vos bras que de ne m'y glisser jamais.

Je ne réponds pas. Il en a l'habitude. Il m'entraîne vers le buffet dressé dans le salon voisin, magistral depuis que son épouse Chiara, l'héritière en titre de ce palais, l'a fait redécorer de fresques par les plus illustres peintres vénitiens. Il y a foule. Cinq cents, six cents personnes ? Et même s'il est impossible de les reconnaître, autant d'étrangers que de Vénitiens, tous de noble caste ou détenteurs de hautes fonctions. Pas étonnant que Felice y louvoie.

Qui est-il en réalité sinon cet aventurier sous les traits duquel il s'est présenté à moi quand j'avais douze ans, orphelin, solitaire, rêvant de fortune et pour la conquérir ayant usurpé une identité, un titre. Jusqu'à y croire lui-même.

— N'as-tu pas peur que je te dénonce ? lui avais-je demandé peu de temps après notre rencontre et sa confidence.

Il s'était mis à rire, à me prendre dans ses bras d'homme déjà quand je n'étais qu'une enfant.

— Pourquoi le ferais-tu, Bella mia ? Mon secret t'amuse. Et puis qui te protégera quand je serai aux Plombs ?

Ce souvenir me déchire. Car c'est un fait, jusqu'aux révélations de Giorgio, près de Felice je me suis toujours sentie en sécurité.

— Je ne vois pas le marquis de Baletti, demandé-je d'un air détaché.

— Ma foi, il ne s'est pas fait annoncer, mais il pourrait être n'importe lequel de ces diables.

La main de Girolamo Pisani s'envole, embrasse ces faux nez, ces fausses barbes, ces faux ventripotents, ces porteurs de bésicles ou de plumes, de canne ou d'épée.

Et puis soudain je me fige. À mi-hauteur du grand escalier desservant les étages, un coude négligemment appuyé sur la rambarde, dominant cette engeance rieuse et délurée, un pirate darde sur moi un sourire de défi. Et un œil, unique, masqué, sous un tricorne doré.

36.

Au moment où ce pirate me salue d'un élégant mouvement de tête, on me bouscule avec une telle violence que je pense en laisser choir ma coupe. Je n'en déverse pas moins le contenu sur une Artémis indignée. Indifférente aux hauts cris de la fausse déesse et à l'empressement de Pisani à lui tamponner la poitrine, je pivote d'un bloc pour cingler l'insolent. Je ne trouve devant moi qu'un valet tremblant, s'excusant, affolé, d'avoir été victime d'un croche-pied. Je m'en détourne déjà, agacée. Je le deviens plus encore en découvrant que le pirate a filé.

— Que madame la Contessa me pardonne…, insiste le valet dans mon dos.

Je ferme les yeux pour contenir ma colère, avant de pointer sur lui deux iris que je sens toujours pourfendeurs. Je le vois se ratatiner sous leur menace, tendre vers moi un billet cacheté.

— Je… on… pour vous, finit-il par lâcher.

La surprise fauche mon irascibilité.

— Qui ? demandé-je.

Il pointe un index ganté en direction de l'escalier avant de secouer la tête.

— Un pirate. Il m'a guidé vers vous, par gestes, depuis les marches, avoue-t-il piteusement.

Nul doute qu'il avait espéré la caution de son commanditaire. Comprenant qu'il a, comme moi, été le jouet de la disparition de cet homme, je me fends d'un sourire contrit et, abandonnant Artémis, énamourée depuis que, sous les yeux amusés de son épouse déguisée en Diane chasseresse, Pisani a entrepris de lécher sur l'arrondi d'un sein les dernières gouttes de champagne, je m'éloigne en direction de l'un des boudoirs voisins.

Les pensées se bousculent dans ma tête. Même si l'espace d'un instant j'ai voulu le croire, ce pirate n'est pas Felice. Il est plus grand, plus massif que lui. Il m'a également semblé plus vieux, si toutefois tout cela n'est pas contrefait. Au fond, qu'en sais-je ? Il était éloigné d'une cinquantaine de pieds[1], la taille à hauteur de mes yeux et au milieu d'un va-et-vient aussi gesticulant que riant. La réponse se tient sans doute dans cette lettre.

J'entre dans un boudoir douillet où des banquettes habillent des alcôves. Pisani sait répondre aux souhaits de ses invités. Derrière les rideaux de brocart l'on glousse et minaude. Quand on ne gémit pas lascivement. La lumière tamisée autant que le tapis oriental recouvrant le parquet lustré me permettent de traverser la pièce sans déranger quiconque ou attirer un esseulé. Je me glisse derrière une plante dont la hauteur du pot et la générosité du feuillage m'assurent tranquillité. Je dépose le chandelier que j'ai emprunté au passage d'une console, puis approche le vélin du doux éclat de la bougie.

1. Une quinzaine de mètres.

Je me trouble aussitôt. N'ai-je pas déjà reçu un billet scellé de cette manière ? Par l'empreinte d'un doigt ganté sur de la cire ? Je fouille dans mes souvenirs à sa recherche. Me revois le soir de l'exécution de Calapelli, lisant, à la faveur de la lanterne de la gondole de Luigi, les mots d'un admirateur anonyme. Mon trouble s'amplifie. Je soulève mon jupon, récupère mon poignard à ma jarretière et décachette le pli.

« Chère inconnue,

« Ne craignant plus ni Dieu ni diable en ces jours de carnaval où les masques s'offrent et se dérobent à l'envi, il ne m'est resté à me méfier que de vous. J'espérais que votre grâce et votre beauté se tiendraient à leurs rôles. Mais là où j'ai cru la rumeur disant que seul le vent vous portait au gré des canaux, d'un palais au suivant, d'un rire offert à un autre, partagé, je me trompais. Ce sourire accompagnant la délicate inclinaison de votre visage sous la bauta ne cherche pas plaisir, il cherche la vengeance. Et vous avez fait de moi son objet... »

Je frissonne. Je ne peux avoir de doute, ces mots, ces phrases frappent ma mémoire : je les ai déjà lus. Il les reprend, en joue pour me faire comprendre qu'il était bel et bien là, dans mon sillage, quand j'ai quitté la Ca'Bragadin Carraba pour ferrer Calapelli. J'ignore comment c'est possible, mais il m'a suivie jusqu'à Muran, jusqu'à la fonderie. Je reprends ma lecture, tendue, le souffle court.

« L'on dit que vous disparaissez de la même manière que vous vous annoncez, laissant un sillage de jasmin et de musc à nul autre semblable ; et que qui tente, pauvre

fou, de suivre votre gondolier aux allures fantomatiques ne reparaît jamais. Vous savez désormais que ce dernier ne vous guidera plus, que je vous devance et que, fol, je ne suis que d'avoir attendu pour vous écarter de mon chemin.

« Venez à moi puisqu'il le faut. J'ai rêvé de voir cette ville à bout de souffle, par le vôtre, regagner son prestige et sa suprématie. À défaut, bientôt, Maria Marina Morosini, je vous tiendrai à merci. »

Ma vue se trouble. Je chancelle, m'adosse au mur. Une chaleur sournoise grimpe le long de ma nuque, tandis qu'une sensation de torpeur tente d'enlacer mes pensées. Du laudanum. J'en ai trop souvent respiré, ingéré, pour ne pas en reconnaître les effets. Ce diable en a imprégné sa lettre.

Je gratte la terre au pied de la plante verte, fourre le vélin dans le trou, le recouvre, puis écarte le feuillage pour fouiller le boudoir du regard. Aucun pirate en vue. Je me rassure. Non seulement il ne pouvait prévoir que je porterais des gants, mais il semble ignorer que mon corps sait lutter et qu'au lieu de me briser le laudanum va anesthésier mes courbatures. Dans peu de temps, mon engourdissement se sera dissipé, me laissant plus forte et vive. Je dois me protéger d'un coup de lame jusque-là. J'avise des rideaux ouverts, une banquette de libre. Elle n'est pas loin. Je m'y rends en luttant contre moi-même.

Moi, à merci, Capitan ?

Pas encore. Jamais ! décidé-je en rabattant sur ma cache le brocart des rideaux. Une carafe d'eau en voisine une autre, de vin, près d'une coupe de fruits confits et une bougie allumée. Avec ma vindicte intacte et mon poignard à portée au cas où l'on essaierait malgré tout de me surprendre, durant les prochaines minutes, c'est tout ce dont j'ai besoin.

37.

J'ai dû m'assoupir, parce que je me dresse d'un coup, les sens aux abois et le cœur battant follement. L'ombre m'enveloppe, mais je reconnais, dans cette extrême vigilance qui a ressurgi, l'odeur capiteuse que j'ai respirée en m'installant sur la banquette. Je suis toujours en sécurité derrière l'épaisse tenture de velours. Si quelqu'un en avait violé l'intimité pendant mon abandon, un autre parfum se serait mêlé au premier. Je ne serais de toute manière plus de ce monde pour en juger. J'écarte discrètement les pans, fronce les sourcils, surprise. La pénombre est descendue sur le boudoir, les chandelles se meurent dans les coupelles et un silence anormal plane aux alentours. Aurais-je sombré plus longtemps que je ne le pensais ? Je lisse les pans de ma robe, rajuste ma *bauta* puis me glisse jusqu'à la grand-salle que j'ai laissée envahie de convives. Je n'y trouve plus que des serviteurs zélés, débarrassant des couverts et des plats vides, balayant cotillons et mouchoirs qu'aucun galant n'a ramassés. L'un des valets du couple Pisani s'avance vers moi, un sourire aux lèvres. Le mien est gêné.

— Il semble que la fête soit finie, soupiré-je en brassant l'air d'une main lasse, comme si le vin avait eu raison de moi comme d'autres, découverts parfois au petit jour ronflant dans un renfoncement ou les bras enlacés à une statue de marbre.

— Point encore. Mes maîtres ont entraîné leurs convives vers la terrasse. Pour le feu d'artifice, ajoute-t-il, comme si, altérée par l'alcool, j'étais incapable de faire le lien de cause à effet.

Je le remercie et me dirige vers l'escalier qui conduit au dernier étage de l'imposante demeure. Les balcons en terrasse sont rares à Venezia et celui-ci, avec l'élégance de ses barreaux en volutes, est l'un des plus beaux. Il ne peut toutefois accueillir autant de monde que j'en ai vu dans le salon à mon arrivée tout à l'heure. Ceux qui, comme moi, en ont le privilège, sont triés sur le volet par le couple Pisani. Les autres invités regardent l'envolée des fusées colorées depuis le bord du Canalesso. J'ignore donc si mon ennemi figure en haut ou en bas, mais je doute qu'il ait quitté les lieux. Je l'imagine plutôt me cherchant, m'espérant endormie par le laudanum dans quelque endroit incongru, à sa merci ainsi que sa lettre semblait l'espérer.

Rassurée, je continue mon ascension.

Ma main gantée court sur la rampe magnifique, mon pas glisse sur le marbre immaculé. Comme le reste de cette demeure, l'escalier est une splendeur. L'esprit happé par ma détermination, je ne suis à l'affût que des rires et des voix vers lesquels je m'approche. Je salue d'un mouvement de tête ceux, collés aux parois, que je croise sur les degrés. L'on me remarque à peine. À cette heure, les gorges dénudées palpitent sous les baisers, les jupons sont hauts, les mains fébriles. Je m'apprête à dépasser le palier du second étage quand mon regard est attiré dans le corridor qu'il dessert.

Mon cœur s'emballe. Bien que la lumière soit discrète, je sais que c'est Felice. Conversant avec une ombre dont le gloussement est, à n'en pas douter, féminin et réjoui. Je serre les poings. Le fourbe butine tandis que je me débats. M'aperçoit-il ? Il me tourne le dos, entraîne sa conquête vers le fond de la demeure. Ces épaules, ce port, cette démarche, ce profil entrevu plongeant dans le cou de la belle et jusqu'à ce timbre, un murmure à peine, mais si parlant ! Tout est lui. Et il redevient ma priorité.

Mon estomac est autant noué que mon larynx. Où que Felice entre, j'entrerai aussi.

Je me coule dans son sillage, glissant sur le tapis persan avec la subtilité d'une chatte, me colle au mur, dans l'ombre, quand il s'immobilise devant une porte. La seconde suivante elle se referme sur lui, sur elle. Et me voici accélérant le pas pour, à mon tour, me planter devant. Le regard froid rivé au battant, je soulève mon jupon, récupère mon poignard à ma jarretelle puis, ayant pris une profonde inspiration chargée de rage intérieure, j'ouvre à la volée.

La lumière est tamisée, la chambre capiteuse avec ses fauteuils moelleux, son lit à baldaquin richement tourné, ses tentures d'un bleu nuit et ses lustres à pampilles révélant au plafond des scènes lubriques. Je n'y vois qu'elle, Chiara Pisani, assise au bord du lit, un sourire de défi aux lèvres. Un sourire qui se meut en soupir déçu en me voyant paraître.

— Quel ennui, me lance-t-elle. Ce n'est que vous. J'espérais mon époux dans cette intrusion intempestive. Il a parfois besoin de motivation pour me culbuter comme une chienne.

— Où est le marquis ? m'enquiers-je, peu intéressée par ses frasques conjugales.

— Il n'aime pas les jaloux. Nous devinant suivis, il a filé.

Mon œil balaie l'espace. Je ne vois pas d'autre porte que celle ouverte encore derrière moi. Et vu l'éclat du feu d'artifice au travers des vitres, si Felice avait emprunté cette fenêtre sans balcon, il se serait réceptionné sur les chapeaux de la foule.

Devinant mon incompréhension, Chiara se lève, glisse sur le parquet ciré avec sa volupté coutumière et fait jouer un mécanisme dans le montant d'une bibliothèque.

— Par là, très chère. Rattrapez-le, puisque vous le préférez à moi, mais de grâce, ajoute-t-elle en papillonnant des cils, revenez, l'un ou l'autre, pour calmer mon émoi.

Je ne réponds pas. Désormais, je n'ai plus d'amour dans les veines. Je n'ai que le besoin de la chasse, le désir du combat.

38.

J'aurais dû emprunter une lanterne à Chiara Pisani. Derrière le pan de bois m'attend une volée de marches enserrées entre deux murs étroits. Je me doute qu'à leur extrémité doit s'ouvrir une *porta d'acqua*. Ce n'est pas le premier passage secret que je foule. Mais après mon aventure de la nuit précédente dans la crypte, un sursaut de prudence et d'appréhension m'empêche d'être totalement moi-même, de foncer tête baissée.

Je ne peux pourtant pas laisser Felice filer sous mon nez ! Le bruit de son pas, nonchalant, remonte le conduit. Plus pour longtemps sûrement si j'en juge par les précieuses secondes que Chiara m'a fait perdre. Je prends sur moi, je m'élance. M'immobilise en devinant un boyau qui file sur ma droite, hésite devant le silence que ma hardiesse a attiré. Se comprenant suivi, Felice s'est arrêté. À moins qu'il ne soit sorti. Mais par où ? Cette bifurcation à hauteur du premier étage ? Au rez-de-chaussée ? J'opte pour la seconde option. Il avait trop d'avance. J'en ai rogné en dévalant les degrés, mais point assez. J'accélère la cadence, puis je m'arrête. Silence. Toujours. Trop de silence. Je recommence à descendre, l'oreille tendue. Mes semelles crissent à peine sur la pierre. Je serre les dents. Un carrefour. Une volée de marches. Encore. Une bouffée d'air salin me fouette le visage. Je perçois le clappement de la lagune contre les pierres. Ma tension se relâche.

Je suis en bas.

Personne.

Des sons brefs, sourds, m'indiquent que le feu d'artifice déploie toujours sa magie au-dessus du Canalesso. Suis-je à son pied ? dans un *rio* voisin ? Difficile à dire. Le boyau s'ouvre sur un espace plus large, avalé par l'ombre. Un de ces endroits qui permettent à plusieurs personnes d'embarquer ou de débarquer d'une gondole. La *porta d'acqua* est toujours placée au centre. Bien que tout semble indiquer qu'il n'y a pas de danger, je m'arme de mon poignard et approche. Une herse me barre le passage. Je pourrais forcer la serrure, mais je ne veux pas risquer une autre lame. J'ai trouvé cette issue, j'en dénicherai une autre.

C'est à l'instant où je me détache de la grille que je perçois un mouvement sur le côté. Je pivote, le poignard au poing.

Un coup violent sur l'avant-bras me désarme. Un autre, dans la foulée, percute ma tempe.

Je vacille, plisse les yeux, murmure :

— Felice…

Ai-je l'espoir que ce soit vraiment lui ? qu'au lieu de continuer à frapper il va me rattraper dans ses bras, se fondre en excuses, m'embrasser ? Il n'est pas seul. J'entends d'autres pas. Rapides. Pressés. En provenance de l'escalier.

— Chiara…, soufflé-je, espérant qu'elle m'avait suivie. Elle et non mon ennemi.

Du sang doit couler sur ma paupière, car ma vision se voile. Je me sens glisser sur moi-même, perdre l'équilibre, chercher quelque chose, quelqu'un à qui me raccrocher. Mais les ombres s'esquivent. Je m'écroule, la tête bourdonnante, les yeux fouillant l'obscurité moite, essayant de distinguer les visages derrière les masques qui s'approchent, se penchent.

Tout à coup l'un d'entre eux se soulève, et dans cette fraction de seconde que me concède une énième fusée colorée, des traits apparaissent. Une expression. Une certitude.

Je pousse un cri de surprise, d'incrédulité. Puis, avec ce sentiment que l'impossible ne peut naître que de la mort, je laisse celle-ci me prendre.

39.

Cette sensation de tangage me donne la nausée. Je me demande si le Styx ne m'emporte pas, avant de me dire que c'est ridicule. Morte, je ne ressentirais rien. Morte, je n'éprouverais rien. Or, la douleur qui me vrille la tempe me paraît infiniment réelle, celle qui broie mon estomac aussi. Quant à ce roulis, il ne ressemble à rien que je connaisse. Mais il est là, aussi présent sous mon corps immobile, ramassé sur lui-même, que peut l'être cette pestilence de poisson et de bois mouillé.

Je voudrais ouvrir les yeux, tenter de faire la part des choses. Après tout, que sais-je de la mort ? Ne pourrait-il y avoir un moment où elle se confond à la vie pour mieux duper ceux qu'elle convoite ? Est-ce cela que l'on appelle le purgatoire ? Cet entre-deux flottant où l'âme hésite encore, errante ? Au fond, seuls les trépassés connaissent la vérité. Les prêtres se contentent d'imaginer, de rapporter ce qu'en dit la Bible. Pour tenter de convaincre leurs fidèles que Dieu les attend bras ouverts. Enfin, Dieu… ou le diable, fourche à la main. Lequel des deux est censé m'accueillir au bout du chemin ? Un ricanement m'échappe. Peut-on rire quand on est morte ? J'ai l'impression de divaguer. C'est détestable.

Ouvrir les yeux. Pourquoi m'est-ce si difficile ? Je sais. Je sais pourquoi mais je ne veux pas l'admettre. La nausée n'est rien face à la peur. L'incompréhension. Le doute. J'aimerais les avoir laissés derrière moi. Mais peu à peu, ils reviennent, me harcèlent. Cette fois c'est un soupir que ma poitrine exhale. Non, décidément, tout cela est trop réel, trop vivant pour que j'échappe à la sournoise vérité.

Au prix d'un effort, je soulève les paupières. Je suis couchée sur le flanc, surplombant un sol de bois ciré d'une demi-toise environ. Dans mon champ de vision, une vague lueur tremblante déligne les contours d'une écritoire, élégante, adossée à un mur lambrissé et marqueté. Qui tangue. Comme le reste. La nausée s'accentue. Je n'insiste pas. Je ne connais pas cet endroit, j'en suis convaincue. Mais si mon corps obéit à ma volonté, fût-ce de manière si désordonnée, c'est que je n'ai pas succombé. Pour m'en assurer complètement, je pivote sur le dos, attends quelques secondes puis me redresse avec lenteur afin de ne pas accentuer ma sensation de vertige.

C'est en cherchant un point fixe, que je comprends. Ce sextant accroché à un clou, ces cartes marines piquées sur la paroi près d'un hublot aux bordures de laiton, cette sensation permanente de danser sur les flots : un navire. Je suis sur un navire.

La surprise doit me faire ressembler à une daurade. Je prends conscience de ma bouche ouverte sur des mots perdus, des questions sans réponse. Une, surtout. Une qui cogne à mon front plus violemment que le sang contre ma tempe tuméfiée.

Était-ce réel aussi, tout à l'heure ? Hier ? Enfin la dernière fois où j'étais consciente puisque j'ignore tout de l'heure actuelle, sinon, si j'en juge par les ténèbres de l'autre côté du hublot, qu'il fait nuit dehors. Ce visage dévoilé par la levée d'un masque ? Était-ce vraiment lui ?

La porte qui me fait face s'écarte précautionneusement, comme si l'on refusait de m'éveiller en sursaut. Et la réponse me vient sous la forme d'un sourire crispé, honteux je dirais même, et la masse imposante d'une crinière sombre balayant un regard bleu.

J'ignore ce que le mien révèle, mais ma voix ne laisse aucun doute quant à la colère qui vient de m'emporter.

— Luigi, grogné-je à défaut d'avoir toujours ma dague pour le renvoyer dans l'au-delà.

Il entre en silence, et derrière lui Felice paraît, un tricorne à la main.

Je bondis. Du moins j'essaie, car mon poing reste bloqué sur le coin du lit jouxtant la paroi. Je tourne la tête, enrage plus encore en me découvrant enchaînée au poignet. Cette fois, je n'en ai aucun doute, mon œil, ramené vers ces traîtres, lance des lames acérées.

— Ce n'est pas ce que tu crois. Tu étais inconsciente. J'ai craint que tu ne chutes et ne te blesses, s'excuse Felice en s'approchant de moi.

— Fallait pas te donner tout ce mal, c'était déjà fait, je le tance, amère, tandis qu'il décroche un trousseau de clefs de sa ceinture.

Il soupire.

— C'est une longue histoire, Bella mia.

Je grince. Mauvaise.

— Elle ne peut être pire que la mienne. Un instant, dix-huit ans à peine, j'ai cru que je t'aimais.

Il blêmit, serre les mâchoires. Quand il se penche sur moi je me retiens de le gifler. Hors de question qu'il s'en vexe et décide de me laisser attachée. Son heure viendra.

— Je ne te remercie pas, El Capitan, lancé-je néanmoins, provocatrice, quand il se redresse.

— Je ne suis pas El Capitan. Mais tu as raison de m'en vouloir. En cherchant à te protéger, je n'ai fait que te trahir et te blesser. Quand bien même tu parviendrais à me pardonner un jour, je doute, moi, d'y arriver.

— Tant mieux. Au moins je n'aurai pas de regrets au moment de te tuer.

Il se fend d'un sourire triste, pivote en direction de Luigi, penaud.

— Fais-la prévenir qu'elle est réveillée.

Je sursaute.

— Qui ça, « la » ?

Il tourne vers moi un regard plus navré encore et m'assène dans un souffle :

— Ta mère.

40.

Durant quelques secondes, ou minutes, que sais-je, je ne trouve rien à rétorquer. Je suis estomaquée. Au point que même la nausée a été reléguée au fond de cet organe dont la seule utilité, ces dernières heures, a été de me torturer. Je me vois, debout, les bras ballants comme s'ils allaient se détacher de mes épaules et choir sur ce plancher flottant, regarder Luigi, le premier de ces ressuscités, quitter la cabine, Felice me sourire bêtement puis presser mes mains dans les siennes. Il me faut ce contact pour prendre conscience que mes doigts sont glacés. Ai-je toujours l'air d'une daurade ? Probablement. Ce constat me ramène à la réalité. Mais au lieu de fermer la bouche, je grince :

— Lâche-moi.

Il s'exécute, recule d'un pas prudent.

Signe qu'une part de moi a conservé sa dignité.

— Je te l'ai dit, Bella mia. Rien n'est ce que tu imagines, bredouille-t-il. Et je ne peux t'expliquer maintenant. Elle t'attend.

Je m'ébroue intérieurement dans l'espoir de chasser loin, très loin de moi des images, des voix, des caresses. Tout ce qui aurait pu me permettre de me raccrocher au connu, à ce mensonge qui m'a servi de vérité. Il chasse un pas sur le côté, ouvre son bras avec élégance pour m'inviter à le précéder. Je croise les miens.

— Pas avant de savoir qui tu es, grogné-je.

Je jurerais lire de la tristesse, une douleur profonde dans ses yeux. Je le contemple avec froideur. Il s'adosse à l'écritoire et je me sens jubiler à l'idée de l'avoir blessé, même si, au fond de moi, je doute que ce soit possible, réel. Cet homme s'est joué de moi. Je n'ose même pas penser que ce soit depuis notre rencontre. Cependant…

— Je me nomme bien Felice Dumas. Je n'ai menti que sur ma condition. Je suis vraiment le fils du marquis de Baletti.

Je ne trouve, là encore, rien à répondre. Ce mensonge est absurde. Imaginerait-on un chat se prétendre souris tout en miaulant, agissant et vivant comme un chat ? Sans doute le mesure-t-il, car il ajoute dans un soupir :

— Ma mère était une femme pirate, dont le nom a résonné dans toutes les Caraïbes. Elle s'appelait Mary Read.

Je hausse les épaules. Elle pourrait être la marquise des heures perdues, quelle importance ! Cela ne me dit pas qui il est, lui.

— Ce n'est pas ce que je te demande.

Enfin, il semble comprendre. Il s'appuie à pleines mains sur le plateau du secrétaire.

— Oui… Oui, je savais qui tu étais quand j'ai fait venir pour la première fois les Zanetti en mon palais, quand je suis devenu ton ami. C'est même pour toi que je me suis installé à Venezia. Et que je me suis fait passer pour un usurpateur à tes yeux. L'idée n'était pas de moi, Maria Marina. Elle ne voulait pas que tu puisses découvrir qu'elle avait été proche de mon père, que tu comprennes qu'elle avait survécu, qu'elle se cachait.

— Elle… ma mère ?

Il acquiesce.

— Hais-moi autant que tu voudras, je n'ai toujours été là que pour veiller sur toi. D'abord sur ses ordres. Puis…

Sa voix s'est brisée, son regard enveloppe le mien ainsi qu'autrefois, dans ces moments où plus rien ne comptait que d'être l'un à l'autre. Je me raccroche au présent pour éviter d'en être troublée. Je lui en veux trop pour cela. Je détourne le visage.

Il n'en murmure pas moins :

— Tu as dit que tu m'aimais.

Ma gorge se noue. Je rectifie, sans le regarder.

— Non, j'ai dit : j'ai cru que je t'aimais.

Il se décolle de l'écritoire, me prend dans ses bras malgré les miens toujours croisés, collés à mes résolutions, gémit contre mon oreille :

— Moi je n'ai jamais douté de l'amour que je te porte. Jusqu'à te faire croire à la mort de Luigi pour te protéger.

Je voudrais rétorquer que ce faisant il m'a perdue, mais à cet instant, la porte s'ouvre. Felice se détache de moi et je me retrouve plus désemparée par son recul que par ses mensonges.

Une voix me parvient, d'outre-tombe, là où mes souvenirs l'avaient enterrée. Aussi dure et hautaine qu'autrefois.

— Laisse-nous, Felice.

Il baisse la tête, se dirige d'un pas pressé vers la sortie, passe à côté d'elle sans lever le nez, comme un enfant pris en faute. Comme moi, dans le passé. Mais je n'ai plus huit ans. Et je la toise, avec toute la rancœur que les paroles bienveillantes d'Umberto Delacuista n'ont pas réussi à effacer.

— *Bon di*[1], mère.

1. « Bonjour » en vénitien.

41.

Plus de vingt ans qu'elle a disparu de ma vie et elle semble à peine avoir changé. La même chevelure bouclée, d'un blond vénitien semblable au mien ; le même regard de jade, rehaussé par des paupières légèrement tombantes, des sourcils travaillés, châtains ; le même front altier que se disputent quelques rides fines. Les pommettes sont toujours hautes, l'ovale du visage galbé. Son nez retroussé me donne cette fois encore l'impression qu'il cherche à défier le ciel. Et ces lèvres, veloutées par un fard rosé, affichent la même expression de répulsion ennuyée. Si je ne le savais, je refuserais de croire qu'elle tutoie sa soixantième année.

Elle ne souhaite visiblement pas des retrouvailles énamourées. Probablement parce que, au contraire, pendant tout ce temps elle n'a voulu que les éviter.

Elle pivote avec une grâce indéniable malgré ses vêtements masculins, me tourne le dos et ouvre un placard dissimulé dans l'une des boiseries. Elle me refait face avec une bouteille et deux verres.

Elle s'approche, m'en tend un, le remplit de *rosolio*[1] une fois que je l'ai saisi. Sans lâcher mon regard rugueux.

1. Liqueur de rose.

— Je suppose que tu attends des réponses, finit-elle par concéder après avoir avalé la liqueur d'un trait.

J'en fais autant, d'égale à égale. J'ai perdu ma mère le jour où celle-ci m'a confiée à ma marraine après m'avoir giflée pour « mon effronterie ». Je devais le mériter. Diantre ! j'avais demandé si je pourrais porter, plus grande, le lourd collier de perles qu'elle venait de passer à son cou. Ce même collier dont elle était parée le jour où, officiellement, elle s'est noyée. Je me souviens très bien d'avoir eu peur que ce soit le poids des perles qui l'ait entraînée au fond, qui l'ait empêchée de remonter, de reparaître à la surface. Apparemment il n'en avait rien été.

— Qui est El Capitan ? je m'enquiers.

Elle fronce les sourcils. Je souris, narquoise. Si elle espérait que je m'inquiète de savoir comment et de quoi elle avait survécu durant tout ce temps, qu'elle aille au diable ! Je ne veux toujours que venger ma marraine. Et tout ce qu'elle m'apprendra à ce sujet me permettra d'y parvenir. N'en déplaise à Felice, je n'ai pas renoncé.

— Toujours aussi effrontée, à ce que je vois.

— C'est une qualité, au théâtre. Si vous aviez préféré pour moi une meilleure école que le franc-parler des Zanetti, ce n'est pas Felice qu'il fallait m'envoyer, c'est un curé.

Elle se fend enfin d'un vrai sourire. L'instant suivant elle m'a resservie et m'a invitée à m'asseoir sur le lit tout en prenant place dans un fauteuil arrimé au plancher. Nous nous faisons de nouveau face, mais la tension entre nous s'est un peu relâchée.

— Avant toute chose, je veux que tu saches qu'après t'avoir frappée près de la *porta d'acqua* des Pisani notre ennemi n'aurait pas hésité à t'achever. Il a fui en nous voyant surgir.

Je la remercie de cette information d'un hochement de tête. Au moins ne pourrai-je plus imputer ce geste à Felice. J'imagine que c'est ce qu'elle espérait.

— L'avez-vous attrapé ?

Elle balaie l'air d'une main aux ongles courts, sans bagues.

— Te mettre en sécurité était plus important.

Attend-elle que je l'en remercie ? Je m'abstiens. Réitère.

— Son nom…

Elle sonde mon regard.

— Tu as découvert beaucoup de choses ces derniers jours. Sur moi, sur ma famille, sur ton héritage. Et deux personnes auxquelles je tenais ont été exécutées.

Je bondis.

— Dites aussi que j'en suis responsable ! C'est lui qui m'a traquée le premier, en tentant de me faire accuser du massacre des enfants prisonniers !

Elle s'adosse au rembourrage du fauteuil, soutient mon regard furieux. Le sien est calme. Trop.

— Ce n'est pas toi qu'il visait. C'est moi.

Ma colère retombe comme un soufflé. Je me rassois, ou plutôt je me laisse choir sur la couche que je devine être la sienne. Le même parfum flotte sur la couverture que sur son gilet. Un délicat parfum de rose musquée.

— Comment cela, vous ?

— Il m'a tendu un piège en détournant l'un des navires de la flotte que Felice et moi possédons. Il l'a utilisé pour convoyer ces enfants jusqu'à Calapelli, sachant pertinemment que la Quarantia le surveillait et que tu irais l'éliminer. Il ne s'est pas trompé sur ta valeur d'espionne en pensant que ton enquête ensuite te permettrait de remonter jusqu'à moi.

Elle se penche, enveloppe ma main avec délicatesse et soupire.

— Parce qu'il a découvert que, à l'inverse de ce que j'ai toujours montré, la seule chose à laquelle je tiens véritablement en ce monde, c'est toi, ma fille. Et que je volerais à ton secours si tu étais en danger.

Je me trouble. Me reviennent en mémoire les paroles d'Umberto Delacuista pendant que les prunelles de ma mère que j'ai toujours connues glaciales se réchauffent d'une tendresse insoupçonnée. Un frisson me parcourt. Serait-ce vrai ? Toute une vie fondée sur l'illusion d'un abandon, balayée d'un aveu tremblant ?

— Toi, reprend-elle, la voix brisée, que j'ai rejetée à dessein, et confiée à la seule personne dont j'aurais dû me méfier.

Je me raidis.

— Je ne comprends pas, que… ?

Je ne peux terminer. Un homme ouvre la porte à la volée.

— Il est en vue, Livia !

Elle bondit, fonce vers le battant qu'il tient et dans l'encadrement duquel s'est glissée une lune montante. Avant même que je ne sois revenue de la surprise et de l'émotion que son aveu a provoquées, la nuit l'a emportée.

42.

La porte bée sur ses gonds dans un balancement régulier. Je me ressaisis. Hors de question de rester dans cette cabine. J'en franchis le seuil mouvant, débouche sur le gaillard arrière d'un navire à la ligne effilée, aux voiles omniprésentes. Un chebec[1] ? La surprise me fauche. Sommes-nous réellement en pleine mer ? Comment ai-je pu ne me rendre compte de rien ? Il a pourtant bien fallu que l'on me transporte de la *porta d'acqua* fermée des Pisani jusqu'au port de San Nicoló avant de m'embarquer de nouveau. Combien de temps ai-je été inconsciente ? Je me sens ivre. La nausée remonte, vague si violente cette fois qu'elle me précipite contre le bastingage et me plie au-dessus des flots houleux. J'y déverse une bile chargée des humeurs furieuses qui macèrent depuis trop longtemps.

Une main se pose sur mon épaule. Je ne tourne pas la tête, mais je sais à qui elle appartient. Ce toucher, cette pression délicate. Felice. Est-ce encore le dégoût de lui ou le besoin de m'en libérer ? Je régurgite de nouveau.

1. Navire préféré des pirates de Méditerranée pour sa maniabilité et sa rapidité.

Il ne dit rien. D'ailleurs personne ne dit rien. Ni ne bouge. Comme si ce navire était devenu fantôme dans le vent, dans les embruns qui fouettent mon visage lorsque, enfin, je me redresse. La lune joue entre deux nuages. Felice me tend un linge, un sourire. J'aperçois ma mère à la proue, une longue-vue devant l'œil, devine Luigi parmi les deux hommes se tenant près d'elle.

Que signifie tout cela ?

Je m'essuie les lèvres. Hoche la tête en guise de remerciements pour épargner à Felice mon haleine de rat crevé. Il pose un index en travers de sa bouche, me prend la main et m'entraîne au milieu des cordages en direction de ma mère.

Elle ne bouge pas davantage à mon arrivée, maintient sa posture d'observation puis, semblant prendre conscience de ma présence, me tend la longue-vue. Je la pointe, comme elle, dans la direction de ce navire vers lequel, voiles gonflées, nous filons et dont la distance se réduit d'encablure en encablure. J'en balaie le bord d'un regard curieux, aidée par la lumière d'opale qui nous enveloppe, par le reflet puissant de la lune sur la crête paisible des vagues. Personne. On croirait le bateau abandonné. Je le fais remarquer à ma mère, dans un murmure, puisqu'elle vient, elle-même, de chuchoter un « tous à vos postes » à l'intention de Felice. Il s'esquive, les trois autres dans ses jambes. Elle s'approche, à me toucher presque. Et de nouveau le regard dont elle me couvre est froid, aiguisé comme un poignard de glace.

— Ne t'y trompe pas. Soit ils dorment, soit, malgré nos précautions, ils nous ont repérés. Ce qui est le plus probable. Retourne en cabine et enferme-toi.

Un sursaut d'orgueil me fait bomber la poitrine.

— Je ne suis plus l'enfant que vous pouviez effrayer. Encore moins celle à qui vous pouvez ordonner quoi que ce soit.

Elle contre ma rébellion d'un sourire moqueur.

— Je ne doute pas que tu saches te servir d'une lame, mais as-tu la moindre expérience d'un abordage ?

Je me sens pâlir.

— Comment ça, un abordage ?

— Où crois-tu être, Maria Marina ? Sur un navire de commerce ?

Je ne sais que répondre. Elle se tourne vers l'arrière, me désigne ces ombres silencieuses qui montent à l'assaut des huniers[1]. Ces autres qui se recroquevillent, prêtes à bondir contre le bastingage. Armées elles aussi jusqu'aux dents. Un frisson me parcourt au souvenir de l'aveu de Felice : sa mère était une pirate.

La mienne le serait-elle aussi ?

Je recule d'un pas et je la vois, telle qu'elle aurait dû m'apparaître tout à l'heure. Ces vêtements d'homme ne sont pas un déguisement de carnaval. Ce sont les siens. Et ce sabre en travers de sa ceinture aussi. Pour ces hommes alentour, elle est un capitaine. Un chef respecté. Cette idée me terrasse. Et pourtant… Elle a toujours tout gouverné. Il est si facile d'imaginer qu'elle puisse dominer les mers comme elle a dominé sa propre fille.

1. Voile carrée fixée sur le mât d'un navire, située juste au-dessus de la grand-voile (ou voile basse). Elle joue un rôle important pour augmenter la propulsion du navire, surtout lorsque le vent souffle fort ou à moyenne intensité.

— Tu n'es pas à l'aise sur ces planches. Tu nous gênerais au lieu d'être utile. Et je ne veux pas risquer de perdre ce combat par ta faute. Retourne dans la cabine, répète-t-elle d'un ton sans appel cette fois.

Je serre les mâchoires, les poings, mais dois me rendre à l'évidence qu'elle a raison. Trop d'émotions, de questions se bousculent en moi pour que je puisse faire face à l'inconnu, à la violence d'un acte de piraterie. Sans compter cet estomac qui continue à se crisper par intervalles réguliers. La Contessa n'existe pas ici. Ici je ne suis rien.

Avant de la quitter, je ne peux malgré tout m'empêcher de grincer :

— J'espère au moins que cette prise en vaut la peine.

Elle ricane.

— Et comment ! Ce navire dont je compte bien me saisir, c'est *El Capitan*… C'est le mien !

43.

Comment ça, le sien ?

Sans se soucier de mon trouble, elle disparaît de la même manière qu'elle m'a abandonnée quelques minutes plus tôt au silence de sa cabine, et vingt années auparavant à mon enfance perdue. Sans le moindre scrupule et avec un dédain qui, malgré son tendre et maternel aveu, sonne comme un glas. Je la regarde se mouvoir, spectre toxique, entre les voiles, les cordages. Je la regarde se pencher vers ses hommes, leur prodiguer quelques mots à l'oreille, une pression complice sur l'épaule, le genou. Elle est plus proche d'eux que de moi. Elle se glisse dans une écoutille, celle dans laquelle j'ai vu Felice et Luigi descendre. Sont-ils ses seconds quand ils ne sont pas avec moi ?

Je suis perdue. Perdue par ces bribes de confidences, d'aveux contradictoires qui ne font qu'ajouter du mystère au mystère. J'ai cru régner en maîtresse sur les ombres de la Sérénissime, mais je n'ai été qu'un pantin. Une marionnette sans fil, livrée à un théâtre dont les coulisses m'échappaient totalement. La rage sourde qui gronde en moi n'a d'égale que mon humiliation.

Je reviens d'un pas lourd vers la cabine. Je n'aime pas l'idée de m'y boucler tandis qu'au-dehors les lames vont s'entrechoquer. Cela fait des années que l'on craint la Contessa, qu'on la respecte autant qu'on la désire. Or, il me suffirait de croiser le regard des marins braqué sur moi pour y relever de la condescendance, voire du mépris. Cela m'est insupportable.

— Contessa…

Je me retourne au son de la voix de Luigi. À peine plus forte qu'un grincement de drisse dans le vent.

Il m'a rattrapée au seuil de la cabine.

— Dois-je comprendre qu'elle t'a chargé de verrouiller derrière moi ? le tancé-je, une lueur rancunière dans les prunelles.

Il secoue la tête.

— Je ne reçois pas d'ordres de cette femme.

Son œil est franc. J'ouvre la porte.

— Viens. Il reste du *rosalio*.

Il entre dans mon pas, referme. Je saisis la bouteille, ôte le bouchon, et, comme quelques jours plus tôt en présence de Giorgio, descends quelques gorgées au goulot. Ensuite seulement je la lui tends. Il me sourit, fait de même puis, s'étant essuyé les lèvres d'un revers de manche, secoue la tête d'un air navré.

— Je suis venu quérir votre pardon, Contessa. M'enduire le col de suie, de fard, jouer les égorgés dans ma propre gondole pour vous duper… Cela me fut d'autant plus difficile que j'ai mesuré, durant tout le trajet qui nous éloignait de Muran et me conduisait vers ma fausse tombe, à quel point vous teniez à moi.

Je songe à Felice, à son simulacre de douleur, à son mensonge. Et de nouveau ma nausée se réinstalle.

— Que t'a-t-il dit pour t'en convaincre ?

— Que, privée de ma virtuosité sur les canaux, vous risqueriez d'être démasquée et le laisseriez mener l'enquête à votre place. J'ai voulu le croire aussi, même si je savais qu'il se trompait. Je vous connais bien…

J'entends « mieux que lui », même s'il ne le dit pas. Je tends la main, enveloppe sa joue. Son œil s'enflamme. Désir et tendresse mêlés. Pourquoi ne m'en suis-je pas aperçue avant ?

— Oublions cela, soupiré-je en lui retirant ma caresse, en me détournant pour ne pas me glisser, par désespoir, entre ses bras. Ce n'est pas à toi que j'en veux. Mais à lui. À elle. T'ont-ils mis dans la confidence ?

— J'en ai compris suffisamment pour répondre à certaines de vos questions.

Je m'assois sur le lit, lui désigne le fauteuil sur lequel flotte encore le parfum de ma mère.

— Donne un tour de clef avant de t'installer. Je serais capable de pourfendre qui oserait me défier, mais je ne peux rien, pour le moment, contre ces faux amis. Et je refuse qu'ils t'empêchent de me livrer ce que tu sais.

Il obtempère, rapporte le *rosalio*. Je l'en bénis, car je devine que ses révélations ne vont pas tarder à être aussi violentes que l'abordage vers lequel, discrètement, glisse le navire.

44.

— Je ne sais trop par où commencer, avoue Luigi après un long moment à chercher ses mots.

Moment pendant lequel, espérant faire taire ma nausée, j'ai vidé le restant de la bouteille. Je doute que cela aiguise mes facultés d'analyse, mais je me sens mieux.

— Par la nuit où j'ai exécuté Calapelli, réclamé-je.

— Je n'ai pas grand-chose à vous en apprendre. Nul ne s'est approché de l'ancienne fonderie et je n'ai remarqué personne alentour quand nous en sommes repartis. Le surlendemain, Felice est venu à moi. Il rentrait de Florence et voulait tout savoir de ce qui s'était passé.

Dans le silence qui enveloppe toujours le chebec, je perçois sa gêne. Et ce que je devine me pique le cœur.

— J'en déduis que ce n'était pas la première fois…

— Non. Il m'a placé à votre service pour vous protéger et lui rendre compte des missions de la Contessa.

— Y compris ces vingt et un derniers mois ?

Il acquiesce et je devine, à ses traits soulagés, que son aveu le libère d'un fardeau devenu trop lourd à porter. Le mien, à l'inverse, ne cesse d'enfler.

— C'est lui qui te contactait ou c'est toi ?

— Lui, toujours. Il me donnait rendez-vous par l'intermédiaire d'un billet et nous nous retrouvions sur l'île où il a prétendu m'avoir enterré.

Je me plonge dans cette froideur qui si souvent par le passé m'a été salutaire, refuse de voir qu'elle ressemble à s'y méprendre à celle de ma mère.

— Et ensuite ?

— Tout s'est enchaîné. Il savait, pour le meurtre des enfants. Il savait que Giorgio vous réclamerait d'enquêter. Il m'a dit que c'était trop dangereux cette fois, que celui auquel vous comptiez vous attaquer n'aurait pas de pitié. Et surtout, que vous n'étiez qu'un leurre entre ses mains, un leurre destiné à atteindre et tuer El Capitan.

De nouveau je me trouble.

— J'ignore qui vous a convaincue qu'El Capitan était votre cible, mais on vous a menti. El Capitan, c'est…

— Ma mère, je termine dans un souffle glacé alors que me revient en mémoire l'œil humide d'Umberto Delacuista pendant sa confession mensongère.

Quel rôle a-t-il joué dans cet écheveau ? Dans quel camp a-t-il été ?

Luigi a dû percevoir mon tourment, car je le vois froncer les sourcils.

— Continue. J'ai besoin de remettre les choses dans l'ordre. Et ton récit peut m'y aider.

D'une main lasse, il renvoie son abondante chevelure brune en arrière.

— Il n'y a guère à ajouter. Je n'ai pas apprécié de vous duper, mais j'ai accepté dans l'espoir que, comme l'imaginait Felice, ma « mort » vous protégerait.

L'image de son corps inerte dans la barque, recouvert aussitôt par le *tabaro* de Felice, me déchire le cœur. Comment a-t-il pu m'imposer une telle douleur ? J'en balaie le voile, essaie d'admettre, d'accepter qu'il n'a jamais voulu que mon bien. Implacable néanmoins, ma mémoire me renvoie devant mère Teresa, à ce moment où elle m'a tendu la fausse lettre de mon frère.

— Alors pourquoi, dans ce cas, m'a-t-il donné rendez-vous à Venezia le lendemain ? Sachant que je venais de faire une fausse couche et que j'étais exténuée ?

Visiblement je lui apprends cette dernière information, car il est devenu blême. Il a le bon goût de ne pas s'y attarder.

— Parce que la donne, entre-temps, avait changé, répond-il d'une voix éteinte. Nous n'avons fait que simuler ma mort. Nous n'avons pas piégé la fonderie.

Je sursaute.

— On aurait réellement tenté de nous tuer, lui et moi ?

Il soupire.

— Je pense qu'on voulait surtout vous effrayer mais que l'explosion a été plus forte que prévu.

Je reste perplexe. Il poursuit :

— Je suis retourné sur les lieux, j'ai examiné les débris du conduit de cheminée. Ils suintaient encore la graisse humaine accumulée par les exactions de Calapelli.

Je frissonne.

— C'est ce qui aurait augmenté l'effet de déflagration ?

— Oui. Ce qui prouve que celui ayant préparé le piège n'était pas un artificier.

— Ou qu'il ignorait ce que Calapelli faisait dans la fonderie. Pourquoi n'es-tu pas intervenu après l'explosion ?

— J'ai songé, je l'avoue, que cela faisait partie du plan de Felice, qu'il avait seulement décidé de ne pas m'en parler. Je m'en suis tenu à ses ordres. Il m'a éclairé ensuite, quand nous avons été seuls. Il était vraiment inquiet pour vous. Il ne pensait pas que vous trouveriez quoi que ce soit dans la fonderie. Il l'avait déjà fouillée.

Ma perplexité augmente d'un cran.

— Alors le dessin de la coupe ?

— Déposé là avant votre arrivée à tous deux.

— Je ne comprends pas pourquoi Felice m'y a conduite s'il entendait me voir abandonner les recherches…

C'est parce que je le formule que tout s'emboîte enfin. Felice m'a donné à croire que j'étais tombée dans le piège de mon ennemi, mais, en réalité, c'est lui qui m'a tendu le sien. Il m'a guidée jusqu'à cette crypte pour m'éloigner du combat. Un goût amer dans la bouche, je grince :

— C'est lui ou c'est toi qui m'as enfermée dans la crypte ?

— Moi. Sur ses ordres. Felice se doutait que vous y reviendriez. Il avait enflammé votre curiosité dans ce dessein. C'était inconfortable, mais sans danger. Et cela lui permettait, pendant ce temps, de prévenir votre mère tout en vous empêchant de rentrer au couvent où il était persuadé que votre ennemi, dont il pensait avoir découvert l'identité, risquait de vous enlever. Ou pis encore, continue Luigi dans un soupir navré.

— Mais je me suis évadée.

— Cela, nous ne l'avons appris qu'au matin suivant. En venant vous délivrer. Entre-temps, Teresa Campanino et Umberto Delacuista avaient été assassinés.

— Et, fort des fausses preuves retrouvées dans la fonderie après l'exécution de Calapelli et le meurtre des enfants, Giorgio Baffo me demandait de lui ramener Felice.

Luigi opine.

— Ce qui vous a conduite chez les Pisani et au bas de cet escalier.

Je suis sur le point de lui réclamer le nom découvert par Felice quand trois coups de canon, presque simultanés, percent le silence qui enveloppe toujours le navire. L'air se déchire en un hurlement de métal et de feu. Une onde de choc me soulève, m'écrase contre la cloison avant de m'envoyer rouler sur le plancher. Le goût du sang envahit ma bouche.

Une seconde d'un silence irréel s'installe, avant que les cris et le fracas des éclats de bois ne me percutent en rafale. Une seconde durant laquelle j'ai l'impression que de nouveau ma tête va exploser.

45.

— Contessa ! s'affole Luigi.

Je n'ai pas le temps de le rassurer. Trois autres tirs ébranlent la coque. Je roule à bâbord vers le cul du navire, le devine sévèrement touché à cette inclinaison soudaine, à ce branle-bas au-dessus de nos têtes. Mon bras heurte l'angle d'un coffre et je m'en veux de n'avoir pas anticipé que l'attaque allait continuer. J'aurais dû m'agripper à quelque chose de stable dès le premier choc. Combien de temps avant les suivants ? Je n'ai jamais assisté au chargement d'un canon.

La violence de la déflagration lui ayant volé ma réponse, Luigi s'est laissé glisser, jambes en avant, dos au parquet. La cloison l'a immobilisé à quelques pouces de moi.

— Contessa ? insiste-t-il en me voyant me masser l'épaule.

Ma plaie à la tempe a dû se rouvrir, car je perçois un écoulement le long de ma pommette, le goût du sang sur ma lèvre.

— Rien de grave. Je suis seulement sonnée.

— Il faut sortir d'ici.

Il a raison. Je sens mon postérieur mouillé. Luigi passe son bras sous mes aisselles, m'aide à me redresser. Un filet d'eau clapote contre mes chevilles. L'espace d'un moment, il me semble être revenue dans cette maudite crypte. À cette effrayante différence près que, cette fois, Luigi et moi risquons réellement la noyade. Ces satanés boulets ont dû percer les clins avec suffisamment de vigueur pour naufrager le chebec. J'ignore où se trouve la voie d'eau, mais la cabine, étroite, se remplira vite. L'air semble plus humide, plus lourd, chargé de sel et de menace.

Nous remontons vers la porte, agrippés l'un à l'autre, soulagés que les rivets maintenant le mobilier au sol ou aux murs n'aient pas lâché. Sans quoi nous en aurions été écrasés. Il est bien assez difficile déjà de marcher de travers.

Un nouveau choc nous ébranle. L'ayant anticipé, Luigi parvient à nous maintenir debout.

— Ils ne tireront plus, affirme-t-il. Malgré les avaries, les marins ont réussi à accoler les deux navires. C'est ce que nous venons d'entendre et de sentir.

J'en félicite intérieurement ma mère. Tout en me disant que son équipage doit être d'autant plus enragé que reprendre *El Capitan* est devenu leur unique chance de salut. L'arrimage des grappins a à peine redressé la coque. Il faudra, tôt ou tard, qu'ils cisaillent les cordages s'ils ne veulent pas qu'*El Capitan* soit déstabilisé et entraîné lui aussi par le fond.

Nous sommes enfin devant la porte. Et Luigi ne fait pas mine de me lâcher. Je lui opposerais bien un sursaut d'orgueil si je n'éprouvais une détestable sensation de vertige. Mon champ de vision se réduit, comme si l'obscurité de la cabine s'insinuait en moi.

— La clef est dans ma poche, de votre côté, m'indique-t-il.

Je me contorsionne, plonge la main dans sa *comore*[1], fouille.

— Vide. Tu as dû te tromper.

Il fronce les sourcils, grimace sous l'effet du doute, obtempère néanmoins. Fébrilement. Inutile qu'il commente, j'ai compris. La violence des impacts ne s'est pas contentée de faire valser les objets dans la pièce, elle nous a aussi dépouillés.

Il s'écarte du battant pour me ramener contre la paroi. Je m'y adosse, la tête lourde.

— Ce ne sera pas long, assure-t-il pour me rassurer.

Mais je ne suis pas dupe. Des gargouillis sinistres se mêlent à présent au cliquetis des sabres, aux cris et aux invectives des pirates que je devine de l'autre côté du bastingage, sur *El Capitan*. Notre navire est provisoirement maintenu à flot mais la mer continue à s'y engouffrer à gros bouillons. L'eau a gagné le haut de mes mollets, sa morsure glaciale remonte le long de mes jambes, alourdissant mes vêtements, me tirant vers le fond.

Luigi est revenu près du fauteuil. Il sonde d'un œil inquiet les alentours, en direction des objets qui ont chuté de l'écritoire. Bientôt, je le vois se glisser sous la couche suspendue, à plat ventre dans l'eau qui ne cesse de monter. En quelques minutes à peine, elle a enveloppé mon genou, caresse ma cuisse. Et Luigi continue à patauger.

Je voudrais chercher avec lui mais un voile de plus en plus opaque recouvre mon œil droit, du côté de la plaie

1. Son gilet.

à ma tempe. Je risque un doigt dessus, trouve une estafilade profonde dont le simple contact me fait chanceler. Je doute que le coup porté au pied de la *porta d'acqua* des Pisani en soit responsable. Je sens remonter de la colère en moi. Faut-il donc que ma chance, celle dont se parait la Contessa, ait disparu avec elle à Venezia ? Car *cazzo divino*[1] ! quelles étaient les probabilités pour que je me blesse là où je l'étais déjà ?

— Je l'ai ! entends-je sonner comme un cri de victoire.

Je redresse le menton. Luigi avance vers moi en brassant les volutes de l'Adriatique. Je dois être défaite sans doute, car je vois son inquiétude grandir sur ses traits à mesure que la lanterne, toujours vaillante et accrochée au plafond, éclaire un peu mieux les miens.

— Seulement sonnée ? s'enquiert-il, l'air soupçonneux.

— Et nauséeuse aussi, j'avoue.

— Avec l'œil d'un poisson pas frais, tente-t-il de me faire sourire.

Je pourrais lui rétorquer que, venant d'une daurade pêchée depuis aussi longtemps que je suppose l'avoir été, cela n'a rien d'anormal, mais je n'en ai pas le courage.

À cet instant, un fracas métallique retentit derrière la porte. Un élan de panique m'emporte.

Nous devons sortir. Sortir avant d'être bloqués.

1. « Putain divine », juron vénitien du XVIIIe siècle.

46.

La porte de la cabine s'est ouverte sitôt la clef tournée et Luigi est venu me soulever dans ses bras malgré mon râle de protestation.

— Je n'ai vu personne se battre sur le pont. Et la lune a eu la pudeur de se cacher. Votre renommée ne sera donc pas écorchée, Contessa. Une fois à tribord nous serons au sec, provisoirement en sécurité. Nous pourrons nous dissimuler parmi les débris et aviser.

Nous y sommes, mais ce que je vois, depuis l'abri d'un énorme cordage enroulé sur lui-même, ne me rassure pas. Le navire s'enfonce lentement par l'arrière, sûrement éventré à bâbord où les tirs ennemis l'ont atteint. Il ne tient désormais à la surface que grâce aux grappins lancés sur *El Capitan* lors de l'abordage, suspendu entre deux eaux comme une bête agonisante. Le clair de lune souligne les voiles déchirées par la chute des huniers. Les éclats du mât, fauché par l'un des tirs de canon, ont perforé plusieurs matelots. Ils gisent la gueule déchirée ou le torse empalé. Une dizaine d'autres ont été écrasés ou brisés sous les espars. Tout semble chaos autour de nous. Sur *El Capitan*, ce n'est pas mieux. Ne sachant qui est des nôtres et qui est de son équipage, je ne peux mesurer lesquels l'emportent, mais le combat fait rage à coups de poing, de pied, d'étranglement, de poignard ou de sabre. Que ce soit sur le pont, sur la dunette[1] ou dans le gréement[2]. Des hurlements fusent, mêlés au fracas des armes, au bruit du bois fendu sous l'impact des projectiles. L'air est saturé d'une âcre odeur de poudre et de sel.

J'entrevois ma mère aux prises avec un colosse qu'elle ne semble ni craindre ni terrifier. Elle esquive les coups avec une agilité qui me laisse pantoise, en décoche avec autant de dextérité que de violence sans me donner l'impression d'en être épuisée.

Malgré ces élancements qui gagnent peu à peu ma mâchoire et ce voile sur ma pupille, participant lui aussi à accroître mon sentiment de faiblesse, je suis admirative de ce qu'elle est devenue quand mon souvenir d'elle était celui d'une femme froide certes, mais à l'allure impeccable et soignée, recevant dans le respect de l'étiquette vénitienne. Un instant, l'image de mon frère m'effleure. Lui qui est plus à l'aise aux tables de jeu des casinos qu'à n'importe quelle activité physique et dont l'allure s'empèse de jour en jour, je me demande ce qu'il dirait s'il la voyait ainsi, bondissant malgré son âge d'un côté, de l'autre, grimpant finalement dans une envolée

1. Désigne une superstructure élevée située à l'arrière, dominant le pont principal. Généralement réservée au commandement, elle abrite souvent la barre, les quartiers des officiers ou du capitaine, et offre une position privilégiée pour surveiller les manœuvres à bord.
2. Ensemble du matériel comprenant les mâts, les vergues, les cordages, les câbles et les poulies, destiné à supporter et à manœuvrer les voiles d'un navire.

de cuissardes sur un tas de caisses, pivoter en plein vol et raccourcir le col de son adversaire.

— Elle est impressionnante ! souffle Luigi assis près de moi.

— Je me dois de le reconnaître. As-tu repéré Felice ? demandé-je en m'arrachant à la contemplation morbide du sabre ensanglanté de ma mère frappant déjà celui d'un autre assaillant.

Luigi secoue la tête.

— Cela n'a rien d'étonnant. Livia lui a confié pour mission de capturer le capitaine. Une fois *El Capitan* abordé, il devait lancer un grappin depuis l'un des sabords de l'entre…

Il ne termine pas sa phrase. Il est devenu blême. Je me tends. Crains de comprendre que Felice était en pleine ligne de mire des canons quand ceux-ci se sont mis à gronder, à percer la coque.

— Les tirs auraient-ils pu l'épargner ? gémis-je.

Il n'ose me répondre, presse mes doigts.

— Je dois y aller, murmure-t-il d'une voix blanche. Vérifier…

J'opine, le souffle coupé, la gorge étranglée. Je perçois le sentiment de culpabilité qui l'étreint, sa honte d'avoir oublié son ami, pressé qu'il a été de me mettre en sécurité, au sec. Puis de veiller sur moi, inquiet de ma pâleur, de mon apathie. Comment lui en vouloir ? Si Felice était réellement dans l'entrepont, attendant que les deux navires se touchent quand la voie d'eau a été ouverte, rien ni personne n'aurait pu le sauver. Ni à ce moment-là ni après. Mais je refuse cette idée. Parce que je ne peux pas le perdre. Malgré ses mensonges, malgré ce qu'il m'a fait ces jours derniers. Il a été mon guide, ma lumière ces dix-huit dernières années. La seule qui ait empêché la noirceur de ma vengeance de me consumer.

Luigi attend que la lune disparaisse de nouveau entre deux nuages puis, accroupi, se déplace avec agilité sur le gaillard arrière.

Je le suis du regard, ombre silencieuse, jusqu'à l'écoutille par laquelle je l'avais vu disparaître après Felice, celle de laquelle il est ressorti pour me rejoindre et me demander de lui pardonner de m'avoir dupée. Cela me semble une éternité déjà.

Il relève la trappe, se glisse à l'intérieur. J'en déduis que cette partie de l'entrepont n'est pas encore inondée. Que l'eau n'a pas atteint le franc-bord puisque nous n'avons pas coulé. Me souviens aussitôt que cela ne signifie rien. Que le navire ne tient debout que grâce au nombre imposant de grappins l'arrimant à son voisin. Que Luigi n'hésitera pas à plonger s'il le faut pour chercher Felice. Quitte à se noyer lui-même.

Je me couche sur le flanc, me recroqueville sur mes genoux repliés. J'ai froid. Un froid qui ne gagne plus seulement mes os sous mes vêtements mouillés, mais mon cœur, mon âme.

Qu'il vive encore. Faites, Dieu tout-puissant, qu'il vive encore. Qu'il ne soit que blessé, attendant secours.

Je gémis. Une plainte discrète, longue, douloureuse.

Qui suis-je, moi, Maria Marina Morosini, sur ce bateau qui menace de couler ? Qui suis-je si j'ai perdu Felice ? Qu'aurai-je accompli qui vaille la peine que Dieu me pardonne ce que la Quarantia Criminale m'a ordonné ?

Je ferme les yeux, ai l'impression furtive que le navire a déjà sombré, qu'il m'emporte. Cependant, dans ce silence où tout s'efface, où la mer pourrait m'engloutir, c'est ma voix qui s'élève. Une voix que je ne reconnais plus. Une prière que je ne pensais plus savoir murmurer.

47.

Si j'ai perdu connaissance, cela n'a été que brièvement, car, lorsque j'ouvre les yeux, surprise par une goutte tombée sur ma joue, la bataille pour la prise d'*El Capitan* fait toujours rage. J'ai l'impression toutefois que les matelots entourant ma mère sont les siens à la manière dont ils font écran pour éviter que ceux d'*El Capitan*, bien moins nombreux, ne s'acharnent sur elle. Sa chemise me semble tachée de sang. Elle aurait donc été blessée. Je m'inquiète moins pour elle que pour Felice. D'autant que la bataille paraît tourner en sa faveur. Et que rien d'autre que cette victoire ne semble compter pour elle. Comme si, au-delà de notre seule échappatoire, ce navire était le prolongement d'elle-même. Ne lui a-t-elle pas donné le surnom qu'elle s'est choisi pour régner sur ses eaux comme elle régnait autrefois en son palais ?

Je me redresse, constate avec soulagement que la sensation vertigineuse et la nausée qui m'avaient abattue se sont dissipées. Je porte la main à ma tempe. Du sang coagulé la referme. Et son toucher ne m'occasionne plus de malaise. Cela me rassure un peu. Je vais pouvoir me débrouiller seule.

Je lève le nez en voyant un éclair déchirer l'horizon, en sentant quelques gouttes supplémentaires pleuvoir sur mon visage. Les nuages se ramassent, étouffant peu à peu la clarté opalescente. Si des trombes d'eau viennent balayer le pont, s'ajoutant à la montée de la mer dans les cales, le navire va peser encore plus lourdement sur les cordages et les grappins qui le relient à son voisin. Son cul est déjà enfoncé sous la surface. Ma mère en a-t-elle conscience ? Probablement. Néanmoins, que je me trouve toujours à bord et sois emportée par le fond semble être le cadet de ses soucis. Je me raisonne. Agirais-je différemment à sa place ? Je le suppose, mais je n'ai pas eu d'enfants.

Je me détourne d'elle pour ne plus me soucier que de Luigi et de Felice. L'écoutille est toujours au sec bien qu'ouverte et menacée par l'eau qui, s'échappant du dessous de la porte de la cabine, continue à s'accumuler le long du bastingage. Et rien, aucun mouvement, aucun bruit en provenance de l'entrepont ne me permet de conclure qu'ils sont prêts à en sortir.

Je m'en veux de rester là, terrée, d'observer sans agir. Cela ne me ressemble pas. J'ai toujours fait preuve de sang-froid, de détermination. Je n'ai jamais reculé devant l'adversité, certes en usant de mes charmes avant le poignard mais cela ne change rien. Je sais comment fouetter ma chair. Je sais comment me contraindre à dépasser mes limites physiques.

Alors qu'attends-je, puisque je me sens mieux ?

Luttant contre l'angoisse de défaillir au mauvais moment, de devenir une charge pour Luigi plus qu'un soutien, je porte mes doigts à ma poitrine, et griffe violemment mes cicatrices au travers du tissu de cette robe de bal que l'on n'a pas pris la peine de me changer après m'avoir transportée à bord. La douleur envahit aussitôt mon buste, gagne mes bras, mon ventre, mes jambes. Elle remonte le long de mon cou, de mes mâchoires. Comme une plainte qui ranime le feu ardent en moi. Et avec lui la Contessa. Capable de tout. De tout sauf de subir cette souffrance en restant figée.

Je récupère mon poignard à ma jarretière, découpe mes jupons à mi-cuisse pour ne pas en être gênée si je dois nager, déchire de la même manière les merlettes de mes poignets, ôte mes souliers puis, comme j'ai vu Luigi le faire, me déplace silencieusement jusqu'à la trappe.

Je me coule dans l'escalier, les sens aiguisés par la douleur, comme chaque fois qu'il m'a fallu mener une expédition punitive. Cette fois c'est dans l'espoir de sauver ceux qui me sont chers, pas de tuer. Et cela me donne la force et l'allant qui me font encore défaut.

Après quelques marches, une eau fraîche m'enserre les chevilles. Je continue à descendre. Je connais mal la configuration intérieure d'un chebec, mais dans l'entrepont d'un bateau se trouvent entre autres les quartiers des artilleurs et du chirurgien de bord, l'infirmerie, le grand cabestan et la timonerie. Les pirates ou les corsaires aiment à améliorer les performances de leur navire en supprimant parfois quelques cloisons, en révisant leur aménagement. Je ne sais donc pas à quoi m'attendre. Sinon à cette obscurité qui m'enveloppe déjà et m'oppresse autant que l'onde.

— Luigi ! Felice ! crié-je une fois que j'ai touché le sol et fait quelques pas en direction du bouillonnement, inquiète de sentir flotter des débris autour de moi.

Vais-je finir perforée par un clin déchiqueté ? La surface semble en grouiller. Buter contre l'un des boulets ? Je contracte mes orteils par réflexe. J'avance à l'aveugle, le souffle court, la douleur anesthésiée par les vaguelettes qui battent mon cou.

— Ici ! me répond soudain Luigi. Je suis ici !

Une lueur se balance au plafond, à une vingtaine de pas de moi, révélant une ossature de bois fragile, aux portants ébranlés, coupés, dont la menace de s'écrouler paraît imminente. L'angoisse au ventre, je fends le courant, m'approche de la poupe à tribord tout en réclamant :

— Felice ?

— Il est prisonnier d'une poutrelle. Je ne parviens pas à le dégager.

Cette fois je me précipite en brassant l'eau de mes bras, en repoussant les débris. Je me précipite en espérant de tout mon cœur que, si Luigi s'est acharné, c'est que l'homme que j'aime n'a pas été transpercé.

48.

Sous la lueur maussade de la lampe-tempête qu'il a réussi à allumer dans cet enfer flottant, Luigi m'accueille d'un sourire épuisé. D'une main, il soutient le visage de Felice hors de l'eau ; de l'autre, il s'escrime à repousser la poutre, arrachée de je ne sais où, qui lui écrase la jambe.

— Tu aurais dû venir me chercher, grogné-je en m'arc-boutant à mon tour pour lui prêter main-forte.

— Il est inconscient. Il se serait noyé, m'objecte-t-il.

— Et si je n'étais pas descendue, cela aurait été le cas pour toi aussi.

Il ne trouve rien à répondre. Je sais, comme lui, qu'il n'aurait pas abandonné Felice, pas avant la dernière extrémité. Combien de chances lui serait-il resté alors de remonter sur le pont ?

Je l'aide autant que je le peux mais c'est insuffisant. Un des canons voisins empêche le dégagement du longeron. Il faudrait être davantage pour le soulever puis le faire rouler sur la bouche de bronze. Crispés, nous poussons, donnons tout ce que nous avons avant de nous immobiliser, la poitrine en feu. L'air est saturé d'humidité et de poudre, une âcre odeur de sel et de bois brûlé me pique la gorge.

— Tu vas devoir le lâcher, Luigi. Et ne plus t'occuper que de ce madrier. C'est le seul moyen.

Je n'aime pas plus que lui cette idée. Le risque est grand que Felice se noie pendant notre manœuvre. Mais avons-nous le choix ? L'eau lui mange déjà le menton malgré les efforts de Luigi. Quoi que nous fassions, l'issue sera la même.

— Tenez-le pendant que je trouve de quoi lui bloquer la nuque, réclame-t-il.

Je prends le relais, désemparée par la pâleur de ce visage aux yeux clos. J'y devine des plaies. Le souffle est court. Je crains que lui dégager la jambe ne suffise pas à le sauver, que la violence du choc ait abîmé l'un de ses organes vitaux. Que cache cette eau noire autour de lui ? du sang ? de la poudre ? Ou serait-ce simplement l'obscurité dans laquelle la lanterne qui s'éloigne avec Luigi vient de me plonger ?

— Tiens bon, mon amour, murmuré-je en me penchant sur ses lèvres violacées.

Mais j'ai peine à ne pas trembler.

Luigi revient avec une petite caisse. Nous parvenons tant bien que mal à la glisser derrière la tête de Felice, conscients néanmoins qu'ils basculeront ensemble quand le madrier bougera.

Au moins aurons-nous gagné un peu de temps.

La lanterne nous dispense son halo depuis le plafond où Luigi l'a raccrochée. Nous nous arc-boutons contre le bois, cherchons un appui pour nos pieds. L'onde enserre mes épaules, ma gorge. L'œil de Luigi capture le mien. Nous sommes aussi déterminés l'un que l'autre.

— À mon signal, dit-il.

J'acquiesce en silence. D'un même élan, nous consolidons nos appuis.

— Maintenant, souffle-t-il en bandant ses muscles.

Je transfère aux miens l'étendue de ma volonté. La poutre vacille, craque. Je crains qu'elle ne s'effondre totalement sur Felice, mais Luigi veille, accompagne son mouvement, de sorte que, quelques instants plus tard, elle repose sur le fût du canon voisin.

Il était temps. La caisse a glissé. Felice a sombré.

Luigi le soulève dans ses bras. Je mesure alors la gravité de sa blessure. Sa jambe n'était pas seulement prisonnière. L'os du genou est à vif.

— Il lui faut un garrot, je m'écrie devant le sang qui à présent s'échappe de la plaie.

Je saisis mon poignard, raccourcis un peu plus la hauteur de mon jupon, enroule la bande de tissu autour de la cuisse de Felice et serre. Faire un nœud avec ce tissu trempé me vide de mes dernières forces. Je sens mes jambes qui flageolent sous la surface. Je ne dis rien. Refuse ce sursaut de faiblesse.

Luigi marche déjà vers la sortie, la joue de Felice contre son torse. Hors de question de lui compliquer la tâche. Je récupère la lampe et le précède pour éclairer les obstacles.

Lorsque nous parvenons enfin à l'escalier, des coups de mousquet claquent dans la nuit, assortis de cris et de sifflets.

Je m'immobilise, reprise par un élan de panique.

— Le navire est à nous, entends-je alors derrière moi.

Je pivote, bouleversée.

Felice a légèrement décollé sa joue, entrouvert les yeux. Une larme s'échappe des miens tandis que, déjà, happé par la souffrance, il replonge dans l'inconscience.

— Vite, m'implore Luigi.

L'échelle est noyée aux trois quarts. Le navire ne va pas tarder à sombrer.

Je devance Luigi à l'air libre, découvre ma mère et son équipage hurlant leur joie sur le pont d'*El Capitan*. J'appelle à l'aide en agitant ma lanterne puis, une angoisse mâtinée d'espoir au ventre, me retourne et regarde Luigi émerger de la cavité sous une pluie battante.

49.

El Capitan est un chebec lui aussi, d'une quarantaine de tonneaux. Et, à la manière dont les pirates l'ont investi en quelques minutes et ont jeté les prisonniers à fond de cale, je comprends qu'ils sont de retour chez eux. Ils n'ont transbordé que peu de chose de l'autre bâtiment avant de sectionner les cordes des grappins. Privé de cet arrimage, le navire a coulé en quelques minutes à peine.

À présent, nous filons voiles au vent, dans une aurore pourpre et or que, depuis la proue, je regarde se déliter au gré des nuages de traîne. Je suis épuisée par cette nuit sauvage, mais plus sereine. Le chirurgien de bord s'est montré confiant en apprenant que Felice avait repris, même brièvement, connaissance. Quand j'ai quitté la cabine dans laquelle Luigi l'avait déposé, il tentait de lui sauver la jambe. J'ignore s'il y parviendra. L'idée d'une amputation devrait me dévaster. À dire vrai, cela m'est indifférent, tant qu'il le sauve. Je sais combien il est difficile de vivre avec une mutilation, avec sa douleur physique, morale. Mais, grâce à Felice, j'y suis parvenue. S'il le faut, je serai là, je l'aiderai à surmonter la sienne.

Un bruit de pas derrière moi me fait tourner la tête. Ma mère vient s'accouder au bastingage. Elle porte un bras en écharpe. Une estafilade, a-t-elle commenté en haussant les épaules. Je sais par Luigi que sa blessure est un peu plus profonde que cela. Mais d'autres n'ont pas eu sa chance. Quatorze de ses hommes sont restés sur le pont. Elle les pleure intérieurement, cela se lit dans ses yeux. Ils s'étaient déjà assombris au moment où elle a découvert Felice dans les bras de Luigi.

— Le chirurgien lui a donné du laudanum. Il va dormir pendant de longues heures. Si la plaie n'est pas infectée demain, tout ira bien.

Je la remercie de cette nouvelle d'une sobre inclinaison de la tête.

— Et maintenant ? réclamé-je.

Elle tend l'index vers un chapelet d'îles droit devant nous, au levant.

— C'est là-bas que se trouve le trésor désigné par le cartulaire. Là-bas que nous allons.

Je frémis.

— Cartulaire que notre ennemi a récupéré chez Teresa Campanino, je présume.

Elle me fait face, une lueur étrange dans le regard.

— Qu'as-tu compris ?

— Qu'Umberto Delacuista lui a remis le cartulaire dans l'espoir que ce trésor me revienne un jour. Le reste n'est qu'un trou noir, je l'avoue.

— Alors il est temps que je m'explique. Assieds-toi, car c'est une longue histoire.

Les minutes qui suivent la voient me raconter la découverte du trésor par notre aïeule, dans la crypte de l'église San Zaccaria. Mais ce n'est que huit cents ans plus tard que mon arrière-grand-mère devina la valeur du cartulaire. Fascinée par ce cryptage byzantin, ma mère chercha à comprendre pourquoi on l'avait inscrit dans le cœur même du verre. Elle se rendit chez l'un des plus célèbres maîtres verriers de Muran, connu pour son goût des antiquités. Peu de temps après, elle commença à se sentir suivie, menacée. Le maître verrier jura avoir gardé le silence. Mais on la cambriola. Craignant d'avoir éveillé l'attention sur ce trésor, elle redouta que l'on s'en prenne à moi, me plaça chez ma marraine et confia le cartulaire à Umberto Delacuista. Bien lui en prenait, car, quelques semaines plus tard, une barque faisait verser la sienne et elle sombrait dans la lagune.

— C'est ton cher Luigi qui m'a sauvé la vie. Il n'était qu'un jeune homme à l'époque et pêchait avec son père quand il a assisté à la scène. N'écoutant que son grand cœur, il a plongé, a suivi le courant et m'a ramenée, à demi noyée, sur la berge de Muran. Je suis restée chez ses parents pendant plusieurs jours, ne sachant quoi faire. La décision de continuer de me faire passer pour morte a fini par s'imposer d'elle-même. C'était le meilleur moyen pour moi de découvrir qui était derrière cet « accident » et de l'éliminer avant qu'on ne s'en prenne à toi ou à Umberto, à qui j'avais demandé de veiller discrètement sur toi. Ensuite j'ai attendu.

— Attendu quoi ? demandé-je, abasourdie.

— L'aide que j'espérais. J'avais connu le marquis de Baletti en 1717, chez la marquise d'Urfé, alors ambassadrice de France. C'était une femme d'une grande érudition, que j'appréciais beaucoup, malgré sa fantaisie. Assister à ses réunions littéraires me distrayait de mon chagrin d'avoir dû épouser ton père plutôt qu'Umberto que j'adorais toujours, évidemment. Cela me permettait de le voir là aussi en tout bien tout honneur. Baletti et lui sont devenus des amis et le sont restés après que Baletti eut quitté Venezia avec la femme qu'il aimait. La mère de Felice.

— Une célèbre pirate, m'a-t-il confié.

— Elle le devint plus tard, pour retrouver sa fille, mais c'est une autre histoire[1]. Baletti ne vint pas à mon secours, il m'envoya son fils, jeune aventurier à l'esprit aussi vif qu'il avait le pied marin et savait manier la lame. Preuve en était ce navire sur lequel nous voguons, que Felice commandait à son arrivée à Trieste. Quittant son bord pour prendre la succession de son père à Venezia, Felice eut tôt fait de découvrir que ta chère marraine en laquelle j'avais placé ma confiance s'était alliée avec ce chacal de maître verrier. Mal lui en prit, car son complice pensa qu'elle était en possession du cartulaire conduisant au trésor, et refusa de la croire quand elle voulut le convaincre du contraire. La suite, tu la connais. Si Umberto n'avait été invité au bal qui se tenait dans la maison voisine de ta marraine ce soir-là, tu brûlais vive.

— Ce serait donc le maître verrier qui se serait introduit dans la maison de Breda il y a vingt ans avec trois autres vauriens ? Lui qui aurait assassiné les jeunes prisonniers de Calapelli, impliqué Felice dans ce trafic

---

1. *Lady Pirate*, tome 2, XO Éditions, 2005.

d'enfants auprès de la Quarantia Criminale en s'emparant d'*El Capitan* ? tenté de me tuer dans son ancienne fonderie et égorgé aussi mère Teresa et don Umberto ?

Son regard devient aussi dur et froid que l'acier.

— Crois-tu avoir le privilège de la vengeance, ma fille ? Je l'aurais laissé vivre en sachant la souffrance que les flammes t'avaient infligée ? Huit jours à peine après l'incendie, après que les Zanetti t'avaient emmenée loin, après que j'avais découvert ton amnésie, j'étranglais ce chien de mes propres mains à l'endroit même où il avait fait verser ma barque !

Je me dresse, ahurie.

— Mais alors qui ?

Elle s'est levée à son tour, regarde vers l'horizon, vers cette lumière qui gagne et déligne les contours verdoyants des premières îles.

— J'ai mis longtemps avant de le découvrir. Trop longtemps, hélas. Car cela m'a coûté la perte d'Umberto. Mon cher vieil ami n'avait plus la force d'écrire. Il a pensé qu'il pouvait faire confiance à son notaire puisque ce dernier, auquel il avait confié Felice à son arrivée, s'était, jusque-là, avéré exempt de toute fourberie. Ils étaient même, tous trois, devenus amis. Sentant sa fin venir, il a choisi de tout te raconter, par lettre. Une confession ultime que son notaire t'aurait apportée après sa mort et que bien évidemment il lui a dictée. Umberto a fini par l'avouer à Felice, le jour de son assassinat. Mais le mal était fait. Et tandis que Felice t'enfermait dans la crypte de San Zaccaria pour te protéger, le diable éliminait Umberto, ma vieille amie Teresa et s'emparait du cartulaire. Ce diable, Maria Marina, tu le connais. Tu l'as même partagé avec Catterina. Car il fut assez malin pour faire d'elle sa maîtresse, te fournissant ainsi les informations qu'il lui plaisait pour conduire la Contessa dans ses rets.

Je me sens devenir livide. Je nous revois, Alvise Valier, Catterina, Felice et moi, dans le boudoir du couvent, ombres lascives sur les murs blancs. Je le revois, fasciné par mes cicatrices. Et cette nausée qui m'avait quittée me renverse de nouveau le buste par-dessus bord.

50.

Alvise Valier.

Comment n'ai-je pas songé à lui plus tôt alors qu'il s'était présenté à moi la première fois comme « l'un de ces libertins notoires, un aventurier qui s'habille de la fonction de notaire pour mieux donner de l'assurance à son babil », ajoutant dans le creux de mon oreille qu'il connaissait les secrets de la cabale et était capable de « soulever le manteau de la mort pour mieux rapporter les messages des défunts » ? Un don, avait-il ajouté, l'œil moqueur, qu'il tenait d'une sorcière de l'île où on l'avait emmené enfant.

À présent que la vérité m'a été révélée à son sujet, ces mots que j'avais alors adoptés pour une fanfaronnade prennent un autre sens. Un aventurier ? Il l'est en effet, et un assassin aussi, dans l'unique dessein de s'emparer d'un trésor fabuleux. Connaissant les secrets de la cabale ? Un moyen de me signifier qu'il était capable de déchiffrer les langages codés. Quant à soulever le manteau de la mort pour mieux rapporter les messages des défunts, l'allusion au « testament de don Umberto » me semble d'une étonnante clarté à présent. Tout dans son propos, du jour de notre rencontre à ces billets qu'il m'a délivrés, n'a jamais été qu'une provocation, un défi qu'il voulait voir la Contessa relever. Je m'en veux de n'y être parvenue, de n'avoir saisi son jeu, de m'être même réjouie que Catterina semblât si amoureuse. Est-elle sa complice ? Cette idée m'apparaît tout aussi détestable que celle la voyant manipulée par ce diable.

Je renonce à y penser, malgré tout, je me dis que si chacune des paroles de don Alvise était porteuse d'un message caché, les dernières pourraient l'être aussi.

— Suis-je déjà venue dans ces îles ? demandé-je, l'estomac vidé et les traits de nouveau colorés.

Ma mère est toujours accoudée au bastingage, immobile, l'œil rivé à ce chapelet proche de la côte dalmate. Elle pivote vers moi, plisse les yeux sous la lumière rasante du jour naissant.

— Quand tu étais enfant. Avec ta grand-mère et moi.

Les paroles d'Alvise Valier continuent à se mélanger dans ma tête.

— Y étions-nous seules ?

Elle fronce les sourcils.

— Avec deux domestiques, pourquoi ?

Je ne réponds pas, j'ai l'impression furtive qu'il manque à cette histoire, aux actes de don Alvise un mobile plus fort que la convoitise.

— Non, rectifie-t-elle soudain. Quelqu'un d'autre nous accompagnait chez Celestina, la sorcière de l'île. La voisine de ta grand-mère et son fils qui souffrait, il me semble, de convulsions. Je ne pensais pas que tu pourrais t'en souvenir. Je ne saurais pas même, moi, me rappeler le nom de ce garçon.

— Alvise Valier.

Une lueur fauve traverse ses iris de jade.

— Que dis-tu ?

— Je pense que cet enfant était Alvise Valier.

Je vois ma mère filer en direction du gaillard arrière en hurlant un « Baptiste ! » dans le vent.

Devinant que mon cheminement d'esprit a provoqué le sien, je la suis d'un pas pressé, la regarde grimper en toute hâte les quelques marches de l'échelle menant à la dunette, à la rencontre d'un gigantesque matelot aux traits sans âge.

Quand je parviens devant eux, ma mère pivote vers moi.

— Baptiste est le chef du village de cette île. Il se souvient parfaitement d'Alvise.

— Il est venu se faire soigner jusqu'à la mort de la sorcière, il y a un peu plus de deux ans, ajoute le colosse dont le visage, à présent que je suis devant lui, révèle de fines et nombreuses cicatrices.

— Cette île, à qui appartient-elle ?

Ma mère se fend d'un sourire.

— Elle a été acquise par ton arrière-grand-mère il y a presque un siècle, après qu'elle a déchiffré le cartulaire.

L'esprit en ébullition, je lève de nouveau les yeux vers ceux de Baptiste. Quelque chose en lui me déplaît, mais je ne saurai dire quoi. Peut-être cette évidente complicité avec ma mère, frisant l'arrogance.

— Y aurait-il eu quelque chose, un événement inhabituel, au moment de la mort de la sorcière qui aurait pu laisser croire à Alvise que ma mère en était responsable ?

Il paraît surpris. Néanmoins, un voile traverse l'ébène de ses yeux, et quand il acquiesce, lentement, mon cœur semble vouloir jaillir de ma poitrine.

— L'explosion, dit-il en fixant ma mère.

Elle blêmit.

— Celestina ne se trouvait pas à côté, assure-t-elle. Tu l'aurais su, c'est toi qui as placé les charges.

Je trépigne sur le sentiment que la réponse est là, dans leurs souvenirs communs. Dans le silence qui perdure entre eux. Je le brise d'un soupir long comme le bras. Ma mère consent enfin à détourner son regard de celui de Baptiste pour le poser sur moi.

— Après avoir acheté cette île, ton arrière-grand-mère a choisi une gardienne pour ce trésor.

— Celle que l'on appelait « la sorcière », de son véritable nom Celestina Scapet, était sa descendante, continue Baptiste.

— Celestina n'a pas eu d'enfants. Or, le trésor a toujours été transmis de mère en fille, chez les Morosini comme chez les Scapet. Dans la mesure où ma disparition m'empêchait de le léguer, je me suis résolue à faire ébouler l'entrée de la grotte dans laquelle il se trouvait. J'en avais, de toute manière, extrait et fait fondre l'or dont j'avais besoin pour constituer ma flottille, récompenser Celestina, Baptiste, Felice et Luigi pour leur fidélité sans faille, et m'assurer une vie confortable. Quant à toi, je savais que tu ne manquerais de rien. Le reste pouvait dormir à jamais dans les entrailles de l'île. L'explosion est passée inaperçue, la côte dalmate et ses îles connaissant depuis toujours de fréquents tremblements de terre.

— Quel reste ? m'étonné-je.

Une brève hésitation trembla dans la voix de ma mère avant qu'elle n'avoue :

— Un objet que je ne pouvais ni déplacer ni offrir à des mains cupides, un crâne de cristal dont les pouvoirs dépassent l'entendement.

Je pose une fesse sur une caisse récupérée à bord du navire perdu.

— Je vois. Ce serait donc de ce crâne qu'Alvise Valier veut s'emparer. Pensez-vous que l'explosion aurait pu l'endommager et provoquer la mort de Celestina ?

Ma mère passe une main lasse dans sa chevelure bouclée.

— J'en doute. Même s'il est vrai qu'elle s'est brutalement éteinte deux jours après. Sans que rien, la veille, ait pu le laisser penser.

— J'ai trouvé Celestina au petit matin, couchée sous sa couverture. J'ai cru qu'elle dormait, se souvient à son tour Baptiste. Après l'enterrement, nous avons émis l'hypothèse, votre mère et moi, qu'elle ait pu avoir été rappelée par ces « voix » dont elle parlait fréquemment. Voix qu'elle entendait près du crâne chaque fois qu'elle s'y rendait pour renforcer son don de guérison. Elle disait que ce don avait été accordé à ses aïeules, puis à elle, en récompense de leur engagement à veiller sur l'âme de cette île. Pour ma part, je ne les ai jamais entendues.

— Et moi non plus, assure ma mère.

— Mais du jour au lendemain, Alvise Valier n'a plus trouvé personne pour soulager ses crises et sa douleur, conclus-je, comprenant enfin qu'il ait associé ma mère à cette immense perte.

De nouveau ses paroles balaient mon souvenir.

« Le croirez-vous, sœur Maria Marina ? Je suis capable de soulever le manteau de la mort pour mieux rapporter les messages des défunts. Un don que je tiens d'une sorcière de l'île où ma mère m'avait emmené enfant. »

Et si, lui, Alvise Valier, les avait entendues, ces voix ? Si, dès lors, il s'était considéré à la fois comme l'héritier du trésor et le gardien de l'âme de l'île ?

Je livre mes conclusions à ma mère et à Baptiste, les vois hocher la tête de conserve, un rictus indéfinissable au coin des lèvres.

— Il faut croire qu'assassiner Umberto, Teresa, et me voler *El Capitan* par l'intermédiaire d'un capitaine assez véreux pour vendre des enfants à Calapelli ne suffisait pas à sa vengeance, finit-elle par grincer. Il veut en terminer avec moi. Sur l'île. Je ne le permettrai pas.

51.

J'écarte avec délicatesse la porte de la cabine dans laquelle se repose Felice. Cela fait une dizaine d'heures à présent que Luigi l'y a déposé et que le chirurgien de bord a officié. Une dizaine d'heures que je ne l'ai vu. Après les conclusions auxquelles ont conduit les aveux de ma mère, j'aurais voulu le rejoindre et le veiller jusqu'à ce que nous ayons atteint notre mouillage. Ma mère s'y est opposée. Et outre le fait que sa condition de capitaine du navire m'interdisait de braver son autorité, j'ai dû admettre qu'elle avait raison. Je n'avais plus de vertiges, plus de nausées, mais je n'étais que douleur. J'avais l'habitude de combattre avec elle. Mais cette fois j'étais bien trop épuisée pour faire face à un adversaire si roué et imprévisible sans mettre ma mère ou Luigi en danger. Raisonnablement, je devais commencer par dormir.

Pendant mon sommeil, ma mère a fait jeter l'ancre dans la baie discrète d'une île voisine de la sienne. Là où, même depuis le point le plus élevé de son territoire et avec la meilleure des longues-vues, l'on ne risquait pas de remarquer notre présence. Malgré cela, elle a placé des guetteurs sur le navire tandis qu'avec quelques hommes Baptiste descendait à terre et en rapportait de l'eau fraîche et des fruits. De son côté, elle établissait un plan d'attaque, qu'elle m'a révélé sitôt que je me suis levée, affamée, il y a moins d'une heure.

Alors que le couchant obscurcit lentement la crique, les matelots descendent la barque qui va nous mener au combat. Et je suis là, confrontée au silence de cette cabine, le cœur serré devant la respiration pourtant régulière de Felice. Je sais qu'il dort profondément, embrumé par le laudanum. Je sais qu'il ne percevra pas ma présence. Et cependant, j'ai besoin de m'approcher, de m'asseoir sur ce tabouret délaissé par le chirurgien de bord, tout près de lui.

Je prends sa main, molle, dans la mienne, la porte à mes lèvres. Une larme glisse sur ma joue et se perd sur ses doigts. Il n'aimerait pas me voir fragile quand la proximité de notre ennemi implique que je sois forte. Mais une question me hante : celle que lui, fils de pirate et pirate à son tour, a aimée le plus, est-ce Maria Marina Morosini ou la Contessa ? Celle qu'il protégeait en secret, conscient de ses faiblesses, de ses cicatrices visibles et invisibles ou celle capablc de tuer ?

Je ne sais plus laquelle des deux existe encore sur ce navire. Mes certitudes ont été broyées. Lui a été broyé. Et je m'apprête à affronter un homme dont je ne sais rien sinon la perversité. Une seule chose est certaine : si je survis à l'attaque prévue par ma mère, je ne pourrai pas revenir en arrière. À Venezia. Ni au couvent. Ni auprès de Giorgio. Encore moins y revoir le marquis de Baletti. Je n'oublie pas les preuves qu'Alvise Valier a semées pour le perdre aux yeux de la Quarantia. Quant à moi, compte tenu de ce que Giorgio a mis en place avant mon départ du couvent, il est évident qu'à cette heure ma fuite et mon absence prolongée m'accusent du meurtre de Teresa Campanino. Pour m'en défendre, il me faudrait avouer des vérités que nul, pas même mon frère, ne voudrait entendre. Ma mère, de toute manière, ne me l'autoriserait pas. Alors, quelle vie ?

— Quelle vie, Felice ? Celle d'une pirate à tes côtés, aux côtés de Luigi, de ma mère ? loin de Venezia ?

Je caresse ma joue au revers de sa main.

— Je t'aime, marquis. Mais toi, m'aimes-tu suffisamment pour faire naître un autre moi ?

Il ne répond pas. Il n'est qu'une silhouette dans la pénombre de la petite pièce. Pourtant, sa présence emplit tout l'espace.

Je refuse d'imaginer survivre sans lui. Je refuse une vie d'errance sans l'éclat de son rire. Il a fallu que ma quête s'achève avec les révélations de ma mère pour que je comprenne que je n'ai vraiment existé qu'au travers des moments partagés avec lui. Tout le reste, ces jours au couvent, ces jours de traque, ces jours de Feria, ces jours de luxure n'étaient là que pour me permettre d'attendre les nôtres, de complicité, de tendresse, de caresses. Je les veux tous désormais.

— Je les veux tous, murmuré-je en fermant les yeux pour ancrer en moi la certitude qu'ils deviendront réalité.

Le discret grincement de la clenche m'arrache à ma prière.

— C'est l'heure d'embarquer, chuchote Luigi dans l'embrasure de la porte.

Une douleur fulgurante traverse ma poitrine, mes cicatrices s'embrasent d'un feu nouveau. Mais je me dresse et marche vers la porte, le besoin d'en finir chevillé au plus profond de moi. D'en finir et de revenir à Felice.

Pour ne plus le quitter.

52.

La nuit rutile au-dessus des flots argentés. Les crêtes noires des sommets de l'île se détachent en contre-jour, enveloppées d'une végétation dont le souvenir m'effleure à mesure que le mouvement des rameurs nous en rapproche. Ma mère accroche mon bras, me désigne un banc de dauphins qui s'envole au-dessus des têtes d'écume. Ils ont suivi *El Capitan* jusqu'à ce qu'il mouille dans la baie, m'apprend-elle. Je n'en ai rien vu, je dormais, fauchée par ces nuits de veille, de lutte, d'angoisse et de traque qui ont précédé. Ils devancent à présent notre esquif. Baptiste, affirme, à voix basse lui aussi, qu'ils sont guidés par les esprits de l'île, ceux-là mêmes que la sorcière et ses aïeules entendaient. J'admire leur ballet, cavalant dans l'onde à l'image de chevaux devant une calèche. Sans autre lien cependant que ceux du monde invisible. Et je ne peux m'empêcher de me demander qui ils servent à cette heure. Ma mère et Baptiste, ou Alvise Valier qui prétend percevoir ce que ces deux-là n'ont jamais entendu ? Nous accompagnent-ils vers la victoire ou vers la mort ?

Baptiste semble confiant. Ma mère affiche le même profil fier, hermétique, qu'au temps de mon enfance.

Impossible à percer. Luigi, à la proue du canot, s'est également replié sur lui-même. Quant à la trentaine de marins que ma mère a choisie pour nous escorter, leurs gueules marquées par les embruns, le soleil et les abordages ne laissent aucun doute sur leur détermination à tuer.

J'ai cru, avant la canonnade, que leur regard sur moi serait condescendant. Je me suis fourvoyée. Je n'ai lu que respect dans leurs yeux tandis que, avant de passer ce trop court moment avec Felice, je partageais leur repas. Ma mère me l'a confirmé : ce n'est pas sa fille qu'ils ont accueillie sur le navire. C'est la Contessa. Être descendue dans l'entrepont, malgré ma blessure, pour en ramener leur ancien capitaine n'a fait que renforcer le mérite qu'ils me concèdent.

Je tourne la tête, laisse le clair de lune guider mon regard en direction d'*El Capitan* dont nous avons quitté le bord, armés jusqu'aux dents. Quelques brassées encore et il disparaîtra derrière les rochers de la petite anse. Je m'attarde sur son ombre jusqu'à ce qu'elle ne soit plus qu'un souvenir. Alors seulement, je me concentre sur ce qu'a appris ma mère de Vincenzo, ce forban lui ayant volé son bâtiment. « Au fond, que dois-je à Alvise Valier ? » a-t-il fini par cracher en même temps qu'un flot de sang et une dent cassée par le poing de Baptiste. J'aurais aimé assister à cet entretien pour lui en déboîter quelques autres. Pour défouler ma colère. J'ai dû me contenter d'écouter ma mère.

Vincenzo lui a rapporté avoir été payé d'un sac de florins pour s'emparer d'*El Capitan* et négocier, au nom de Felice, avec Calapelli. Le notaire lui en avait promis un autre et la garde du navire s'il nous coulait avant que nous n'atteignions l'île. Ce fourbe nous attendait bel et bien, canons chargés. Il n'imaginait pas que ma mère serait capable d'effectuer un abordage avec le flanc percé. Il avait dû convenir qu'à ce titre elle était digne de respect.

Contre la vie sauve – ce qui, somme toute, n'était pas si mal, avait-il soupiré, toujours d'après ma mère –, il était prêt à retourner sa veste et à nous aider.

Les dauphins viennent de disparaître sous la surface, filant vers le large.

— C'est ici que nous allons débarquer, m'indique ma mère.

De nouveau, elle me désigne l'horizon. Il est avalé par l'ombre de l'île, mais je devine une anse à peine plus large que notre esquif. Pendant les minutes qui suivent, les rameurs nous en rapprochent jusqu'à ce que la quille touche le fond.

Éclaboussant le reflet de la lune, nous sautons en enfilade dans une eau cristalline, remontons sur une berge de sable grossier qui peine à nous accueillir tous. Quinze des marins hissent des petits tonneaux de poudre sur leurs épaules. D'autres emportent des rouleaux de mèches sous l'œil vigilant de Baptiste. C'est lui l'artificier, pense m'apprendre Luigi. Mais depuis la nuit dernière, je le sais.

La barque repartie avec une simple poignée de matelots pour la manier, nous nous coulons derrière ma mère pendant que, à coups de sabre, Baptiste nous ouvre un passage dans la végétation.

Quelques minutes plus tard, je vois ma mère se hisser lestement sur un rocher et se tourner vers nous, les traits auréolés d'une lumière blafarde.

— Nous sommes contre le vent, à une lieue environ du fortin qu'occupe Valier. Mais les voix portent. À partir de maintenant, donc, il faudra nous montrer extrêmement discrets. Chacun sait ce qu'il a à faire. Toi en particulier, Vincenzo. Trahis-moi, et tu seras le premier à périr. Sers-moi, et, en plus de ce que je t'ai promis, je saurai me souvenir de ta loyauté.

Il opine. Je n'ai pas confiance en lui. Il va falloir, néanmoins.

Car, si ma tâche est la plus facile, elle n'est pas la moins périlleuse.

Entre ses mains fourbes, je vais servir de leurre.

53.

Le plan de ma mère est simple bien que reposant entièrement sur sa nouvelle alliance avec Vincenzo : ce dernier doit la prétendre morte, son navire coulé et ses matelots prisonniers. Et me livrer afin que je le confirme et qu'il puisse toucher le restant de la somme promise par Valier. L'objectif est de duper ce dernier, de lui faire baisser sa garde, permettant ainsi à ma mère et à ses hommes de s'approcher des fortifications de bois et de poser les charges d'explosif. Ce qui, selon ses estimations et s'ils veulent rester discrets, devrait prendre au moins deux heures compte tenu de la longueur de l'enceinte. Ensuite, une fois les murs éventrés, ils lanceront une attaque brutale. Attaque que nous soutiendrons activement de l'intérieur.

Nous marchons depuis une quinzaine de minutes lorsque ma mère s'immobilise. J'en déduis que c'est ici que les deux groupes que nous avons formés avant notre départ d'*El Capitan* vont se scinder. Accompagnée de la majeure partie de ses hommes, dont Luigi et Baptiste, ma mère compte encercler le fortin. Avec l'escorte qui doit m'encadrer et se prétendre à la solde de Vincenzo, je vais revenir à la crique abritant le village, émerger des fourrés à proximité de notre barque appontée puis remonter vers Valier par le sentier principal. L'objectif étant qu'il croie que nous venons seulement de débarquer.

Déjà Baptiste entraîne les pirates sous les futaies. Je veux suivre Vincenzo quand ma mère me retient par le bras.

— Un instant…

Je pivote vers elle, tressaille devant ses traits et son regard douloureux.

— Valier a largement prouvé sa puissance de manipulation et de perversité, chuchote-t-elle. Je redoute que, pour justifier ses actes, et qui sait te ranger de son côté plutôt que de t'éliminer, il ait inventé une histoire propre à salir ce qu'il pensera être ma mémoire. Voire retourner contre moi les griefs dont on l'accuse.

Instinctivement, je me raidis.

— Comment le pourrait-il ?

Elle soupire, semble inhabituellement bouleversée.

— Le diable prend parfois le visage de la sincérité. Et Valier t'a déjà dupée en se liant à sœur Catterina, en te mêlant à leurs étreintes pour mieux te surveiller. Alors, je t'en conjure, s'il essaie de nouveau, souviens-toi que je n'ai jamais agi que par amour pour toi et pour nous protéger toutes deux. Et que ce sentiment-là continue de m'animer.

Sa paume est venue envelopper ma joue, pourtant cette caresse, tant espérée quand j'étais enfant, me glace. Peut-être parce que le clair de lune libère une lueur métallique dans ses prunelles. Je l'ignore. Mais quelque chose en moi se met en alerte, quelque chose que je ne parviens à dompter. Cela ne doit pas se voir puisqu'elle me sourit.

— Si tu feins de le croire, il fera de toi son invitée. Ce qui serait une aubaine pour nous, comme tu peux t'en douter. Alors, profite de cet avantage. Et tue-le sitôt l'attaque déclenchée.

Je me crispe plus encore.

— Ne préférerais-tu pas plutôt que je le capture ? Pour pouvoir l'interroger sur ses motivations ? Ou simplement venger toi-même la mort d'Umberto ?

Un rictus étrange déforme son visage.

— Ta main ou la mienne, quelle différence ? Tant qu'au petit jour il ne reste plus personne qui m'ait défié. Va, à présent. Vincenzo s'impatiente.

J'acquiesce, me détourne, la poitrine martelée par une sensation que je n'ai plus éprouvée depuis l'abordage d'*El Capitan* et la blessure de Felice. Le sentiment d'être de nouveau une marionnette. Rendue d'autant plus fragile et inconsistante par la présence charismatique de ma mère. Pourquoi près d'elle la Contessa cesse-t-elle de respirer ? Je lance un regard par-dessus mon épaule. Ma mère a disparu. Je frissonne. Suis-je le jouet de ma peur de perdre, avec elle, cette tendresse et ce respect attendus en vain dans mon enfance ? Une reconnaissance de sa part ? Celle que je n'ai réussi à arracher qu'au sein de la Quarantia Criminale, en usant du masque et de la lame ? Faut-il donc que le sang coule pour que le mien irrigue totalement mes veines ? Incapable de répondre, je reporte mon attention sur Vincenzo et les matelots qui me précèdent et j'avance sous les futaies.

Les toitures du village m'apparaissent bientôt dans une trouée.

Vincenzo s'approche de moi.

— C'est le moment, murmure-t-il.

Je tends mes poignets vers la corde qu'il vient de décrocher de sa ceinture, le regarde avec indifférence me les lier solidement.

— Pas trop serré ?

Sa sollicitude me semble aussi déplacée que son sourire contrit. Je relève le menton.

— Au moindre signe de trahison de ta part ou s'ils me sentent en danger, les matelots cisailleront mes liens tout en sifflant pour donner à ma mère le signal du combat. Alors tiens-t'en à nos accords. Le reste est sans importance.

Vexé sans doute, il se renferme, reprend sa marche en tirant un peu trop brusquement sur le chanvre. Les fils s'incrustent dans mes chairs. Tant mieux. Avec la douleur je peux espérer voir renaître la Contessa. Et sa froide détermination, sa lucidité et sa force.

Quand nous nous présentons devant la palissade, je suis prête. J'imagine que des guetteurs nous ont vus grimper la colline sous le clair de lune, car, avant même que Vincenzo n'ait décliné son identité, les deux battants de bois du portail s'écartent. Je baisse le nez pour simuler la dévastation d'une défaite en reconnaissant Alvise Valier de l'autre côté. Ce chien devait trépigner d'impatience puisqu'il s'est précipité à notre rencontre.

— Te voici enfin, forban ! le confirme-t-il à peine sommes-nous entrés.

Je les observe tous deux à la dérobée, serre les mâchoires, le cœur bousculé par le sentiment que tout se joue maintenant dans l'attitude de Vincenzo. Je sens la tension des autres malgré leur allure débonnaire. Leurs mousquets sont chargés, leurs sabres et leurs poignards aiguisés. Que ce chacal nous trahisse et, comme le lui a promis ma mère, il sera le premier à tomber. En est-il convaincu ou a-t-il réellement décidé de se ranger de notre côté ? Il se fend d'une courbette servile avant de serrer la poigne que lui tend Valier.

— Je me suis dit, *signore*, que vous aimeriez une preuve de ma victoire en échange de mon dû.

Un froncement de sourcils, puis Valier approche sa torche de mon front.

— Livia ?

Je redresse le nez, mue par un sursaut de fureur, affronte les flammes qui dansent devant mes yeux.

— Il faudra vous contenter de moi. Mais ce ne serait pas la première fois. Même si celle-ci devrait vous être nettement moins jouissive.

Il marque un temps de surprise puis éclate d'un rire désenchanté.

— Sœur Maria Marina… À moins que vous ne préfériez que je vous appelle « Contessa ».

— Ce que je préférerais ? Vous trancher la gorge et vous regarder vous vider de votre sang. Non, mieux encore, vous émasculer comme Calapelli.

Un rictus navré.

— Mais vous ne pouvez pas…

Pas encore, ruminé-je en silence.

Il se tourne vers l'un des marins de ma mère.

— Ce traitement n'est pas digne d'elle. Détachez-la.

Le matelot s'empresse d'obtempérer. L'instant suivant, Alvise Valier aboie en direction de ses hommes :

— Faites monter de l'eau chaude au premier.

De nouveau, il tend vers moi ce sourire que je voudrais faucher d'un trait de lame.

— Si je ne peux vous offrir le faste de Venezia, au moins pourrez-vous vous rafraîchir.

Je redresse le menton, soutiens son regard sans parvenir à sonder l'étrangeté de l'éclat.

— La crasse ne change pas la couleur du sang. C'est celui de ma mère que je porte sur ces vêtements. Croyez-vous vraiment que j'aurais plaisir à m'en défaire ?

Il pivote d'un bloc vers Vincenzo.

— Le confirmez-vous ?

— Oui, *signore*. Livia Morosini a péri pendant l'abordage. Quant à Felice Dumas, il a été sévèrement blessé par la canonnade.

Valier émet un sifflement dont je ne parviens à déterminer s'il traduit l'étonnement ou la satisfaction.

— Bigre, me renseigne-t-il, le front plissé en adoptant finalement un air ennuyé. Je ne m'attendais pas à cela. Je vous présente mes condoléances.

— Vous ne me ferez pas croire que la mort de ma mère ne vous agrée…

— Sa mort, si, mais point le chagrin que vous pourriez en éprouver. Croyez-le si vous le voulez, mais la première lettre que je vous ai adressée était sincère et l'est toujours. Je n'ai pas seulement de l'admiration pour vous, très chère, mais du respect et de l'affection. Bien plus profonde que celle dont j'ai dû faire preuve à l'égard de votre amie Catterina.

Devant ma surprise, il arrondit son bras pour m'inviter à y glisser le mien.

— Venez. Même si les évidences sont contre moi, je vous l'assure, je n'ai jamais souhaité vous faire le moindre mal. Je n'ai voulu qu'empêcher votre mère de me nuire.

Je me trouble. Seraient-ce les prémices de ce jeu que redoutait ma mère ? Je me précipite dans la brèche.

— Est-ce à dire que je ne suis pas votre prisonnière ?

Il prend un air courroucé dont je ne saurais déterminer le degré de rouerie.

— Évidemment. Mais compte tenu des circonstances, vous permettrez que, tout en faisant de vous mon invitée, j'attache à vos pas l'un de mes hommes sitôt que je vous aurai quittée.

C'est à mon tour de me fendre d'un petit rire narquois.

— Vous faites bien, en effet. Car soyez certain que je ne manquerai pas de vous retrouver. Où que vous alliez.

Sur ce, m'attachant à son coude et précédée d'un porteur de flambeau au milieu d'un large espace bordé par une dizaine de bâtiments éclairés de *cesendeli*[1], j'avance en direction du fortin de brique rouge comme s'il s'agissait d'un des palais de Venezia.

---

1. Lanternes pouvant être accrochées aux façades des habitations.

54.

Je m'attendais, en entrant dans cette bâtisse érigée selon ma mère par des pirates au siècle dernier, à un intérieur des plus sommaires et rustiques. Je suis d'autant plus stupéfaite par la débauche de tapis d'Orient couvrant le sol de planches cirées, par les meubles vénitiens en loupe d'orme et ferrures dorées, les divans épais, les riches tentures de brocart encadrant les ouvertures ainsi que les toiles de maître accrochées aux murs de torchis, dont une aquarelle sur laquelle je reconnais la signature artistique de Rosalba Carriera[1]. Il doit dater de quelques années déjà puisque la vieille femme est désormais aveugle. Un lustre à pampilles éclaire l'ensemble, raffiné, du doux éclat d'une vingtaine de bougies.

L'œil amusé du notaire s'empare de ma surprise.

— M'imaginiez-vous vivant comme un sauvage ?

Je me fends de nouveau d'un rictus narquois.

— Ne faut-il pas l'être pour égorger dans leur cage huit enfants effrayés ?

Il me répond d'un rire forcé.

---

1. 1675-1757, artiste peintre célèbre pour ses pastels.

— Vous devriez plutôt demander à votre mère ce qu'elle pense de cela.

Je fronce les sourcils.

— Je doute qu'elle ait eu le temps de se vanter de ses exploits. Et il serait de mauvais goût de salir sa mémoire quand je ne peux lui offrir désormais le moyen de s'expliquer elle-même sur les raisons de ma présence ici.

— Ce serait surtout inutile. Je sais que vous êtes en quête du trésor révélé par le cartulaire byzantin.

Il me fait face, les traits figés sur une expression de dégoût.

— Ce serait donc mon dessein ?

— Un dessein au service de votre vengeance si vous pensez que ma mère est responsable de la mort de Celestina Scapet, seule capable d'adoucir les désagréments de votre maladie.

Il secoue la tête d'un air navré, me désigne l'escalier qui grimpe à l'étage.

— Par ici, je vous prie.

Je le précède, aboutis sur un palier desservant un couloir flanqué de quatre portes. Un serviteur est posté devant la seconde. Il m'ouvre, s'écarte pour me laisser entrer.

La chambre est à l'image de ce que je viens de découvrir au rez-de-chaussée. Lit à baldaquin drapé de moustiquaires, matelas et coussins épais, coiffeuse garnie d'autant de fards que de peignes d'argent et de corne. Une baignoire est posée dans un angle, près d'un paravent replié. Partout semble rayonner le raffinement vénitien. De toute évidence, une femme a vécu ici. Une intuition m'agrippe, la certitude que cet endroit renferme des échos de mon passé.

Alertée, le souvenir des avertissements de ma mère en mémoire, je pivote vers don Alvise.

Perçoit-il mon trouble ? Je le vois bomber le torse comme un de ces joueurs de casino face à une main gagnante.

— Sachez que je suis guéri de mes convulsions enfantines depuis bien longtemps et que, si Celestina Scapet est morte, c'est par choix, pour protéger le secret de mon identité actuelle que votre mère risquait, tôt ou tard, de lui arracher. Si j'ai fait de cette maison ma résidence, elle appartenait autrefois à cette femme…

Il me désigne un portrait sur le mur, portrait sur lequel je ne m'étais pas arrêtée, mais dans lequel, subitement, je retrouve mes propres traits et une sensation étrange de déjà-vu. Ma gorge se serre.

— Ma chère, je vous présente, si vous ne la reconnaissez pas, Antonia Morosini, votre grand-mère… et la mienne.

Ma mère a beau m'avoir prévenue qu'il tenterait de me déstabiliser, j'ai l'impression que l'on me fauche les jambes.

— Que dites-vous ?

Il jubile. Je le lis sur ses traits.

— Que je suis votre cousin. Fils de Mario, le frère de votre mère et d'Emma, la sœur de Celestina Scapet, celle que tous ici nommaient « la sorcière ».

Je m'accroche au montant du lit tout autant qu'à mes certitudes passées. S'il ment, c'est habile. Très habile.

Je bredouille :

— Je n'ai jamais eu connaissance d'un oncle.

— Peut-être, ma chère, parce que Livia l'a assassiné, en même temps que ma propre mère, ici même, dans cette pièce où nous nous trouvons. J'ignore ce qu'elle vous a raconté pendant le peu de temps qu'ont duré vos retrouvailles, mais sachez une chose : je suis ici chez moi, quand depuis des années, à cause de ce crime, Livia en a été chassée. C'est elle qui veut me reprendre ce trésor que Celestina Scapet et, avant elle, Antonia Morosini, notre grand-mère commune, m'a légué quelques jours avant de succomber de chagrin en vous pensant périe par les flammes. Je dois au courage et à l'amour de ces deux femmes d'avoir été emporté à ma naissance loin de l'égoïsme cupide et meurtrier de votre mère. Mais surtout d'avoir appris la vérité et récupéré ce qui me revenait. Et au cas où vous en douteriez, j'ai en ma possession, ici, tous les documents qui le prouvent.

Alors que, sans voix, je me laisse choir sur le lit, un valet apparaît et glisse quelques mots à l'oreille de don Alvise.

— Bonne nouvelle, très chère ! commente-t-il sitôt que le *sofragi*[1] s'est retiré, les matelots de votre mère, qui vous ont escortée, ont tous été silencieusement éliminés par mes hommes.

Je porte sur lui un regard perdu.

— J'ai tout de suite su que Vincenzo mentait et qu'il était menacé quand il m'a donné du *signore* puis a évoqué ce que je lui devais. Car, voyez-vous, en réalité, je l'ai tiré d'un mauvais pas lorsqu'il était enfant. Depuis, nous sommes comme des frères. À présent que vous voici

1. Serviteur.

tous deux en sécurité, il ne me reste plus qu'à m'occuper de Livia. Parce que, bien évidemment, elle est vivante, n'est-ce pas ?

J'acquiesce, fauchée autant par ces révélations que par l'évidence d'avoir une fois de plus été manipulée. Mais par qui ? Ma mère ? ou ce diable ?

Un mouvement dans son dos annonce deux porteurs d'eau. Il s'écarte pour les laisser entrer, vider les seaux fumants dans le baquet.

— Comme je vous l'ai dit, je ne vous veux aucun mal. Tout au contraire. Vous avez souffert bien plus que moi de la cruauté de votre mère. Il est temps pour vous aussi d'en être guérie. Vraiment. Rejoignez-moi en bas quand vous serez prête. Mais ne tardez pas. D'après Vincenzo nous n'avons que deux heures pour nous préparer.

Les serviteurs sortis, il se fend d'une courbette et s'efface. En me laissant seule avec mon désarroi.

55.

Je m'immerge dans l'eau avec l'envie de disparaître, de m'y noyer. J'ai l'esprit en ébullition. Des images s'y bousculent à une vitesse folle sans que je parvienne à m'arrêter sur aucune. Mes pensées semblent capturer des semblants de réponses, de doutes, d'interrogations, mais rien dans ce chaos ne me permet de discerner la vérité du mensonge. Je demeure sous la surface, les traits figés sur une douleur inconnue, irréelle, absurde, jusqu'à ce que, privée trop longtemps d'air, je doive à mon instinct de survie de m'en arracher.

Un étau m'enserre les tempes, la poitrine. Si je refuse de croire Alvise Valier avant d'avoir vu les documents qui authentifient son héritage et sa lignée, un fait est réel : ma grand-mère a vécu dans ce fortin, son portrait face à moi sur le mur le confirme. J'y reconnais la signature de Rosalba Carriera, ce qui me permet d'imaginer que l'aquarelle que j'ai vue au rez-de-chaussée a été commandée à la même époque que celle-ci. Et puis il y a cette sensation, fugace, cette certitude d'être déjà entrée dans cette chambre, d'être déjà venue ici.

Je sors du bain avec l'impression que, de nouveau, l'on m'a arraché mon enfance. Une part de moi, fragile, se souvient de ma grand-mère, de sa main tenant la mienne, minuscule. Et d'une porte qui s'ouvre sur une petite silhouette aux cheveux d'un noir de jais, au regard perçant et cependant empli de lumière. De ces mots, chantant, entre des lèvres fines, carminées : *Ma te si cressù, picola mia*[1] *!* et de deux bras qui me soulèvent de terre sans que je me sente en danger. Était-ce Celestina ? Je ne sais pas. Je ne sais plus.

Je me sèche, enroule le linge autour de mon corps nu, puis m'en vais écarter les tentures tirées devant la fenêtre. En contrebas, des hommes s'agitent à la lueur conjointe des flambeaux et de la lune. Je les devine se préparant à contrer ma mère. J'aperçois Vincenzo un peu plus loin, près d'un enclos de chèvres, discutant avec don Alvise et un homme dont la silhouette, de dos, me semble familière. Troublée, je patiente jusqu'à ce que celle-ci se tourne, ramenée vers la bâtisse par le mouvement, commun, de Vincenzo et don Alvise.

Luigi...

Ne devrait-il pas se trouver de l'autre côté de l'enclos, plaçant les charges que Baptiste a réparties entre les marins ? Mon cœur s'affole. Non seulement il avance librement, mais son sabre, son mousquet et son poignard sont à sa ceinture. Que diable signifie ?

Pressée d'obtenir des réponses, je me dirige vers le portant sur lequel des vêtements masculins semblent m'attendre. Je m'empare d'une chemise, d'un *braghe* puis d'un court *farsetto*, les enfile. La tenue est à peine trop grande pour moi.

1. Mais que tu as grandi, ma poupette !

Elle irait à ma mère.

Je me fige sur cette pensée subite. Et de nouveau un doute m'assaille. Après ma grand-mère, qui sinon Livia a pu habiter ces lieux ? Je me précipite sur la coiffeuse, retourne le manche en argent d'une brosse à cheveux. Un *L* et un *M* entrelacés. Le poudrier porte les mêmes initiales. Le flacon de parfum aussi. J'actionne la poire de celui-ci. Aussitôt un parfum de rose musquée me saute aux narines.

Un vertige me saisit. L'image que ces effluves viennent de ramener devant mes yeux n'est pas celle de la cabine du bateau dans laquelle je me suis éveillée, mais celle de la chambre de don Umberto, juste avant que je ne le découvre la gorge tranchée. Presque aussitôt s'y superpose celle du cabinet de Teresa Campanino après son assassinat. Au même moment, les paroles de don Umberto, m'implorant de ne pas sous-estimer la perversité d'El Capitan, me fouettent avec violence.

Je dois m'adosser au mur, les jambes tremblantes, le cœur submergé d'un doute effroyable.

Non... Ce n'est pas possible... Elle était attachée à eux. Elle n'aurait pas...

Ma mémoire a-t-elle décidé de me prouver le contraire ? Je revois soudain ma mère en plein abordage, bondir sur un rouleau de cordage, pivoter en plein vol, sectionner d'un coup de sabre la gorge de son adversaire, retomber sur ses pieds, enjamber le corps tressautant, et chercher aussitôt la lame d'un autre assaillant. Tuer est un besoin pour elle. Quand j'ai dû en accepter la nécessité.

Le monstre n'est pas Alvise Valier, c'est elle, hurle en moi la petite fille retrouvant sa froideur, son refus de tendresse, la sécheresse de son ton devant mes larmes quand elle m'a abandonnée à ma marraine.

Le monstre n'est pas Alvise Valier. C'est elle. Mais pourquoi ?

Je fonce sur la porte, l'ouvre à la volée, cours dans le couloir, indifférente à mes boucles longues et trempées qui cascadent sur mes épaules. Les voix d'Alvise et de Luigi remontent de l'escalier. Je m'arrête sur le palier en les voyant tous trois avec Vincenzo lever les yeux vers moi.

Je n'ai qu'un cri. Un cri éploré.

— Est-ce ma mère, est-ce Livia qui a égorgé les enfants prisonniers de Calapelli ? Puis don Umberto et Teresa Campanino ?

Je m'attends à ce que don Alvise réponde. Mais c'est Luigi qui s'avance vers les marches, le visage douloureux.

— Tout comme, hélas, la diablesse s'est servie de vous, Contessa.

Sa main se tend. Emportée par une douleur sans nom, je dévale les degrés et me jette dans ses bras.

56.

Quelques minutes plus tard, ma chevelure ramenée en queue-de-cheval par l'empressement d'un valet soucieux de mon rang, je suis assise sous le regard conjoint de Luigi et don Alvise, installés face à moi. Sur une table basse en marbre d'Istrie, une bouteille de grappa dont j'ai déjà vidé la moitié repose près de leurs verres. Le mien est toujours entre mes doigts. Comme chaque fois que j'en ai eu besoin, l'alcool a fait son effet. Je suis plus calme, en mesure d'entendre les explications que je leur ai réclamées après le départ de Vincenzo.

Je m'enfonce dans l'épaisseur duveteuse des coussins, soutiens l'œil triste de Luigi et soupire :

— Je vous écoute, messieurs.

Don Alvise me tend alors une lettre sur laquelle est inscrit d'un élégant mouvement de plume : *Aveux et testament de don Umberto Delacuista, secrétaire honoraire de la chancellerie, en Venezia, ce 26 mai 1756. À l'attention de sœur Maria Marina Morosini, du couvent Santa Maria degli Angeli, Muran.*

Je l'effleure sans l'ouvrir.

— La vérité que vous cherchez, commence don Alvise, se trouve là-dedans. Mais ce ne sont désormais que des détails.

Je ne suis plus certaine de vouloir entendre ce qui va suivre, mais il est trop tard pour reculer.

— Vous connaissez l'histoire du cartulaire et du trésor de cette île, poursuit-il, ainsi que le crime odieux que Livia a commis pour en écarter mon père et ma mère. Mais vous ignorez ce qui fait la valeur de ce trésor à ses yeux.

— Le crâne de cristal, je suppose ?

— Plus exactement son pouvoir, ma chère. C'est un objet unique, d'une facture presque surnaturelle, capable de lire en les êtres et de leur offrir ce qu'ils désirent le plus. C'est la fascination de votre mère pour lui qui l'a conduite à toutes les extrémités.

— Quand Felice a quitté Venezia pour Florence il y a maintenant vingt-deux mois, ni lui ni moi, je vous le jure, Contessa, ne savions le dessein machiavélique que votre mère poursuivait, soupire Luigi.

— Quel dessein ? demandé-je, même si, au fond de moi, je le connais déjà.

— Obliger la Contessa à me débusquer en vous faisant croire que j'étais le dernier des assassins de votre marraine, rétorque don Alvise en nous resservant un verre de grappa.

D'un mouvement de son menton glabre, il désigne le testament du vieil homme que je pétris d'une main nerveuse.

— J'ai réclamé ces aveux à don Umberto il y a quelques jours, quand j'ai compris que Livia vous éliminerait sans le moindre scrupule après m'avoir atteint…

Je sursaute, le forçant à ajouter devant mes sourcils froncés, ma pâleur soudaine :

— C'est douloureux à entendre, j'en conviens, très chère, mais voyez-vous, elle n'a trouvé que vous pour remonter jusqu'à moi. Tout en sachant que cela vous ferait découvrir ce dont, hélas, elle est capable. Je pense que cette image d'elle, totalement assumée sur le pont d'un navire, lui est insupportable en société. Alors, auprès des siens ! Je suis convaincu que c'est ce qui l'a empêchée de revenir à Venezia et de reprendre son rang une fois que le maître verrier a été éliminé. Elle était déjà allée trop loin dans la cruauté et le dégoût, inconscient, d'elle-même.

Je serre les poings.

— Cela correspondrait bien en effet à sa nature orgueilleuse. Et participe probablement à son charisme morbide.

Luigi hoche la tête et, un bref instant, je le soupçonne d'avoir été fasciné par elle avant de s'en méfier. Ne l'a-t-il pas jugée impressionnante à mes côtés pendant l'abordage ?

— J'avoue, honteusement, que je ne pensais pas qu'elle punirait son ancien amant par le fil de sa lame, continue le notaire. Ni même qu'elle irait jusqu'à assassiner Teresa Campanino. J'aurais pourtant dû l'anticiper puisque, selon l'aveu du vieil homme, la mère supérieure de votre couvent avait entendu en confession le meurtre de mes parents.

Comment, face à de si effroyables crimes, puis-je encore m'étonner qu'elle ait sacrifié Felice, portant son nom sur les registres de Calapelli afin de se couvrir pour le cas où je remonterai jusqu'à El Capitan !

Une colère sourde bat désormais à mes tempes. Je grince, les poings serrés :

— Qui m'a assommée au bas des marches du passage secret des Pisani ?

— Baptiste, me répond Luigi en me resservant un verre, prouvant une fois de plus qu'il me connaît bien.

L'alcool me brûle la trachée, mais moins que l'amertume.

— Vous m'en voyez navré, très chère, s'excuse don Alvise. En arrosant cette lettre de laudanum, j'espérais vous écarter, ce soir-là, tandis que j'entraînais votre mère à ma poursuite.

Ma main s'envole. Désabusée.

— Je ne vous en veux pas de la fragilité de votre plan. J'imagine que la rapidité et la violence avec lesquelles ma mère a réagi après avoir appris qu'Umberto l'avait trahie ne vous ont guère laissé d'autre choix que d'improviser.

Un sourire navré.

— Livia et Luigi sur mes talons, j'ai quitté le palais par un autre accès, convaincu que ni vous, endormie dans l'alcôve, ni Felice ne seriez à bord de son navire. Je n'aurais jamais demandé à Vincenzo de le canonner, sinon.

— Je m'en doute.

— Dès le lendemain matin de l'assassinat de don Umberto, reprend don Alvise, je me suis rendu à la

Ca'Baletti et j'ai soumis à Felice le double du testament, ainsi que les preuves du détournement d'*El Capitan* à des fins immondes par votre mère. C'est lui qui, en retour, m'a annoncé qu'elle se préparait à me reprendre l'île. Il ne devait pas participer à l'attaque. Elle l'en avait écarté, peut-être pour qu'il finisse aux Plombs ou au fond de la lagune à sa place, je ne sais.

Luigi se lève, glisse jusqu'à la fenêtre. Un regard à l'extérieur, en direction d'une lanterne mouvante, puis il se tourne vers moi, le front marqué d'une ride navrée.

— Elle a dû suspecter que Felice avait découvert la vérité en le voyant vous entraîner dans le souterrain de la Ca'Pisani pour vous faire quitter le palais. Il escomptait tout vous révéler une fois que vous auriez été en sécurité, mais un embranchement vous a éloignés l'un de l'autre. Le temps qu'il vous retrouve, vous titubiez devant la *porta d'acqua* que gardait Baptiste et j'arrivais dans le sillage de votre mère, où elle me maintenait depuis que ma condition de défunt m'avait avalé. Baptiste a prétendu que c'était don Alvise qui vous avait assommée avant de prendre la fuite. Je l'ai cru. Pas Felice. Il s'est empressé d'imposer sa présence à bord à votre mère, en arguant du fait que vous vous sentiriez plus en confiance si nous étions près de vous quand vous reprendriez connaissance.

— *Che bagascia*[1] *!* fulminé-je avec l'envie de lui percer les tripes. À quel moment avez-vous réussi à lui enlever *El Capitan*, *signor* Valier ?

1. Terme argotique vénitien désignant une femme de mauvaise réputation, une prostituée ou une femme considérée comme perfide. C'était une insulte courante à l'époque.

— Pendant qu'elle me recherchait à Venezia.

— Pourquoi ne pas m'avoir avertie de la duplicité de ma mère quand tu es venu me rejoindre avant l'abordage d'*El Capitan* ? demandé-je à Luigi.

— Parce qu'à ce moment-là, je l'ignorais. Felice m'a appris la vérité pendant que je tentais de le dégager de dessous la poutre. Il y a épuisé ses dernières forces. Après Livia ne m'a plus permis de vous approcher. Et elle escomptait bien que je ne le pourrais jamais, car, alors que je cherchais un endroit pour m'infiltrer dans le camp, profitant du fait qu'elle nous avait dispersés autour de la palissade avec les charges, un de ses hommes s'est jeté sur moi pour me tuer. Il ne devait pas s'attendre à ma méfiance. Il l'a payé de sa vie. Quoi qu'il en soit, je ne pouvais prendre le risque que vous doutiez des paroles de don Alvise. Il fallait aussi que je le prévienne : Livia attend le bruit de l'explosion du fortin pour venir achever les survivants.

La rage me dresse d'un bloc.

— Et maintenant ?

Alvise Valier se fend d'un sourire narquois.

— Je compte bien offrir à votre mère ce qu'elle attend. Un joli feu d'artifice. Mais rassurez-vous, nous en serons loin. Si, bien entendu, sœur Maria Marina, vous le voulez bien.

57.

Si je le veux ? *Cazzo divino ! Che me mare can femena la brusa in inferno*[1] *!* Je compte bien l'y envoyer moi-même ! Après lui avoir fourragé le ventre de mon poignard bien affûté pour en extraire les moindres stigmates de ma grossesse. Qu'elle sache, avant d'expirer, mes yeux dans les siens, que je refuse de la reconnaître pour mère ! Au moins autant qu'elle a refusé de m'accepter pour fille !

Et, comme si cela ne suffisait pas, je crache à mes pieds, dans la boue dont les dernières pluies ont empli les ornières du chemin. Servie par le jeu de la torche que promène Luigi, une fureur démoniaque doit se lire sur mes traits, car la soldatesque de don Alvise se signe sur mon passage. Tant mieux ! Qu'ils tremblent tous ! Eux compris ! Car je ne suis plus sœur Maria Marina Morosini. Et ne le redeviendrai pas. Ce que je viens d'apprendre, au travers de cet échange, de la lecture des confessions de don Umberto, a ressuscité la Contessa dans ce qu'elle possédait de plus violent, de plus intransigeant,

1. « Putain de Madone ! Que ma chienne de mère brûle en enfer ! » en vénitien.

de plus impitoyable. Mes cicatrices n'ont pas eu besoin que je les frotte pour s'embraser, pour me nourrir d'une douleur dont la guérison, cette fois, ne me viendra que de la confrontation avec Livia.

Alors je marche vers cette cabane de planches située à l'extrême-nord de l'enceinte du fortin. Don Alvise avance au même rythme que Luigi et moi, tandis qu'autour de nous l'on s'agite en silence pour installer les dernières charges d'explosif saisies sous les manteaux des hommes que Livia m'avait donnés pour escorte.

Ah, elle va l'avoir, son feu d'artifice ! *Bagascia ! Carriòn*[1] *!*

Je croise le regard de Luigi. Il brûle d'une même ardeur qu'autrefois, quand il mouvait sa gondole sur l'eau moirée de la lagune, le long des canaux, pour me conduire à l'une de mes cibles. Admiration et complicité se mêlent à une hargne semblable à la mienne. D'une inclinaison de tête, je lui confirme que je suis prête. Plus, mieux que je ne l'ai jamais été. Il me répond par un sourire avant de reporter son attention sur Vincenzo, debout sur le seuil de la cabane vers laquelle il nous a précédés.

— Contessa, m'accueille cet homme à l'œil et au visage tuméfiés par Baptiste non dans l'espoir de le faire parler comme l'a prétendu Livia, mais pour le dissuader de remettre en question ce qu'elle allait me raconter.

Je lis du respect dans sa voix. J'apprécie. Qui, maintenant, m'aurait regardée en victime aurait fini sous ma lame. C'est la seule chose que je serais incapable de

1. « Charogne ! » en vénitien.

supporter. Le moindre semblant de pitié ou de compassion à mon égard.

J'entre dans une pièce unique, ronde, au centre de laquelle un trou creusé dans la terre dévoile le départ d'une échelle.

— Je n'étais pas installé sur cette île depuis plus de huit jours que le crâne m'appelait, m'a confié don Alvise quelques minutes plus tôt. C'est lui qui m'a guidé, me disant où commencer à creuser, jusqu'à quelle profondeur et dans quelle direction ensuite. À aucun moment je n'ai craint que ce tunnel s'effondre sur moi ou sur mes hommes. J'étais protégé.

Je sais donc où nous allons. Dans la grotte au trésor. Elle n'est pas loin, nous pourrons y attendre en toute sécurité que les explosions aient cessé, puis revenir en force, avec les hommes de don Alvise qui ne vont pas tarder à nous rejoindre, pour surprendre Livia et sa modeste escouade dans les décombres.

Luigi troque sa torche contre une lanterne, s'agenouille près de l'orifice, se penche autant qu'il le peut et la tend à Vincenzo une fois que celui-ci a touché le fond de ce qui m'a été décrit comme un premier palier, assez large pour héberger six hommes. Trois autres suivent avant que le souterrain ne débute réellement.

Je vois don Alvise se fendre d'une courbette en direction des degrés de fortune.

— Après vous, très chère, me dit-il d'un ton badin.

L'espace d'un instant, je le revois, promenant une main libidineuse sur mes hanches, guidée par celle de Catterina. Et mon rire, un rire dément, abrupt, explose sous les planches.

Pendant qu'avec Luigi, ils me fixent, interloqués, je descends vers ces profondeurs obscures mais libératrices, en me disant que ce temps-là, de stupre sous les ors de la Sérénissime, est bel et bien terminé.

Quoi qu'il arrive.

58.

Même si c'est la première fois que je me déplace sous terre, je n'ai pas le sentiment de manquer d'air. Peut-être parce que la rancœur gonfle mes poumons au rythme des battements coléreux de mon cœur. C'est évidemment stupide. Plus je le sollicite, plus je réduis ma capacité à respirer. Un instant, je me demande si je ne vais pas m'effondrer avant d'atteindre la grotte, le souffle si court et rare qu'il me sera impossible de le retrouver. C'est fugitif. Je n'en garde qu'une volonté farouche de punir ma mère. Mais si nous devons marcher encore, mieux vaudrait que je me calme. Je me concentre sur le parfum d'humus qui nous enveloppe, espérant détourner ainsi mon envie, de plus en plus impérieuse, de pourfendre Livia. Puis, lorsque cela ne suffit plus, sur le bruit. Le sol de terre cède place par moments à des plaques de roche sur lesquelles nos semelles claquent comme des coups de fouet. L'écho s'envole, rebondit, nous enveloppe, nous précède. Étrangement, chacune de ses vibrations me renforce quand je devrai vaciller.

Brusquement, je m'immobilise.

— Avez-vous entendu ? demandé-je, surprise.

Vincenzo s'est tourné vers moi, tend l'oreille, nie d'un mouvement de tête. Je pivote vers Luigi. Il me répond d'un haussement d'épaules navré. Don Alvise, qui ferme la marche, sourit, lui.

— Ce que vous percevez, cette vibration discrète qui résonne dans tout votre être et augmente votre vitalité, c'est le chant du crâne de cristal, répond-il à mon interrogation muette. Cela fait quelques minutes que je vous observe, que je vois ses effets grandissants sur votre port, votre maintien, votre allure. J'attendais pour vous en parler que vous ne l'ayez pas seulement capté, mais écouté aussi.

Je suis troublée.

— Je ne comprends pas. N'était-ce pas un privilège accordé aux seuls membres de la famille Scapet ?

Il rit délicatement et je m'aperçois que ses traits ont changé, qu'ils sont plus harmonieux, que sa peau est plus éclatante aussi. Un effet de la lumière, je présume. Je ne crois pas à la magie. J'ai été bercée par trop d'illusions.

— Je ne pense pas que ce soit une question de lignée. Je suis persuadé, depuis que j'étudie cet objet, qu'il a une âme propre, qu'il choisit à qui il veut s'adresser.

Un sourire m'échappe.

— Vous vous moquez, n'est-ce pas ?

— Vous en jugerez par vous-même, nous ne sommes plus très loin à présent.

D'un geste, il m'invite à avancer. J'y souscris, pressée d'aller à la rencontre de ce crâne. Quelques pas plus loin, il me semble qu'on me tire par les mains, les vêtements, les cheveux pour me forcer à aller plus vite encore. Que ma peau grésille, partout sauf à l'endroit de mes cicatrices. Je frotte mes bras, machinalement, pour me défaire de cette sensation.

C'est alors que je l'entends. Vraiment.

« Ne lutte pas. C'est inutile. Cela fait des années que je t'attends. Que je prépare ta guérison. »

J'ai l'impression de me figer et pourtant je continue à trotter derrière Vincenzo, l'œil dans le halo de la lanterne qu'il promène.

« Quelle guérison ? Si elle doit m'interdire de châtier Livia, tu peux la garder ! », vociféré-je intérieurement.

« Je ne soigne que ce qui nécessite d'être soigné. »

Je me renfrogne. Parce que, de toute évidence, l'âme emprisonnée dans cet objet est loin d'être omnisciente. Que m'importent mes blessures, visibles ou invisibles ? Les seules que je voudrais pouvoir refermer, ce sont celles de Felice, ces blessures qui le rendent vulnérable sur le navire.

Un vent de panique me balaie. Cette fois, refusant que le pouvoir du crâne contrôle mes gestes ou ma volonté, je pivote d'un bloc.

— Felice… elle va tuer Felice, bredouillé-je.

Je vois Luigi blêmir. Don Alvise demeurer d'un calme désarmant. J'insiste.

— Une fois que les derniers de vos hommes à rester au campement auront déclenché l'explosion, qu'elle nous croira morts tous deux, que lui importera de fouiller elle-même les décombres ? Non, elle retournera sur *El Capitan* et elle exécutera Felice.

— Oui, me répond-il simplement. Cela vous donne une raison supplémentaire pour céder à l'appel du crâne, sœur Maria Marina, et avancer.

— Uniquement si vous m'assurez qu'il y a une autre sortie à cette grotte. Que je vais pouvoir la quitter et tenter de sauver Felice.

— Il y a une autre sortie à cette grotte. Nous allons pouvoir la quitter et sauver Felice.

Ment-il pour me protéger, comme il s'y emploie depuis des mois ?

— Vous ignoriez qu'il était sur le navire, comment auriez-vous pu anticiper qu'il serait blessé ?

De nouveau ce sourire. Destiné à m'apaiser. Mais je n'ai pas envie de l'être. Pas envie non plus, alors que mon cœur n'en finit plus de se racornir, d'autoriser le crâne à me guérir de ma peur de perdre Felice.

— Et vous n'auriez pas eu besoin de creuser ce tunnel s'il y avait un autre accès, souligné-je, certaine, au regard angoissé de Luigi, qu'il est prêt, comme moi, à rebrousser chemin et à filer par la forêt jusqu'à la première barque.

— Je vous demande de continuer à me faire confiance. Si votre mère ne vous a pas parlé de ce passage, c'est qu'elle ne s'est jamais baignée dans le petit lac qu'abrite la grotte. Moi je l'ai fait.

— Et… ? réclamé-je en me contractant de toutes mes forces pour contrer l'appel, de plus en plus impérieux, du crâne.

— C'est un lac salé. Il est alimenté par un boyau souterrain qui ressort à quelques brasses seulement de la côte est de l'île. Une barque nous attend à proximité, ses rameurs prêts à nous conduire sur *El Capitan*. Vous avez raison sur ce point, je ne pouvais pas savoir que

Felice serait à son bord, mais j'en ai été averti quand il a été blessé.

Luigi sursaute.

— Par le crâne ?

Don Alvise acquiesce, me coule un regard suppliant.

— C'est ainsi, par votre angoisse qu'il m'a retransmise, que j'ai compris que vous étiez, vous aussi, reliée à cet objet. De grâce, sœur Maria Marina. Acceptez ce qu'il vous offre. Avançons… Nous y sommes presque. Une centaine de pas, à peine.

Convaincue, cette fois, je pivote. J'enlève la lanterne des mains de Vincenzo. Je m'élance. Enveloppée d'une vibration étrange, presque céleste, je m'entends à peine crier par-dessus mon épaule :

— Si vous m'appelez une fois de plus « sœur Maria Marina », je vous noie dans ce lac, Alvise. Avec ou sans l'approbation de votre protecteur de cristal !

59.

Je suis à peine entrée dans l'immense grotte peuplée de concrétions vertigineuses, de coffres et de jarres vides, que l'éclat du crâne de cristal me transperce. J'ignore d'où provient la lumière qui le nimbe. Elle semble couler du plafond, comme si un rayon de lune avait réussi à s'infiltrer jusqu'aux entrailles de la montagne et à lui communiquer son opalescence. Tout mon être ne tend que vers lui, vers cette insidieuse question au fur et à mesure que j'avance et en apprécie réellement la beauté, la puissance : pourquoi Livia s'en est-elle privée ?

Cela m'incite à m'en méfier plus encore. Je ne peux oublier que c'est la convoitise de cet objet, l'appel de son pouvoir qui ont bouleversé Livia, qui en ont fait déjà bien avant ma naissance un monstre calculateur et meurtrier.

Tandis que je m'en approche, le petit lac évoqué par don Alvise émerge en arrière-plan, saphir enchâssé dans une roche pourpre. Le rayonnement du cristal en éclaircit la surface comme les rais d'un soleil transperçant des nuages au-dessus de l'océan. Mon instinct voudrait que j'y plonge sans attendre, cependant je m'immobilise devant l'artefact improbable.

Il ressemble à s'y méprendre à un crâne humain, mais sa surface polie, sans la moindre aspérité, sa limpidité, la perfection de sa denture et jusqu'à l'articulation de sa mâchoire, témoignent d'une prouesse artistique défiant l'entendement. J'ignore s'il possède réellement une âme ainsi que veut le croire don Alvise ou s'il n'est qu'un relais permettant à celle des défunts de communiquer avec les vivants, mais sa présence est incontestable, si puissante que je suis saisie d'un vertige.

Ma main cherche un appui. Mon souffle, raréfié et glacé, cet air que j'ai trouvé sans peine tout au long du tunnel.

J'entends les pas pressés des autres derrière moi, le cri angoissé de don Alvise.

— Ne le touchez pas !

Trop tard.

Mes doigts se sont refermés dessus, s'y agrippent. Et je me sens soudée à lui, bousculée dans ma chair, comme transpercée par des milliers d'éclairs de lumière pourtant à peine plus chauds qu'un rayon de soleil, plus mordants que la pluie. C'est au moment où une vibration s'empare de mes cicatrices que je prends soudain conscience que le crâne a choisi de m'en soulager.

Qu'il m'a attirée à lui pour cela.

Je devrais m'en réjouir.

À l'inverse, cette idée m'est si insupportable qu'elle me libère de son contact, me fait reculer, presque buter contre Luigi et vociférer :

— Je t'interdis ! Je t'interdis de me voler mon identité ! Ma véritable identité !

« La souffrance ne te définit pas », entends-je en retour.

Cela ne fait qu'accroître ma colère. Je défie du regard ces orbites creuses, traversées par une lumière presque aveuglante qui continue de tomber de nulle part.

— Qui es-tu pour en juger ?

« Un écho de ta voix intérieure. »

Je ricane.

« La Contessa n'est pas l'enfant que j'ai connue, joyeuse et bienveillante. Permets à celle-ci de revenir en toi, d'exister à nouveau. »

— Va au diable ! rétorqué-je. Je n'ai plus besoin d'elle et encore moins de toi pour accomplir ce que je me dois !

J'entends claquer ma voix sous la roche, mesure à sa violence l'étendue de ma détermination et à travers elle le poids du fardeau que j'ai porté tout au long de ces vingt dernières années. Ce fardeau dont Felice a adouci les morsures. Ce fardeau qui a fait notre complicité et dont son amour me protège, m'aide à exister. Prendre le temps de m'en défaire, c'est accepter que je puisse arriver trop tard, que je sois capable de vivre sans lui demain. Ce serait faire le deuil de lui en même temps que de mon identité.

Je ne peux pas.

Je pivote vers les trois hommes.

— Tout va bien ? s'inquiète Alvise, livide, comme s'il avait craint que la puissance du crâne sous ma paume ne me foudroie.

Elle n'a eu pour effet que d'accroître ma rage.

Je grince :

— Je n'attendrai pas davantage. Si ce maudit crâne veut sauver mon âme, qu'il commence par protéger et guérir Felice. Ensuite on verra !

Sur ce, les contraignant à me suivre, je cours me jeter dans le lac.

60.

Alvise a plongé en même temps que moi. Il saisit ma main, m'entraîne, Luigi et Vincenzo dans notre sillage, loin sous la surface. Jusqu'à ce que l'éclat du crâne s'estompe, que la transparence de l'onde s'efface dans l'obscurité. Un courant violent me percute, nous détache. Durant quelques secondes, perdue, cherchant sa présence, je panique. Puis, de nouveau, je suis emportée, propulsée au travers d'un passage dans la roche à peine plus large que moi. Mes poumons hurlent. L'air me manque. J'essaie de garder le contrôle, de nager calmement. Mais je me sens de plus en plus prisonnière de ces eaux.

« Fais confiance à ton instinct », entends-je soudain.

Cette voix. Puissante. Impérieuse.

Je ferme les yeux, tends les bras. Une poussée, un battement de pieds. Puis un autre.

J'émerge dans un cri, bouche ouverte, cœur cognant comme un sourd. Je reprends mon souffle. Je m'apaise. Comme si une main invisible venait de déposer sur mon front une caresse d'une douceur insoupçonnée.

Tout en m'agitant pour me maintenir à la surface, je regarde autour de moi. Je me trouve devant une anse de roche pourpre, déchiquetée, qu'éclaire toujours la lune montante. Une barque est ancrée quelques brasses plus loin pour éviter de s'y fracasser sous l'assaut des vagues qui en frappent le pied. Alvise est déjà à bord, main tendue pour que je m'y accroche. L'un des quatre rameurs qui composent le petit équipage se penche, soutient mon effort en me hissant comme si j'étais un simple ballot, puis se détourne pour offrir son aide aux deux autres. Luigi s'en dispense, habitué qu'il est depuis l'enfance à redresser une gondole chavirée, à nager ou à pêcher dans la lagune.

— Tout va bien ? me demande don Alvise, le front plissé d'une ride soucieuse.

Je me contente de hocher la tête puis de la détourner. Je n'ai pas envie de parler. Pas envie non plus de me défaire de cette colère qui continue à bouillonner en moi. Même si, je le conçois, elle n'est pas justifiée. Qui refuserait ce que vient de m'offrir, sans contrepartie, le pouvoir du crâne de cristal ? Quelle raison, objective, invoquer pour faire comprendre à don Alvise, et plus encore à Luigi qui m'a si souvent vue pâlir, presque à en perdre connaissance sous la violence de la douleur, que j'ai besoin de cette dernière pour garder le contrôle de l'autre, invisible ? pour ne pas en crever ?

Le crâne a raison. Cette souffrance physique ne me définit pas. Mais elle est ma force, une force que j'ai lentement nourrie de mon besoin de vengeance à l'égard des meurtriers de ma marraine, nourrie de mon besoin éperdu de justice. Quand l'autre, née de la trahison, du rejet et de la détermination de Livia à me détruire, est aujourd'hui ma faiblesse. Je ne peux me permettre d'en sacrifier aucune. Pas maintenant. Pas au moment où la vie de Felice dépend en partie de moi.

Je surprends le regard inquiet de Luigi. De nouveau, comme pour don Alvise, je m'en détourne dans l'espoir que lui aussi me laissera tranquille. Je m'attarde sur ce matelot qui remonte l'ancre, sur ces autres qui encochent les rames et commencent à les manier pour nous éloigner du rivage.

Je sens le banc ployer près de moi, une main se poser sur mon avant-bras. Je frissonne. Mais ce n'est pas de froid. Malgré mes vêtements trempés, malgré la brise de mer, j'ai l'impression de brûler.

— Vous avez eu raison, Contessa.

Je sursaute. Tourne un visage surpris, rencontre le sourire triste de Luigi.

— Vous avez eu raison de vous détacher de l'emprise du crâne, me répète-t-il. Qui peut savoir s'il ne sert pas votre mère davantage que don Alvise ?

Une bouffée supplémentaire de chaleur vient alimenter le brasier qui m'anime. Je n'avais pas songé à cela.

— Merci, murmuré-je. Mais ce n'est pas ce qui m'a fait refuser.

— Je le sais, Contessa. Je vous l'ai déjà dit, je crois, je vous connais bien…

Je retrouve cet éclat furtif, tendrement aimant, dans son regard limpide. Je recouvre sa main de la mienne.

— J'aviserai. Quand Felice sera hors de danger.

— Vous me trouverez à vos côtés. Pendant et après, assure-t-il.

Rassérénée par son soutien, je m'adresse à don Alvise qui a pris place en face de nous sur le second banc central, près de Vincenzo dont l'œil, prolongé par une longue-vue, surveille les hauteurs de l'île.

— Combien de temps pour atteindre l'embarcadère ?

Le bruit, violent, d'une déflagration l'empêche de me répondre. Nous nous tournons de conserve. Des lueurs fauves montent à l'assaut des nues. D'autres explosions succèdent, de quelques secondes, celle du fortin. La poudrerie, les logements de la soldatesque, des domestiques, les cuisines, la cabane dissimulant l'accès au souterrain. Un peu plus tard, les charges placées par Livia embrasent ce qu'il reste de l'enceinte.

Je connais la suite. Profitant du chaos, les hommes d'Alvise réfugiés dans la grotte vont discrètement revenir vers le campement en flammes et encercler les pirates. Ils attendront que l'incendie s'éteigne de lui-même, que ces chiens s'éparpillent parmi les ruines en quête d'éventuels survivants, pour attaquer à leur tour.

Nous nous éloignons, longeons le trait de côte pour atteindre la crique abritant le village et la barque qui nous a déposés sur l'île.

— Tenez-vous prêts à tirer, lance don Alvise aux rameurs. Avec un peu de chance, les gardiens de la barque seront tournés vers le cœur de l'île et l'incendie ravageant le fortin. Ils ne nous verront pas arriver.

Il me tend un mousquet, me couvre d'un œil égrillard.

— Je ne voudrais pas vous priver de ce plaisir. D'autant que je vous sais fort habile à manier la crosse.

Espérait-il que ce trait d'esprit allégerait, ne serait-ce qu'un court moment, ma tension ? J'y reste insensible, mais salue le geste en saisissant l'arme.

L'instant d'après, chien armé, je n'ai plus d'intérêt que pour cette langue rocheuse masquant encore l'étroite baie.

Je compte les secondes qui nous rapprochent de cette cible facile, espérant, je l'avoue, que Livia sera déjà à bord, prête à lever l'ancre.

La roche disparaît, l'anse se dessine. Et alors que ma main retombe, comme fauchée par un coup d'épée, que le juron de don Alvise étouffe celui de Luigi, mon souffle s'éteint devant le ponton désert.

Cette chienne l'a déjà quitté.

61.

Je n'ai pas réussi à rendre l'arme à don Alvise. La conserver, chargée, entre mes doigts, me permet de ne penser qu'à l'instant où la barque, conduisant Livia à *El Capitan*, sera à portée de tir. Pas à la possibilité que cette démone soit déjà en train d'égorger Felice, comme le ponton désert me l'a laissée redouter. Don Alvise, Vincenzo et Luigi y songent aussi, je le devine. Depuis que le mouvement vif des rameurs nous rapproche rapidement de l'île voisine, l'atmosphère s'est tendue sur l'esquif. Nous n'avons plus proféré le moindre mot.

De sa longue-vue, Vincenzo scrute les flots argentés, le littoral sombre dans le clair-obscur. Je veux l'entendre crier que Livia et ses hommes sont en vue. Mais il se tait.

Mon cœur cogne. Ma lèvre saigne à force d'être mordue. Pourtant je ne sens rien. C'est comme si, contre ma volonté, le crâne de cristal avait décidé de me priver de ma douleur à défaut de pouvoir me guérir. Il me reste l'autre, l'invisible. Liée à la peur d'arriver trop tard pour Felice.

Nous longeons à présent la côte. La crique où mouille *El Capitan* se trouve un peu plus loin. Seulement, j'ai beau m'user les yeux sur la crête argentée des vagues, je ne distingue toujours pas l'embarcation de ma mère.

La main de Luigi se pose sur mon avant-bras, tentant d'ancrer en moi un espoir qu'il peine lui-même à conserver. Mais à chaque coup d'aviron, cet espoir s'éloigne.

Au moment où je cesse d'y croire, le fracas assourdissant d'une canonnade emporte le silence. Affolée, je bondis du banc, l'œil tourné vers l'éclat rougeoyant qui a traversé la nuit. Luigi me rassoit d'autorité, d'un geste sec, pendant que les marins compensent et rétablissent l'assiette que mon élan a perturbée.

— Ce n'est pas normal…, bredouillé-je Ce n'est pas normal.

Leurs visages fermés approuvent. Vincenzo s'est redressé pour offrir une plus grande portée à sa lunette. Pour le moment seule la roche est en vue.

Ma pensée se fige sur un nouvel espoir, insensé.

— Croyez-vous que, malgré sa jambe blessée, Felice aurait pu reprendre le contrôle de son ancien équipage ? pointer ses canons sur la barque de Livia ?

— C'est possible, murmure don Alvise, tendu.

De nouveaux tirs fusent, distribuant une fumée noire, des éclats de braise au-dessus de la ligne sombre de la bande rocheuse fermant la petite baie.

— Même s'il a abandonné la mer en s'installant à Venezia, Felice Dumas n'en reste pas moins un pirate aguerri, intervient Vincenzo. Il n'aurait eu besoin que d'une seule bordée pour couler Livia. Non, pour que les bouches crachent autant, il faut que leur cible soit de taille. De plus, *El Capitan* vise l'horizon, pas le trait de côte et notre direction. Mais ce ne sont que des suppositions. Nous en saurons davantage bientôt.

— Patience, m'impose Luigi.

Son œil est aussi angoissé que le mien.

Un nouveau tir m'ébranle. Je tambourine des doigts sur le banc. L'attente me pétrifie. J'ai envie de sauter dans l'eau, de nager, d'agir. Je n'en peux plus de cet immobilisme, du frottement lancinant du bois contre les dames de nage.

— Là ! annonce enfin Vincenzo.

Je scrute le clair de lune, m'attarde sur la ligne imposante et sombre du navire qui, bien que hors de portée des tirs, barre la baie, interdisant l'accès vers le large.

— Baffo ! C'est forcément Giorgio Baffo ! lance Luigi.

Il me prend par les épaules, me sourit.

— Felice a dû le prévenir.

— Mais quand ? bredouillé-je, abasourdie.

— Probablement juste avant notre départ de Venezia, quand il est allé prendre un bagage chez lui. Il a dû en profiter pour faire un détour par la Quarantia Criminale et tout expliquer à Giorgio Baffo.

J'opine. Giorgio n'aurait pas manqué de venir à ma rescousse, il l'a déjà fait dans un lointain passé.

— Je confirme, intervient Vincenzo. Le pavillon est bien celui des Quarantie. *El Capitan* est piégé. Il tire pour dissuader Baffo d'aborder.

Je n'ai pas le temps d'en être rassurée que don Alvise assène :

— Les marins n'auraient pas pris cette initiative d'eux-mêmes. Livia est à bord.

Il me dévisage avec confiance.

— Je doute que sa priorité ait été de tuer Felice. Je verrais plutôt cette attaque comme notre chance. Toute son attention doit être retenue sur le pont.

— Et elle nous croit morts, ajoute Luigi, fébrile.

— Approchez-vous encore de la côte pour profiter de l'ombre de l'île, puis, au dernier moment, dirigez-nous sur le gaillard arrière d'*El Capitan*, ordonne don Alvise aux rameurs avant de se tourner de nouveau vers moi.

— Si Felice se trouve toujours maintenu en cabine, nous l'en extrairons par l'un des hublots.

Cette certitude réveille d'un seul coup ma haine. Je crisse, mauvaise :

— Et pendant que vous le conduirez à terre, en sécurité, je prendrai sa place.

62.

Ma décision n'a pas semblé plaire à don Alvise. Encore moins à Luigi, mais ils ne l'ont pas commentée. Je leur en sais gré. La violence qui sourd en moi est à la hauteur de la menace, réelle, que représente Livia.

À mesure que nous nous approchons du gaillard arrière, la barque oscille de plus en plus violemment. Le fracas assourdissant des canons fait vibrer l'air, creusant la mer autour de nous en vagues imprévisibles. Chaque tir est un choc, une onde de force qui traverse le bois, me heurte la poitrine, me vole une seconde de souffle. Une fraction de silence. Puis l'écho de l'explosion roule sur l'eau, suivie d'une autre.

Je retiens ma respiration. Livia ne peut pas nous voir. Nous sommes trop proches de la coque, avalés par son ombre. Mais je ne sais si, avec une telle houle, nous pourrons y rester collés le temps d'en extraire Felice.

Peut-être devrions-nous y renoncer ? Simplement nous glisser à bord, attaquer dans l'espoir de prendre possession du navire. Combien sont-ils sur le pont ? La quinzaine qui ne nous a pas accompagnés sur l'île, cinq, six de plus qui ont reconduit Livia ? Une vingtaine au total ? Nous n'en viendrons pas à bout. Nous ne sommes qu'une poignée. C'est folie que de vouloir combattre Livia, la défier. C'est folie. Les hommes autour de moi le savent. Je le sais. Mais j'en ai besoin. Un besoin viscéral qui éclipse tout. Même ma crainte d'en périr. Tout, sauf l'idée que Felice soit exécuté ensuite.

Luigi doit partager le fil de mes pensées, car je le sens de plus en plus tendu à mes côtés.

Vincenzo a troqué sa longue-vue contre un grappin. Il est debout, à la proue, jouant des jambes pour maintenir son équilibre malmené à chaque nouvelle bordée. Un autre matelot en fait autant, à la poupe. Ils guettent le bon moment pour lancer le cordage, arrimer la barque sous les hublots du gaillard arrière.

Alors j'attends et je me tais.

J'entends le navire qui craque, vibre à chaque nouvelle détonation. Je voudrais les voir s'arrêter et tout à la fois j'espère la suivante, convaincue qu'elles nous offrent la meilleure des diversions.

— Maintenant ! aboie don Alvise alors qu'une nouvelle vague nous précipite contre la coque.

Les grappins s'envolent. Les cordes se tendent quand le ressac repousse la barque. Mais Vincenzo et l'autre matelot tiennent bon. Bientôt, l'esquif ne bouge plus, stabilisé par ses attaches sous l'un des hublots.

Aussitôt, Vincenzo grimpe à la corde, brise le verre d'un coup de crosse et déverrouille. L'instant suivant, agile comme un singe, il est à l'intérieur.

Je veux le suivre. Luigi m'arrête net.

— Plus tard, Contessa.

Je ne sais ce qu'il redoute le plus. Que je découvre Felice la gorge tranchée ou, s'il est toujours inconscient, que je ne puisse aider Vincenzo à le ramener. Avant même que j'acquiesce, il a rejoint ce dernier.

L'attente est une torture. Je me mords la lèvre, crispe mes doigts sur le banc. La barque grince sous mes pieds. Chaque coup de canon résonne dans ma poitrine comme un battement funèbre, vibre dans mon crâne, réveille la douleur à ma tempe blessée.

J'ai l'impression toutefois que les tirs se raréfient. Livia commence à économiser ses boulets. Elle doit préparer un plan. À moins qu'il ne soit déjà prêt. Je n'ai qu'une certitude : si elle a été surprise par l'arrivée du navire des Quarantie, elle a vite dû comprendre qu'elle ne pourrait faire quitter la crique à *El Capitan*.

Je ne peux pousser plus avant mon analyse.

Je vois ressortir Luigi, glisser de la corde à la barque et tendre les bras en direction du hublot.

— Équilibrez ! beugle don Alvise aux autres.

Ils se déportent vers bâbord. J'en fais autant, les yeux rivés sur ces jambes inertes qui battent la coque, ce torse avachi, ces mains molles. Depuis le navire, penché par le hublot, Vincenzo accompagne la descente de Felice.

J'ai le cœur en morceaux.

Felice semble mort quand il atterrit entre les bras de don Alvise venu prêter main-forte à Luigi. Ils l'étendent au fond.

Je me contrôle pour ne pas ajouter de l'instabilité à la barque, m'agenouille en douceur près de lui.

— Tout va bien, me rassure Luigi. Il est encore sous l'effet du laudanum.

Je voudrais m'en assurer, mais l'obscurité me vole ses traits. Je m'approche de son souffle. Il est aigre, régulier.

— Il ne faut pas rester là, annonce Vincenzo en se coulant souplement à nos côtés. J'ai entendu Livia donner ses ordres. Ils vont remettre chaloupe à la mer pour rejoindre la plage et se cacher dans l'île.

Luigi maugrée :

— Elle va immanquablement nous repérer.

— Pas si je l'en distrais !

Je ne leur laisse pas le temps de comprendre. Un des matelots décroche déjà l'un des grappins. Avant que l'autre ne choie à son tour, j'ai sauté sur la corde.

J'entends Luigi hurler. Je n'écoute plus. Je me glisse à l'intérieur du hublot puis, pour leur interdire de me suivre, d'un coup de poignard je sectionne le filin.

L'heure est venue.

Et ma vengeance m'appartient.

63.

J'ai atterri dans la cabine de Livia. L'air y est saturé par la chaleur et la fumée des canons situés au pont inférieur. Malgré la brise marine s'engouffrant par le hublot, je peine à respirer. J'étouffe une quinte de toux, recouvre mon nez et, me fiant au souvenir récent que j'ai de la pièce, de ce moment de rouerie durant lequel elle m'a « rapporté » le dire de Vincenzo que Baptiste venait de presser de collaborer, j'avance à tâtons. Mes doigts s'accrochent au chambranle de la porte ouverte. Bien que plus espacé, chaque tir fait trembler le navire sous mes pieds, une vibration sourde qui me transperce jusqu'à la moelle, menace mon équilibre.

J'avance dans le couloir desservant les cabines, attirée par la lumière diffuse du clair de lune qui en perce l'extrémité. Personne. Tous les hommes de Livia sont sur le pont, les uns probablement occupés à redescendre la barque pour gagner la terre ferme, les autres à maintenir le navire des Quarantie à distance.

Je ne crois pas un instant que Livia envisage réellement de se cacher dans cette île. Elle y serait piégée plus sûrement que sur *El Capitan*. Traquée. Et forcément arrêtée tôt ou tard. Si elle quitte ce bord, ce sera avec une autre intention. Felice saurait laquelle, probablement.

Le souvenir de sa silhouette éteinte dans les bras de Luigi me frappe. Les bouches canonnent vers le large. Mais pour combien de temps si l'un des marins aperçoit notre esquif s'éloignant du gaillard arrière ?

Hantée par cette crainte, j'accélère le pas. J'ai remis mon mousquet à la ceinture pour me déplacer sans risquer qu'il ne m'échappe. Mon poignard attend son heure sous ma manche. Maigre bagage pour affronter cette vingtaine de pirates dont j'ai pu voir la rage carnassière durant l'abordage. Plus maigre bagage encore à brandir devant le sabre, assassin, de Livia. Peu importe. Que Felice soit ramené, sauf, et je pourrai mourir s'il le faut. Il est tout ce que je possède, avec l'amitié de Luigi et ma vengeance. Me mesurer à Livia, c'est déjà accomplir celle-ci.

Un craquement sec me fait tressaillir. Un bruit de bois, d'amarres que l'on déroule.

Les marins descendent bel et bien le canot. Je ne permettrai pas à Livia de le remettre à l'eau, de filer avec, d'intercepter peut-être l'esquif de Felice.

J'avale en courant les quelques mètres qui me séparent de la sortie. Dans l'encadrement de la porte, la nuit n'est plus qu'un filtre bleuté contre l'ombre mouvante des cordages. J'en franchis le seuil, les sourcils froncés pour apprivoiser ce sursaut, vaporeux, de lumière.

Livia est là.

Elle se tient droite, dos à moi, le menton haut, observant le ballet des marins autour d'elle. Le canot oscille légèrement dans son cadre de cordages, suspendu au bossoir arrière du navire. Elle attend. Avec une sérénité qui accentue le bouillonnement en moi. Ne fait qu'ancrer ma certitude. Elle n'est qu'un monstre, froid, calculateur et cynique.

Qu'espérais-je ? Qu'elle me pleure alors même qu'elle ne m'a envoyée dans le fortin, auprès de don Alvise, que pour nous y faire exploser ensemble ? Pour me rayer définitivement d'une vie qu'elle a choisie sans moi vingt ans auparavant ? Je me demande subrepticement si elle éprouve la même haine à l'égard de mon frère. En doute. Dès sa naissance, il a été exclu des choix de ma grand-mère. Livia s'est contentée de l'abandonner à sa vie patricienne. Quand elle a choisi d'exploiter mes qualités d'espionne pour se libérer de ses dernières entraves. Pour donner libre cours à ses instincts les plus pervers et meurtriers. Je n'ai jamais été qu'un jouet entre ses doigts. Une poupée que, même en sachant ce que l'incendie de la maison de ma marraine m'avait coûté, elle n'a pas hésité à livrer de nouveau aux flammes.

Ma haine s'amplifie, ramifie l'arbre de mes cicatrices. Si violemment que je dois étouffer un cri derrière mon poing serré et écraser la douleur qui me cisaille la poitrine.

Je reste figée dans l'ombre de l'encadrement. Quelques secondes. Juste quelques secondes. Il ne m'en faut pas davantage pour reprendre mon souffle et avec lui le contrôle de mes pensées. Lors, consciente que ma folle présence n'empêchera pas Livia de me jeter en pâture à ses hommes et de fuir sans se retourner, je balaie le pont du regard, en quête d'une idée pour le lui interdire.

Je ne compte qu'une quinzaine de marins, observant avec attention le moindre mouvement sur le navire des

Quarantie ou terminant de préparer la mise à l'eau du canot. Les autres, au niveau inférieur, servent toujours les canons.

Une voix aigrelette ramène mon regard vers Livia.

— Tout est prêt, capitaine.

Elle ne bouge pas, le bras bandé, le regard défiant ce vaisseau dont l'ombre menaçante se détache sous le clair de lune. Reine déchue qui s'accroche néanmoins à son trône comme si Dieu lui-même ne pouvait le lui arracher.

Et si ma chance, mon unique chance était là ? Je récupère délicatement mon mousquet à ma ceinture. Je profite du bruit d'une nouvelle déflagration pour armer le chien. Ma main est moite sur le bois poli. Mon doigt tremble sur la détente. Pas d'hésitation. Pas de retour en arrière. Je retiens mon souffle et avance d'un pas. Puis d'un autre.

— Là, cap'taine ! beugle-t-on soudain.

Arrachée à sa superbe, Livia pivote d'un bloc. Je lève les yeux. Depuis la mâture, l'un des matelots désigne les flots entre *El Capitan* et l'île. Tandis que mon cœur vacille, Livia traverse le pont en courant, se penche au bastingage.

Je n'ai pas besoin de voir son rictus furieux pour comprendre qu'elle a reconnu Vincenzo ou Luigi à bord de la barque.

Son ordre claque :

— Crevez-moi ces chiens !

Mon cri aussi :

— Commence d'abord par moi !

64.

Elle se retourne avec l'élégance d'un félin. Elle n'a pas encore posé le regard sur moi qu'une dizaine de mousquets me visent, depuis la mâture, la dunette, le pont. Même ces hommes qui achevaient, la minute précédente, de faire descendre le canot, ont armé les leurs. Leur menace me laisse froide. Je continue à tenir Livia en joue. Tant qu'ils craignent pour elle, ils n'exécutent pas son ordre de couler la barque. Et pendant ce temps, celle-ci s'éloigne du navire, emporte les miens.

Sur ses traits fiers, la surprise a cédé place à une once d'admiration. Je ne vois pourtant, dans le sourire mielleux qu'elle consent à m'adresser, rien d'autre qu'une des grimaces de la *commedia dell'arte* ; dans son pas chaloupé vers moi, que la danse d'un paon conscient que l'on est venu lui arracher ses plumes.

— Toi… Cela m'étonne à peine. Baissez vos armes !

Ils hésitent.

— Baissez vos armes ! répète-t-elle en écartant brutalement les bras, les doigts, comme pour les prévenir que le prochain geste pourrait les foudroyer sur place.

Je les vois obéir, retourner à leur tâche. Trois d'entre eux se précipitent au bastingage, examinent notre barque.

Je prie pour que, dessus, l'on se soit préparé à riposter.

Livia s'est immobilisée à une dizaine de pas de la bouche de mon mousquet. Crinière d'ambre au vent, elle me défie de son allure masculine, de son calme reptilien.

— Est-ce vraiment ce que tu veux ? m'abattre ?

— Tout autant que vous en avez eu, vous-même, la volonté.

Une moue sur ses lèvres.

— De quelle manière vous êtes-vous échappés du fortin ?

Évidemment, c'est la seule chose qui puisse l'intéresser. Je ne réponds pas. Je veux tirer. Je dois tirer. Et mourir ensuite sous le feu nourri de ses hommes. Est-ce la force tranquille et hautaine de ce regard qui ne lâche pas le mien, ce regard qui lacérait mon cœur d'enfant ? Mon doigt semble figé sur la détente.

Je manque la presser en entendant claquer les premières balles.

— Je pourrais épargner tes amis, laisse tomber Livia… si tu m'accordes un combat singulier.

Je tressaille. Est-ce une autre de ses ruses ?

— Pense ce que tu veux de moi, tu seras toujours au-dessous de la réalité, Maria Marina, mais je n'ai qu'une parole. Quelqu'un en doute-t-il ici ? beugle-t-elle par-dessus son épaule.

Un « non » unanime enveloppe le navire. De sa main valide, elle arrache sa lame de son ceinturon, l'envoie à mes pieds.

— Laissez la barque s'éloigner, ordonne-t-elle sans me quitter du regard.

Je me baisse, ramasse son sabre tandis qu'un autre s'envole depuis la dunette, qu'elle rattrape par la poignée à la volée.

Je lève les yeux. Baptiste. Je l'avais presque oublié.

Une manière bien à elle sans doute, à eux, de me montrer que, malgré sa blessure, je n'ai aucune chance. Cela m'est indifférent. J'ai atteint mon but. Luigi et Felice sont sauvés. En cela j'ai déjà gagné. Le devine-t-elle quand je me redresse, lui souris et jette le mousquet ?

Elle se met en garde.

— Et maintenant, ma fille, montre-moi ce que tu sais.

Cette fois, je n'hésite plus. Je me jette sur elle avec toute la technique que le maître d'armes de Giorgio Baffo m'a enseignée. La seconde suivante, nos sabres s'entrechoquent dans un éclat d'acier. Après sa riposte, Livia attaque avec une précision chirurgicale, calculant chaque geste, portant chaque coup dans l'unique intention de me déséquilibrer. Je recule, pivote sur mes appuis pour éviter d'être acculée contre le mât. La violence des impacts me déchire l'épaule quand elle semble à peine être gênée par son bras bandé.

— Tu te défends mieux que je ne l'imaginais, lâche-t-elle entre deux fentes. Mais je crains, Contessa, que ce soit insuffisant.

Elle jubile. Ne se bat pas avec rage, mais avec une méthode implacable. C'est un jeu, pour elle. Un jeu où elle est persuadée d'avoir toujours un coup d'avance. Démone jusque dans son renoncement de mère, dans son besoin viscéral de trancher ce cordon qui nous lie, elle visera ma gorge quand elle décidera d'en terminer. De la même manière qu'elle a exécuté les petites victimes de Calapelli, don Umberto et Teresa Campanino. Elle enchaîne les assauts rapides, imprévisibles, à la mesure de sa maîtrise d'elle-même, de sa perversité. Elle a raison. La Contessa ne lui arrive pas à la cheville. J'ai à peine le temps de parer, ses coups pleuvent sans relâche. Je sens la sueur perler à mes tempes, à mon front.

Un cri depuis la dunette :

— La barque vient de verser !

Baptiste ! Je refuse de croire ce chien. Malgré tout je tourne la tête en direction des marins qui se sont précipités au bastingage, qui sondent les flots.

Une seconde d'inattention.

Le sabre de Livia fuse. Ma lame dévie trop tard, l'acier mord le haut de mon bras dans une caresse brûlante. Je vacille. Livia sourit, sûre de sa victoire. Elle bondit, me pousse à reculer encore. Jusqu'au bastingage. M'y accule. Me force à regarder les eaux sombres, la coque renversée qui flotte à leur surface.

— Dommage. J'aurais voulu pouvoir t'offrir cette dernière volonté, ricane-t-elle.

— Une élégance dont je te sais désormais incapable.

Le fil de son sabre caresse la ligne de mon menton.

— Tu as raison. Je les aurais fait repêcher. Et exécuter.

Je lâche ma lame, je relève la tête.

— Finissons-en… si tu en as le courage.

Elle entaille légèrement ma peau.

— Ce n'est pas une question de courage, Contessa. Mais de volonté.

— Si c'était le cas, tu m'appellerais par mon nom, celui que tu m'as choisi, celui que tu m'as donné… mère.

— Le nom n'est rien. Seul l'amour compte. Et pour t'aimer, il aurait fallu que tu sois conçue par le seul que je voulais. Mais tu vois, même lui, je l'ai exécuté dans un dernier baiser.

Je ne reconnais rien d'humain dans ce regard soudé au mien. L'espace de quelques secondes, il me semble que celui du crâne de cristal le remplace. Est-ce son pouvoir qui a emporté celle que don Umberto a aimée ? Je ne suis certaine que d'une chose. Cette femme n'est pas ma mère. Ma mère est morte pour moi le jour où elle m'a abandonnée.

— En ce cas, nous n'avons plus rien à nous dire, crissé-je tout en ramenant mon poignard dans ma paume.

Je veux l'en frapper, l'entraîner avec moi dans la tombe quand une détonation retentit, fait vriller mes tympans, tressaillir Livia, ses doigts sur la poignée de son sabre. Son regard vacille. Ma main vengeresse aussi en la sentant mollir contre moi, en la voyant éructer du sang.

Je ne comprends pas. Qui a tiré ?

Je repousse Livia dont l'œil se voile d'un horizon funeste, désenchanté. Je regarde derrière elle.

Luigi.

Il est debout, dégoulinant, dans l'ombre des gréements. Un pistolet fumant à la main.

Un hurlement de rage depuis la dunette :

— Il est à moi !

Tandis que Baptiste saute, sabre et hachette à la main pour fondre sur Luigi, j'enjambe Livia dont le corps tassé sur lui-même me bloque à présent le passage. Elle se meurt. Je ne pense qu'à vivre. À déjà l'oublier.

Je ramasse le sabre et me tourne vers les deux marins qui foncent sur moi et, comme Luigi, engage le combat. Nous sommes bientôt acculés lorsqu'une détonation vrille l'air. L'instant suivant, le mât explose, libérant alentour des éclats de bois acérés comme des poignards. L'un d'eux déchire la poitrine de Baptiste. Lui tombé, les autres s'éparpillent, rattrapés par la certitude qu'ils seront pris ou tués s'ils restent là.

Je pivote vers l'horizon chargé, de nouveau, d'une odeur agressive de poudre.

La Quarantia Criminale.

Rapprochée depuis qu'*El Capitan* ne la menace plus. Baffo a dû penser que les hommes sur la barque m'avaient délivrée.

Luigi me saisit par mon bras valide, me force à courir, à retraverser le bateau vers bâbord, en direction de l'île.

— On plonge ! hurle-t-il.

D'un mouvement brutal, il me propulse par-dessus le bastingage. J'entends le fracas d'une nouvelle explosion. L'eau m'entre dans les narines, brutalise mon épaule blessée. Je coule, profondément, avant d'être saisie par le besoin de remonter. Je m'agite, cherche à retrouver ma verticale. Un coup de reins me ramène à l'air libre. Je suffoque. La blessure que m'a infligée Livia gêne mes mouvements. Je doute de pouvoir nager jusqu'au rivage. Affolée, je cherche Luigi du regard. Il est à deux brassées de moi, protégé lui aussi du feu nourri de Giorgio Baffo par la coque gémissante. Autour de nous les débris volent, s'écrasent dans les eaux sombres, les corps aussi de ceux qui n'ont pas sauté à temps.

Il me rejoint, glisse un bras sous le mien, me soutient, crie presque pour dominer le fracas ambiant :

— Regagnons la barque.

Je tourne vers lui un regard bouleversé.

— Les autres sont dessous, à l'abri. Petite ruse de gondolier, s'empresse-t-il de me rassurer.

Lors, un rire dément me saisit. Le rire de la victoire, de la fatalité déjouée.

Je m'accroche à son cou, l'embrasse, puis, au milieu du chaos, le laisse m'emporter vers ce demain qui renaît.

Épilogue

Un parfum de citronnier et de myrte berce l'air vaporeux de la Toscane, pénètre mes narines, m'emplit d'une joie légère en ce jour naissant du 27 octobre 1756. Mes mains ont retrouvé leur souplesse nonchalante sur la balustrade en pierre du balcon de la villa que possède Felice à la sortie de Florence. La villa de ses parents.

Celle dans laquelle, remis de ses blessures, il m'a conduite après que Giorgio Baffo a eu accepté d'oublier la Contessa, et Dieu, sœur Maria Marina.

Depuis le jardin qui étend ses floraisons jusqu'en bordure de l'Arno et ses barques appontées entre les ifs, Luigi m'adresse un signe de la main. Je sais que le bouquet de roses blanches qu'il vient de couper est pour moi, que je le trouverai dans quelques minutes en centre de table, dressée pour un petit déjeuner gourmand.

J'ai faim. Je meurs de faim. Mais, comme chaque matin depuis mon installation ici, avant de me jeter sur ces brioches, sur le chocolat chaud, c'est le miel de cette aurore unique que j'ai besoin de goûter.

Felice me l'avait promis.

— Tu verras, Bella mia, Florence te fera oublier Venezia. Parce que sa lumière ne ressemble à aucune autre, qu'elle paraît poudrée quelle que soit l'heure de la journée, et pourtant si transparente que tu pourrais presque deviner au travers le battement d'ailes d'un ange.

Oublier Venezia. Je ne le souhaite pas. Mais ni ses frasques, ni sa luxure, ni son déclin ne me manquent. Encore moins les souvenirs douloureux que j'y ai immergés avec *El Capitan.*

El Capitan.

Un seul nom, celui du navire, celui que s'était choisi ma mère, pour un même tombeau.

Don Alvise m'a assurée qu'il veillerait à ce que cette sépulture ne soit jamais retrouvée. Je le soupçonne d'avoir mandaté sur place les meilleurs artificiers de la Sérénissime afin que ce vœu devienne réalité. Je le soupçonne aussi d'avoir rebâti le fortin, de continuer d'entretenir le lien avec le crâne de cristal.

Il m'a fallu du temps pour accepter de retourner devant cet intrigant objet. Pour accepter de lui poser cette question brûlant mes lèvres :

— Est-ce toi qui as fait de ma mère un monstre ?

Sa réponse a rejoint les mots de don Umberto dans le testament qu'il m'a laissé.

« Je ne crée rien. Je donne ce que l'on vient chercher. Les Scapet ont voulu le don de guérison. Tes aïeules le moyen d'en faire profiter le plus grand nombre. Ta mère, par cupidité, celui de l'en priver. Sa voix intérieure était dissonante, alors je l'ai laissée piller les richesses de cette grotte et m'y emprisonner, selon son souhait que personne d'autre ne devait utiliser mon pouvoir et grâce à lui devenir son égal, profiter d'une éternelle jeunesse. Je l'ai laissée m'emprisonner parce que je savais qu'Alvise viendrait me délivrer et en espérant que tu trouverais, toi, le chemin pour guérir de tes blessures dans ce pardon que de son vivant tu ne pouvais lui accorder. »

— J'en suis toujours incapable.

« Mais le chemin est tracé. »

En ce jour, la violence de Livia, sa fureur, sa détermination à m'anéantir me restent incompréhensibles. Pourtant je n'en souffre plus.

Je perçois un mouvement dans mon dos. Je souris. Je devine Felice rejetant les draps, se levant avec souplesse, s'étirant voluptueusement et, aussi nu qu'une des statues d'albâtre du jardin, avançant sous l'arceau de la double porte grande ouverte. Il n'a pas perdu sa jambe. Boite à peine. Uniquement après des heures de marche ou de chevauchée à mes côtés dans les collines.

Son parfum, aussi léger et fruité que celui de ce pays, le précède. Il dépose un baiser dans le creux de mon cou, enroule ses bras à mon ventre tendu.

Tendu sur la promesse d'une famille à choyer.

Quatre mois, mon tout-petit.

Quatre mois que je te porte en moi.

Que j'apprends, dans ma transformation de mère, dans la guérison de mes cicatrices par le crâne, à faire une place au pardon. Afin d'éviter que la haine ne parvienne un jour, toi aussi, à te consumer.

— Encore une belle journée, murmure Felice. Une belle journée à t'aimer, Bella mia.

Je noue mes doigts aux siens et, par-delà la ligne de cet horizon dont l'or, à l'inverse de celui de Venezia, n'est que présent divin, je laisse mon bonheur s'embraser.

Aveux et testament de don Umberto Delacuista, secrétaire honoraire de la chancellerie, en Venezia, ce 26 mai de l'an 1756, sous la plume fidèle d'Alvise Valier, notaire des pregadi.

À l'attention de sœur Maria Marina Morosini, du couvent Santa Maria degli Angeli, Muran.

Ma chère enfant,

Si ces lignes vous parviennent, c'est que mon heure sera venue. J'ose espérer que mon témoignage ne sera pas vain et qu'il vous offrira enfin la vérité que l'on vous a si longtemps cachée.

Votre mère est en vie.

Je ne saurais dire si ces mots seront pour vous un baume ou un poison, mais ils sont une vérité que je n'ai plus la force de taire. Livia Morosini, que vous avez pleurée noyée, n'a jamais sombré dans la lagune cette nuit fatidique. Elle a fui, par nécessité, par peur, par avidité peut-être. Et c'est moi qui l'ai aidée à disparaître.

Je l'ai fait non par foi en sa droiture, mais parce qu'elle était celle que j'avais aimée, et que son secret devait être préservé. Pourtant, aujourd'hui, je me rends compte du mal que j'ai contribué à entretenir. Livia ne s'est jamais repentie. Elle n'a jamais cherché à réparer ses crimes. Et vous, mon enfant, avez grandi dans le mensonge qu'elle a elle-même tissé.

Mais laissez-moi vous raconter.

Tout a commencé avec la découverte du trésor de San Zaccaria par votre aïeule, l'abbesse du couvent voisin. Par sa décision, après l'assassinat du doge Pietro Tradonico de transmettre le secret du trésor de mère en fille. Il en fut ainsi jusqu'à ce que votre arrière-grand-mère décode le cartulaire, apprenne l'existence de cette île et y trouve un crâne de cristal au milieu d'objets d'une valeur infinie. Crâne dont l'une des facultés accordait, à qui pouvait percevoir sa voix, le don de guérison. Votre aïeule ne l'entendit pas, la servante qui l'accompagnait, si. Ainsi naquit l'alliance entre les Morosini et les Scapet.

C'est après la naissance de votre mère et de son frère que tout changea.

Votre oncle grandissait en bienveillance, votre mère en perversité orgueilleuse. Tant que votre grand-mère décida que Mario était davantage digne que sa sœur de l'héritage du secret et des richesses de l'île. Ce d'autant plus que Mario était tombé amoureux d'Emma, la fille aînée d'Agnola Scapet. Une nouvelle ère de confiance pouvait naître de cette union et, avec elle, une lignée unique dédiée au crâne et à ses pouvoirs.

Votre mère ne le supporta pas.

Elle fit surveiller son frère, le suivit sur l'île et élimina d'une même lame les deux amants après avoir découvert qu'un fils leur était né la veille. Devant la folie de Livia, Agnola Scapet feinta en affirmant que l'enfant n'avait pas survécu. Votre mère la crut et repartit pour Venezia, non sans la menacer de s'en prendre à sa seconde fille, Celestina, si votre grand-mère venait à découvrir les réelles circonstances de la mort des amants. Agnola se tut, mais confia le petit Alvise à la famille Valier. Elle puisa dans le trésor de quoi leur permettre d'acheter le palais voisin de celui de votre grand-mère à Venezia et de l'élever comme leur fils. Ainsi votre grand-mère pourrait s'attacher à lui sans savoir qui il était.

Agnola ignorait alors que le petit Alvise serait sujet à de fréquentes crises de convulsions et que votre grand-mère, prise de pitié et d'affection pour lui, lui demanderait de le soigner en même temps que vous qui vous étiez blessée.

Après cette visite, bouleversée, Agnola avoua tout à sa fille Celestina en lui faisant jurer de continuer de veiller sur Alvise sans trahir son secret. Mais Celestina était révoltée de l'injustice dont était victime son neveu. Quand Agnola mourut quelques mois plus tard, Celestina s'en fut trouver votre grand-mère et lui révéla tout. Furieuse, votre grand-mère rejeta Livia et lui interdit de remettre les pieds sur l'île, affirmant que vous seriez, vous qui veniez d'avoir huit ans, son héritière.

La haine de votre mère à votre égard naquit ce jour-là.

Après vous avoir confiée à votre marraine, Livia fit voler le cartulaire. Dès lors, elle ne songea plus qu'à le décoder pour découvrir l'emplacement du trésor sur l'île et s'en emparer. Ce qu'il advint ensuite, vous pourrez sans peine le deviner.

En 1738, soit un an après la mort de votre marraine, elle éliminait le maître verrier et vous confiait discrètement à Felice en échange d'une collaboration financière et active dans les affaires maritimes qu'il avait reçues de son père et dont El Capitan était le plus beau fleuron. Votre grand-mère morte, plus rien n'empêchait Livia de retourner sur l'île. Elle s'y installa, fit de Baptiste, alors le fils du chef du village, son amant, et commença à jouir du trésor.

Seize ans plus tard, en 1754, si la richesse de Livia se comptait par centaines de milliers de ducats, le crâne de cristal demeurait un mystère pour elle. D'autant plus que Felice lui avait déconseillé de le toucher. Son père en possédait un et il avait renoncé à chercher les autres, au nombre de sept selon une vieille légende, après avoir été brûlé par son pouvoir. Mieux valait, puisque Livia n'était pas non plus parvenue à les retrouver, que l'objet sacré demeurât à jamais sur l'île, dans ses profondeurs souterraines. Livia décida donc d'en faire boucher l'accès. Elle fit exploser la montagne. Voyant cela, Celestina envoya un message à la famille Valier : il était temps qu'Alvise, devenu adulte, découvre la vérité sur sa naissance. Et qu'il vienne, lui, s'emparer de l'île que Livia voulait abandonner.

Ensuite, elle s'empoisonna, privant officiellement le trésor de sa dernière gardienne, seul moyen à ses yeux d'empêcher Livia de changer d'idée.

Votre mère n'en avait pas l'intention, mais, un an plus tard, le père de Baptiste mourait et elle revenait pour assister à ses obsèques. Sa surprise fut totale de découvrir que quelqu'un avait pris possession de l'île au nom d'Alvise Morosini, fils de Mario Morosini et Emma Scapet. Pis, qu'il possédait des documents officiels, signés par votre grand-mère de son vivant, documents prouvant son identité et la légitimité de son héritage.

Furieuse d'avoir été trompée, elle monta au fortin, apprit des gardes en place que leur maître vivait à Venezia et chargea Felice de le retrouver. Malgré ses recherches, Felice n'a pas réussi à découvrir sous quelle identité vénitienne se cachait Alvise Morosini. Il a annoncé à votre mère qu'il y renonçait, d'autant que, de son côté, son père était tombé grièvement malade et le rappelait à son chevet ainsi qu'à la gestion de ses affaires.

C'est à ce moment-là qu'elle a eu l'idée d'éliminer don Alvise en usant du pouvoir que la Quarantia Criminale offrait à la Contessa. Vous avez été son arme, Maria Marina. Une lame aiguisée qu'elle a poussée sur le chemin de son ennemi pour mieux le détruire.

Je l'ai aimée, oui. J'ai cru, jusqu'à mes derniers instants, qu'elle pouvait être sauvée. Mais j'ai été un vieil imbécile aveuglé par des sentiments qui n'auraient jamais dû survivre à son premier crime.

Mon enfant, vous avez souffert par ma faute, par mes silences, par ma lâcheté. Ne laissez pas votre mère vous briser. Libérez-vous de la douleur, de votre engagement à la Quarantia Criminale.

Vous êtes Maria Marina Morosini, l'héritière d'un secret ancestral, mais qui ne peut continuer d'exister qu'au travers de la bienveillance et de la transmission. Je vous en conjure, soyez-en la main, à défaut de celle d'une justice qui ne saurait vous mettre en paix.

Don Umberto Delacuista,
Votre humble serviteur.

Généalogie des familles Morosini et Scapet

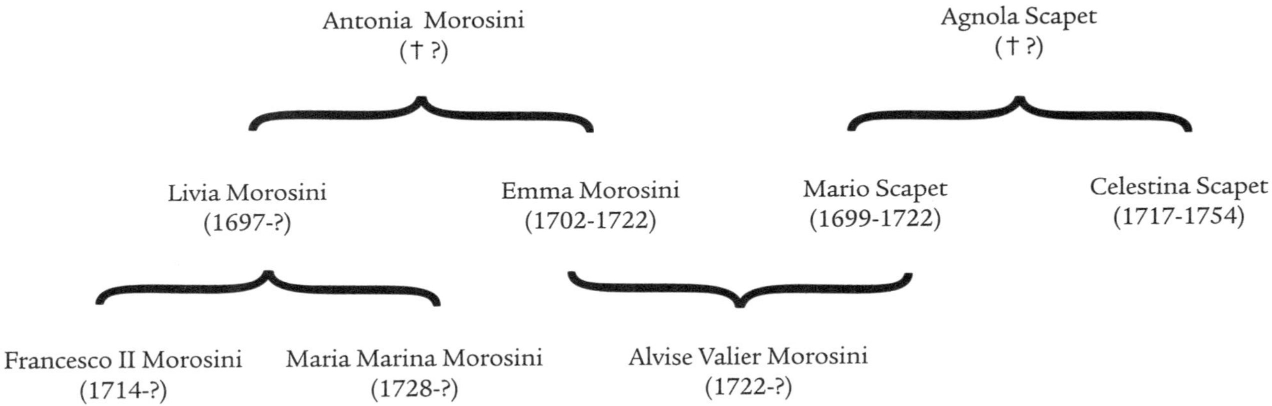

Mes bien chers vous,

Une nouvelle histoire s'achève et déjà une autre s'invite dans mon cœur.

Je ne compte plus les fois où je vous ai remerciés en fin d'ouvrage, dans les salons du livre, les librairies, les espaces rencontres, sur les plateaux TV, les ondes, les réseaux sociaux.

Je finis par perdre le fil du temps qui passe.

Au cours des années je vois grandir sur vos visages des rides de joie, de peine, de bonheur ou de souffrance. Je partage vos succès, vos renoncements, vos ambitions, vos remises en question, vos naissances et vos deuils comme une amie de l'ombre que, pour un bref instant, vous faites entrer dans la lumière. Je ne suis que cela quand un livre s'achève, une voix qui se tait pour mieux vous entendre. Vous écouter. Pour mieux saisir vos mains et les presser avec cette tendresse qui ne ment pas et que vous savez me renvoyer dans le respect de notre complicité. Les amitiés sont fragiles, les mots plus encore. Et dans ce monde où peu à peu les IA créent une émotion factice, je veille à rester ce que j'ai toujours été. Présente, fidèle et sincère. Grâce à vous tous. Et pour vous.

Je ne vous citerai pas cette fois, parce que chacun d'entre vous sait la place particulière qu'il occupe dans ma vie personnelle ou professionnelle. Et que je refuse d'en faire un passage obligé qui perdrait son sens à force d'être copié. Il l'a déjà trop été. Nous sommes, ensemble, ce que nous avons créé et qui fait notre force, notre identité, ce petit plus qui rend chaque moment unique. Et que pour rien au monde je ne voudrais sacrifier.

Alors je me contenterai de vous rappeler qu'afin de le préserver vous pouvez vous abonner à ma newsletter. Je l'ai voulue riche d'informations complémentaires, de cadeaux, d'immersion dans les lieux de mes romans. Riche de tout ce que je ne peux vous offrir ailleurs. C'était un projet ambitieux, vous lui avez donné une réalité. Et désormais, à travers ce lien, à travers nos échanges par WhatsApp, par visio, je peux enfin regarder ce monde qui marche sur la tête, debout, les pieds bien ancrés dans le sol et de l'espoir dans mes rêves. Parce que vous êtes de plus en plus nombreux, bienveillants les uns envers les autres, à me permettre de les réaliser.

Merci.

Mireille.

https://mireillecalmel.kessel.media/

Bibliographie

Sur Giorgio Baffo

https://www.evenise.com/litterature/giorgio_baffo_venise.htm

Sur le consul de France, Jean-François Leblond

http://www.pastellists.com/Genealogies/LeBlond.pdf
https://journals.openedition.org/mefrim/11455
https://theses.chartes.psl.eu/document/ENCPOS_2017_18
https://bibnum.chartes.psl.eu/s/thenca/item/59398

Sur la diplomatie vénitienne et la vie politique

https://www.persee.fr/doc/marb_0775-3225_1853_num_27_1_3516
https://journals.openedition.org/edl/259
https://www.e-venise.com/histoire-politique-venise.htm
https://oliaklodvenitiens.wordpress.com/2014/03/21/un-palais-de-la-famille-morosini/
https://interfas.univ-tlse2.fr/lineaeditoriale/1638

Sur l'histoire de Venise

https://italie-decouverte.com/venise-au-18e-siecle/
http://www.italie-infos.fr/venise/histoire-venise3.htm
https://www.archeologie-et-histoire-morestel.fr/venise-capitale-de-tous-les-arts-au-18eme-siecle/
https://www.e-venise.com/dates-histoire-venise-800.htm
https://shs.cairn.info/revue-annales-2013-3-page-699?lang=fr#s1n6

Patrick Barbier, *La Venise de Vivaldi*, Grasset, 2002.

Armand Baschet, *Les Archives de Venise. Histoire de la chancellerie secrète : le Sénat, le cabinet des ministres, le conseil des Dix et les inquisiteurs d'État dans leurs rapports avec la France : d'après des recherches faites aux sources originales pour servir à l'étude de l'histoire de la politique et de la diplomatie*, Plon, 1870.
https://gallica.bnf.fr/ark:/12148/bpt6k206699d/f42.item#

Louis Carolus-Barré, « Aventure de mer » et naufrages en Méditerranée au milieu du XIIIe siècle, *Comptes rendus des séances de l'Académie des inscriptions et belles-lettres*, année 1974, 118-4, p. 612-626.
https://www.persee.fr/doc/crai_0065-0536_1974_num_118_4_13061#crai_0065-0536_1974_num_118_4_T1_0618_0000

Françoise Decroisette, *Venise au temps de Goldoni*, Hachette, 1999.

Gabriel Faure, *Venise*, B. Arthaud, 1956.

Rodolphe Guilland, « Études sur l'histoire administrative de l'Empire byzantin », *Revue des études byzantines*, année 1957, 15, p. 5-41.

https://www.persee.fr/doc/rebyz_0766-5598_1957_num_15_1_1147

Mario Infelise, « Le marché des informations à Venise au XVIIe siècle, *Gazettes et information politique sous l'Ancien Régime*, p. 117-128, coll. « Lire le XVIIIe siècle », numéro 32, réimpression de l'édition de 1999.

Norbert Jonard, *La Vie quotidienne à Venise au XVIIIe siècle*, Hachette (réédition numérique FeniXX), 2020.

Claire Judde de Larivière, « Religion civique et ordre social à Venise (XVe-XVIe siècles) ».
https://hal.science/hal-02025818/document

Philippe Monnier, *Venise au XVIIIe siècle*, Éditions Complexe.

Sylvie Mamy, *Les Grands Castrats napolitains à Venise au XVIIIe siècle*, Mardaga, 1995.

Éric Pinzelle, « Venise et la Morée : du triomphe à la désillusion, (1684-1718) ».
https://hal. science/tel-01287498v1/file/VENISE % 20ET % 20LA % 20MOREE % 20THESE.pdf

Doris Raines, « Les généalogies vénitiennes (XVIe-XVIIIe siècle), Instrument politique, outils juridiques ».
https://iris.unive.it/bitstream/10278/3683819/5/raines-articolo.pdf

Philippe Sollers, *Dictionnaire amoureux de Venise*, Plon, 2004.

Filippo de Vivo, « Quand le passé résiste à ses historiographies. Venise et le XVIIe siècle ».
https://doi.org/10.4000/ccrh.1122
https://journals.openedition.org/ccrh/1122

Sur les pirates en Adriatique

https://www.venicethefuture.com/schede/fr/315-aliusid=315.htm

Sur Pietro Tradonico

https://fr.m.wikipedia.org/wiki/Pietro_Tradonico

Sur les bateaux et gondoles vénitiennes

https://journals.openedition.org/ephaistos/10774
https://parolesdhistoire.fr/index.php/2023/04/17/282-pecher-a-venise-au-xviiie-siecle-avec-solene-rivoal/
https://www.luxrest-venice.com/fr/blog/202102/gondole_de_venise_la_signification_de_sa_proue_en_fer
https://tramezzinimag2.blogspot.com/2014/12/des-milliers-de-gondoliers.html
https://navires-anciens.be
https://www.conseilduroi.fr/repreacutesentations-de-france-agrave-letranger.html

Sur la navigation en Méditerranée

https://fr.wikipedia.org/wiki/Navigation_dans_l%27Antiquité

Sur Murano et l'histoire du verre

https://artdesigntendance.com/design/le-verre-de-murano-une-tradition-seculaire/
https://fr.wikipedia.org/wiki/Histoire_du_verre
https://www.universalis.fr/encyclopedie/art-du-verre/5-la-verrerie-orientale-depuis-le-ive-siecle-apres-j-c/

https://www.sergesafranediteur.fr/laffaire-des-miroirs-de-venise-florence-vidal/
https://www.barnebys.fr/blog/lhistoire-legendaire-du-verre-de-murano

Sur Maria Marina Morosini

http://curiosites.venise.free.fr/Personnages/Casanova%20et%20MM.htm

Sur l'église San Zaccaria et sa crypte inondée

https://www.e-venise.com/eglises-venise/san-zaccaria-chapelle_or.htm
https://oliaklodvenitiens.wordpress.com/2014/11/16/crypte-de-leglise-san-zaccaria/
https://bonjourvenise.fr/fr/san-zaccaria-venise/

Sur l'empereur Dioclétien

https://www.worldhistory.org/trans/fr/1-697/diocletien/

À propos de l'Adriatique, entre le XVIe et le XVIIIe siècle

Philippe Braunstein, *Annales*, année 1971, 26-6, p. 1270-1278.
https://www.persee.fr/doc/ahess_0395-2649_1971_num_26_6_422410

– *Tremblements de terre. Histoire et archéologie* (actes des IVe Rencontres internationales d'archéologie et d'histoire d'Antibes, 2-4 nov. 1983), 1984, 320 p., ill.

– Actes des Rencontres internationales d'archéologie et d'histoire et d'Antibes

Sur les tremblements de terre de la péninsule italique

– M. Alexis Perrey, *Mémoires de l'Académie royale de Belgique*, année 1848, 22, p. 1-145, numéro thématique : 1846 et 1847.
https://www.persee.fr/doc/marb_0776-3123_1848_num_22_1_1372

Du même auteur chez le même éditeur

Suites romanesques

– Aliénor

Le Lit d'Aliénor, 2002

Le Lit d'Aliénor, édition illustrée et augmentée, 2021

Aliénor, 2011-2012
Tome 1 : *Le Règne des Lions*
Tome 2 : *L'Alliance brisée*

Richard Cœur de Lion, 2013-2014
Tome 1 : *L'Ombre de Saladin*
Tome 2 : *Les Chevaliers du Graal*

Aliénor, un dernier baiser avant le silence, 2015

La Rivière des âmes, 2007

– Le Bal des louves, 2003
Tome 1 : *La Chambre maudite*
Tome 2 : *La Vengeance d'Isabeau*

Le Bal des louves, l'intégrale, éditions Cléa, 2021

– Lady Pirate, 2005
Tome 1 : *Les Valets du roi*
Tome 2 : *La Parade des ombres*

– Le Chant des sorcières

Le Chant des sorcières, tomes 1 à 3, 2008-2009

La Reine de lumière, 2009-2010
Tome 1 : *Elora*
Tome 2 : *Terra incognita*

– *Les Lionnes de Venise*, tomes 1 et 2, 2017

– *La Fille des Templiers*, tomes 1 et 2, 2018

– *La Louve cathare*, tomes 1 et 2, 2020-2021

– Morgan des Brumes
Tome 1 : *L'Épée du pouvoir*, 2022

– Margaux de Dente

Le Templier de l'ombre, tomes 1 et 2, 2023

L'Or maudit, tomes 1 et 2, 2024

Romans

La Marquise de Sade, 2014

La Prisonnière du diable, 2019

D'écume et de sang, 2022

Du même auteur en coédition

Roman jeunesse

Le Secret de Léonard, illustrations de Romain Mennetrier, Belin/XO Éditions, 2020

Mystères au théâtre, illustrations de Sophie Leullier, Belin/XO Éditions, 2021

Aliénor et le singe voleur, illustrations d'Amandine Lebois, Belin/XO Éditions, 2025

Bande dessinée

Le Lit d'Aliénor, duchesse d'Aquitaine, tome 1, Mireille Calmel-Pierre Legein, Grrr… Art Éditions/XO Éditions, 2021

Le Lit d'Aliénor, duchesse d'Aquitaine, tome 2, Mireille Calmel-Pierre Legein, Grrr… Art Éditions/XO Éditions, 2023

Le Lit d'Aliénor, duchesse d'Aquitaine, tome 3, Mireille Calmel-Pierre Legein, Grrr… Art Éditions/XO Éditions, 2024

Du même auteur en coécriture avec Éléonore Train

Le Voyage enchanté de messire chaton, histoire à colorier, Mireille Calmel-Éléonore Train, KDP, 2024

Hannibal et Charlotte dans la vallée des crottes, Mireille Calmel-Éléonore Train, illustrations de Mélanie Passoni, KDP, 2024

La Course de Champion le lion, Mireille Calmel-Éléonore Train, illustrations de Mélanie Passoni, KDP, 2025

Du même auteur

Les Tréteaux de l'enfance, Elytis, 2004

Le Secret de Margaux, KDP, 2024. Mini roman liant *L'Or maudit* au *Templier de l'ombre.*

Chiffouille la Grenouille, illustrations de Mélanie Passoni, Des Mots dans une valise, 2024

Les Filles du vent, KDP, 2025

Composition et mise en pages
Nord Compo à Villeneuve-d'Ascq

Cet ouvrage
a été achevé d'imprimer sur Roto-Page
par l'Imprimerie Floch à Mayenne
en mai 2025

Soucieuses de la préservation de l'environnement, les Éditions XO utilisent du papier issu de forêts gérées de manière responsable.

N° d'édition : 5429/01 – N° d'impression : 107048
Dépôt légal : mai 2025

Imprimé en France